Brigitte Melzer, 1971 geboren, kam über Fantasy-Rollenspiele zum Schreiben. »Whisper, Königin der Diebe« gehörte zu den drei besten Manuskripten, die für den »Wolfgang-Hohlbein-Preis 2003« eingereicht wurden. Die Autorin lebt und arbeitet in München.

Brigitte Melzer

Whisper
Königin der Diebe

UEBERREUTER

ISBN 3-8000-5072-2

Umschlagillustration von Peter Gric
Umschlaggestaltung von Werkstatt · München / Weiss · Zembsch

Druck: Ueberreuter Print
1 3 5 7 6 4 2

Ueberreuter im Internet: www.ueberreuter.at

Lärm riss Whisper aus dem Schlaf. Ein Poltern, gefolgt von schweren, wütenden Schritten. Jemand packte sie bei der Schulter und schüttelte sie heftig. Jetzt war sie wirklich wach. Erschrocken riss sie die Augen auf, bereit sich gegen einen Angriff zur Wehr zu setzen. Über ihr stand Glenna Jamesson, die Wirtin, deren Dachkammer sie bewohnte, und starrte ihr wie ein wild gewordener Rachedämon entgegen.

Kaum hatte Whisper die Augen aufgeschlagen, ging eine wütende Tirade auf sie nieder. »Eine wie dich brauchen wir hier nicht! Dies ist ein ehrenwertes Haus!«

»Was?« Blinzelnd setzte sich Whisper ein Stück auf. Sie hatte nicht die geringste Vorstellung, wovon die stämmige Wirtin sprach.

»Tu nicht so unschuldig! Sie haben mir gesagt, was du hier treibst! Ich will nicht, dass deine Freier hier ein und aus gehen!« Sie stemmte die Arme in die Hüften. Alle Freundlichkeit und Güte waren aus ihrem rundlichen Gesicht gewichen, als sie sagte: »Bis heute Mittag bist du verschwunden! Dann will ich dich hier nicht mehr sehen! Nie wieder.«

Ehe Whisper fähig war einen sinnvollen Gedanken zu fassen, machte die Wirtin kehrt und rauschte aus der Kammer. Krachend fiel die Tür hinter ihr ins Schloss. Whisper blieb allein zurück.

Verwirrt schüttelte sie den Kopf. Sie schlug die raue Wolldecke zurück und erhob sich von dem mit Stroh gefüllten Sack, der ihr als Matratze diente. Noch immer wusste sie nicht, was vor sich ging. Allerdings keimte ein leiser Verdacht in ihr auf. *Sie haben mir gesagt, was du hier treibst*, schossen ihr Glenna Jamessons Worte durch den Kopf. Whisper hatte eine vage Ahnung, wer *sie* sein könnten.

Sie trat an den kleinen Waschtisch heran, wo eine leere Schüssel und ein Krug mit Wasser bereitstanden. Sie leerte den Inhalt des Kruges in die Schüssel, tauchte die Hände ein und spritzte sich Wasser ins Gesicht. Sobald sie mit dem kalten Wasser in Berührung kam, löste sich auch das letzte bisschen Müdigkeit in nichts auf.

Mürrisch blickte Whisper auf die Wasseroberfläche. Das Spiegelbild, das ihr entgegenstarrte, zeigte deutlich, was in ihr vorging. Die langen, schwarzen Locken waren noch vom Schlaf zerzaust, doch ihr Blick war hellwach. Eine Mischung aus Wut, Unglauben und Sorge zeigte sich in ihren blauen Augen.

Der neue Tag begann so, wie der letzte geendet hatte. Mit Schwierigkeiten. Sie war erst seit einigen Tagen in der Stadt und bisher hatte sie sich vollkommen sicher gefühlt. Bis gestern Abend.

Fluchend schlug sie mit der flachen Hand auf den Waschtisch. In die Wasseroberfläche kam Bewegung. Ihr Spiegelbild verschwamm. Whisper wandte sich ab und griff nach ihrer Kleidung. Hastig schlüpfte sie in Hemd und Hose, beides dunkelblau. Auf einem Bein hüpfend zog sie zunächst den einen, dann den anderen Stiefel an. Weiche Wildlederstiefel, ebenso schwarz wie die Lederweste, die sie zum Schluss überzog.

Während sie die Weste zuschnürte, wanderten ihre Gedanken zurück zum gestrigen Abend.

Sie war im *Tanzenden Bären* gewesen, einer Schenke

in der Nähe des Marktplatzes. Sie hatte vor einem Humpen Ale gesessen und die Menschen beobachtet, die sich dort getummelt hatten. Die Schenke war ganz nach ihrem Geschmack. Essen und Ale waren genießbar und niemand stellte Fragen.

Ganz gleich in welchem Land der Welt man sich aufhielt, in den Schenken schienen sich die Menschen stets auf dieselbe Art zu vergnügen. Fröhliche Gespräche beim Ale, unterhaltsame Geschichtenerzähler, talentierte Barden und spannende Würfelspiele gab es überall.

Menschen zu beobachten war ihr im Laufe der Jahre in Fleisch und Blut übergegangen. Eine Gewohnheit, die ihr mehr als einmal das Leben gerettet hatte und die sich nicht so einfach ablegen ließ. Nicht einmal wenn man vorhatte, in einer fremden Stadt ein neues Leben zu beginnen – fernab von allen Erinnerungen. Cor Amánthor war diese fremde Stadt. Whisper war mit dem festen Wunsch, sich hier niederzulassen, nach Cor Amánthor gekommen. Seit ihrer Ankunft vor wenigen Tagen hatte sie viel Zeit darauf verwandt, die Stadt zu erkunden. Was sie bisher gesehen hatte, gefiel ihr. Die Stadt war sicherer und sauberer als viele Städte auf dem Festland. Whisper konnte unerkannt durch die Straßen und Gassen streifen ohne fürchten zu müssen, jemand würde mit dem Finger auf sie zeigen und brüllen: »Das ist sie! Schnappt sie euch!«

Cor Amánthor war die Hauptstadt des Inselkönigreichs Dallán. Der Palast des Königs befand sich im Norden der Stadt, doch im Augenblick war der Thron verwaist. König Otherós der Gütige war vor kurzem gestorben und die traditionelle Trauerzeit war noch nicht vorüber, sodass noch kein neuer Herrscher bestimmt war.

In Whispers Augen war es eine seltsame Tradition, ein Reich einhundert Tage um einen Toten trauern zu lassen, ehe ein neuer König ernannt wurde. Auf dem Kontinent wäre das nicht möglich gewesen. Ein verwaister Thron hätte in Cartómien binnen weniger Wimpernschläge einen Krieg um die Nachfolge ausgelöst. Jedes noch so kleine Fürstentum hätte seinen Anspruch auf die Herrschaft angemeldet und auch mit aller Macht verteidigt. Wenn der Kontinent nicht im Krieg versinken wollte, war es nötig, den Thronerben frühzeitig festzulegen. Sichtlich machte man sich in Dallán keine Sorgen darüber, dass es zu Streitigkeiten um die Thronfolge kommen könnte.

Im Grunde genommen konnte es Whisper auch egal sein. Es interessierte sie nicht, wer das Land regierte, solange sie hier unbehelligt leben konnte. Cor Amánthor war perfekt. Eine Schiffsreise von mehr als zwei Wochen trennte sie vom Kontinent und von ihrer Vergangenheit.

Ihre Ruhe und Zufriedenheit fanden ein abruptes Ende, als drei Männer die Schenke betraten. Männer in einfachen grauen und braunen Gewändern, deren bloßes Auftreten sämtliche Alarmglocken in ihrem Kopf schrillen ließ. Die Art, wie sie ihre Umhänge trugen, verriet ihr sofort, dass sich darunter Schwerter verbargen.

Obwohl sich ihre Gewänder in Schnitt und Farbe unterschieden, erkannte Whisper auf den ersten Blick, dass die Männer zusammengehörten. Nicht einfach wie Reisegefährten. Diese Männer bildeten eine geschlossene Einheit. So wie sie sich in der Schenke umsahen und sich dann durch den Raum bewegten, waren die drei es gewohnt, zusammen zu arbeiten. Womöglich waren sie Söldner. *Oder Kopfgeldjäger.* Bei diesem Gedanken wurde ihr eiskalt.

Sie suchten jemanden. Zoll um Zoll schweiften ihre Blicke durch den Schankraum, sie musterten jedes Gesicht, jeden Anwesenden.

Whisper hob ihren Krug vors Gesicht und gab vor einen tiefen Schluck zu nehmen. Als sie den Krug schließlich abstellte, kreuzte sich ihr Blick mit dem eines der Männer. Er musterte sie aus leicht zusammengekniffenen Augen. Der Anflug eines Lächelns glitt über seine Züge.

Whisper hatte Mühe, nicht unruhig auf ihrer Bank hin und her zu rutschen, als er sich in Bewegung setzte. Behände bahnte er sich einen Weg zwischen Bänken und Tischen hindurch. Geradewegs auf sie zu. Seine Kameraden folgten ihm auf sein Zeichen hin.

Whisper hatte sich einen Tisch neben dem Feuer ausgesucht. Sie saß mit dem Rücken zur Wand und konnte den gesamten Schankraum überblicken. Ebenfalls eine alte Gewohnheit.

Mit jedem Schritt, den die Männer näher kamen, wuchs in ihr der Drang, einfach aufzuspringen und aus der Schenke zu fliehen. Es kostete sie viel Überwindung, sitzen zu bleiben und abzuwarten. Bisher hatten die Männer weder eine Waffe gezogen noch auf andere Weise gezeigt, dass sie ihr gefährlich werden konnten. Jetzt davonzulaufen würde nur unnötig die Aufmerksamkeit der übrigen Anwesenden auf sie lenken.

Nein, fliehen konnte sie immer noch, falls sich die Männer tatsächlich als Gefahr erweisen sollten. Sie würden es nicht wagen, sie in aller Öffentlichkeit zu bedrohen. Und falls doch … nun, Whisper kannte genügend Tricks, einem Verfolger zu entwischen.

Sie gab vor den Männern keine Beachtung mehr zu schenken. Desinteressiert betrachtete sie den Humpen, der vor ihr auf dem schartigen Holztisch stand, während sie mit klopfendem Herzen darauf wartete, was als Nächstes geschehen würde. Der, der sie zuerst entdeckt hatte, erreichte ihren Tisch und blieb vor ihr stehen. Sie sah auf. Schweigend musterte sie ihn. Ein drahtiger, hoch gewachsener Kerl mit tief liegenden Augen.

»Du bist Whisper.« Seine Stimme klang rau wie ein Reibeisen.

Der bittere Geschmack einer unangenehmen Vorahnung breitete sich in ihrem Mund aus. Niemand in Dallán kannte diesen Namen. Und falls doch, so brachte man ganz sicher nicht sie damit in Verbindung. Für die Menschen in Cor Amánthor war sie Alannah. In der letzten Stadt hatte sie sich Leáh genannt und davor war es Syl gewesen. Whisper hatte darauf geachtet, ihre Spuren sorgfältig zu verwischen. Sichtlich ohne Erfolg. Unwillkürlich wanderte ihr Blick nun doch zur Tür, die in unerreichbare Ferne gerückt zu sein schien, der Weg dorthin versperrt von den drei Männern.

Der Mann mit der rauen Stimme bemerkte ihren Blick. »Wir wollen dir nichts tun, Whisper.«

Und Kühe können fliegen. »Mein Name ist nicht Whistler. Ich bin Alannah, aber eigentlich geht Euch das nichts an.«

»Whisper«, korrigierte er mit dünnem Lächeln. »Nicht Whistler.« Unaufgefordert nahm er auf der Bank ihr gegenüber Platz. Seine Begleiter setzten sich neben ihn.

Whisper trank von ihrem Ale und wartete ab.

Eine Weile musterte er sie ebenfalls schweigend. Schließlich beugte er sich leicht über den Tisch nach vorne. Als er zu sprechen begann, tat er es mit leiser Stimme, sorgfältig darauf bedacht, von den Menschen an den Nebentischen nicht gehört zu werden. »Ich bin im

Auftrag meines Herrn hier, um dir ein Angebot zu machen.«

»Ihr solltet Euer Anliegen in einem Freudenhaus vortragen. Ich bin nicht interessiert.«

Die Hand des Mannes schoss vor und legte sich auf ihren Arm. »Du missverstehst mich. Wir sind nicht auf der Suche nach einem Freudenmädchen«, sagte er ruhig. »Es ist ein Angebot, das du nicht leichtfertig ablehnen solltest.«

»Ach ja?« Whisper runzelte die Stirn. »Und wer ist Euer Auftraggeber?«

Er verzog die Lippen zu einem schmalen Lächeln. »Das wirst du sehen, wenn du uns begleitest.«

Für einen Augenblick spielte Whisper tatsächlich mit dem Gedanken, die Männer zu begleiten. Zu wissen, dass es jemanden gab, der ihre wahre Identität kannte, bereitete ihr Unbehagen. Sie musste herausfinden, wer der geheimnisvolle Herr war und ob er ihr gefährlich werden konnte. Gleichzeitig jedoch war ihr bewusst, dass es sich bei den drei Männern dennoch um Kopfgeldjäger handeln konnte. Womöglich versuchten sie nur sie unter einem Vorwand aus der Schenke zu locken, um bei den übrigen Anwesenden keine Aufmerksamkeit zu erregen. Das Risiko, ihnen zu folgen, war zu groß.

Mit gespielter Gleichmut streifte sie seine Hand ab, die noch immer auf ihrem Arm ruhte, und erhob sich. »Wie ich schon sagte, ich bin nicht interessiert.« Ohne sich noch einmal umzudrehen verließ sie die Schenke.

Gestern diese Kerle, heute das merkwürdige Benehmen der Wirtin. Whisper war davon überzeugt, dass das kein Zufall sein konnte.

Sie haben mir gesagt, was du hier treibst. Glenna Jamessons Worte waren der Beweis, dass sie Recht hatte. Jemand hatte dafür gesorgt, dass die Wirtin sie hinauswarf. Und sie wollte nicht Whisper heißen, wenn die Männer aus dem *Tanzenden Bären* daran unbeteiligt waren. Hastig begann sie ihre Habe in ihren Rucksack zu packen.

Seit sie denken konnte, hatte sie ihren Lebensunterhalt durch Diebstähle und Betrügereien verdient. Mit den Ersparnissen hatte sie sich in Cor Amánthor niederlassen wollen. Sie hatte vorgehabt, sich ein Haus zu kaufen und eine Schenke zu eröffnen. Das einzige Hindernis, mit dem sie gerechnet hatte, war der Erhalt einer Genehmigung gewesen, die es ihr erlaubte, eine Schenke in der Stadt des Königs zu betreiben. Das würde vermutlich nicht leicht werden. Doch darum wollte sie sich erst kümmern, sobald sie geeignete Räumlichkeiten gefunden hatte. Ein paar Goldstücke in die richtigen Hände würden ihr sicher weiterhelfen.

Jetzt hatte es allerdings den Anschein, als müsse sie ihre Pläne ändern. Womöglich war diese Stadt weniger geeignet, als sie zunächst angenommen hatte. Whisper hielt mitten in der Bewegung inne. Sie war es nicht gewohnt, so schnell aufzugeben. Ein neues Leben in einer Stadt zu beginnen, in der offensichtlich einige Menschen wussten, wer sie war, erschien ihr jedoch nicht erstrebenswert. Seufzend zurrte sie die Riemen ihres Rucksacks fest. Wie oft hatte sie ihr Starrsinn bereits in Schwierigkeiten gebracht? *Dieses Mal nicht*, schwor sie sich. *Ich werde nicht in Cor Amánthor bleiben.*

Kurz darauf verließ sie ihre Unterkunft. Sie trat auf die Straße hinaus und sah sich um. Ihr Blick folgte einem Fuhrwerk, das sich vermutlich auf dem Weg zum Marktplatz befand. Die Holzräder holperten über das unregelmäßige Pflaster und wirbelten Straßenstaub auf, der sich nur langsam wieder legte. Einfache Leute zogen Karren hinter sich her, auf denen sie ihre Waren oder Einkäufe transportierten. Eine Frau führte eine Kuh die Straße entlang. Von irgendwoher drang das Geschrei spielender Kinder an ihr Ohr. Alles war in Ordnung.

Whisper schloss für einen Moment die Augen und genoss die wärmenden Sonnenstrahlen auf ihrer Haut. Langsam wich das Unbehagen, das sie noch vor kurzem so deutlich verspürt hatte.

Schon bald würde Cor Amânthor hinter ihr liegen. Es gab nur noch eine Sache, die sie zu erledigen hatte, ehe sie die Stadt verlassen konnte. Sie musste Shan Vari aufsuchen, jenen Kaufmann, den sie mit der Verwaltung ihrer Ersparnisse betraut hatte. Sie würde sich ihr Gold auszahlen lassen und so schnell wie möglich verschwinden.

Bis diese Kerle bemerken, dass ich nicht mehr in der Stadt bin, habe ich einen guten Vorsprung. Eine falsche Fährte hier und da und es wird ihnen niemals gelingen, meine Spur zu finden.

Voll grimmiger Entschlossenheit bahnte sie sich einen Weg durch die belebten Straßen. Immer wieder war sie gezwungen, Fuhrwerken auszuweichen oder entgegenkommenden Menschen Platz zu machen. Alles, woran sie denken konnte, war, so schnell wie möglich zum Viertel der Händler zu gelangen, wo sie Shan Vari finden würde. Sie passierte eine kreuzende Gasse und folgte dem Verlauf der Hauptstraße weiter. Eine Gestalt löste sich aus den Schatten der Gasse und trat neben sie.

»Du hattest eine Nacht Zeit, über unser Angebot nachzudenken«, sagte der Mann neben ihr.

Sie erkannte seine raue Stimme sofort wieder. Ohne ihn anzusehen wusste sie, dass es der Anführer der Männer von gestern Abend war.

Whisper verlangsamte ihren Schritt nicht. Sie sah ihm in die Augen. »Welchen Teil von ›*Ich bin nicht interessiert*‹ habt Ihr gestern nicht verstanden?« Manchmal war Angriff die beste Verteidigung.

Sie setzte ihren Weg fort, bog jedoch an der nächsten größeren Kreuzung von der Hauptstraße ab, um einer anderen Straße zu folgen. Sie wollte vermeiden, dass dieser Kerl erkannte, wohin sie wollte. Er begleitete sie.

Es fiel ihr schwer, ihn nicht einfach anzubrüllen, er solle ihr endlich erklären, was er von ihr wolle und warum er sie verfolge. Dennoch gelang es ihr, sich zurückzuhalten. Dieser verdammte Bote sollte nicht merken, wie sehr ihr seine Anwesenheit zu schaffen machte. Zumindest schien er wirklich kein Kopfgeldjäger zu sein, sonst hätte er sie längst gefangen genommen.

Eine Weile ging er schweigend neben ihr her. Als Whisper nach einiger Zeit noch immer nichts gesagt hatte, ergriff er endlich das Wort. »Wie ich hörte, hast du Schwierigkeiten mit deiner Wirtin«, bemerkte er ruhig. »Wir könnten dir helfen das Missverständnis bei Frau Jamesson aufzuklären.«

In diesem Moment wurde zur Gewissheit, was sie die ganze Zeit über geahnt hatte. Diese Kerle hatten ihr den Ärger eingebrockt.

Whisper blieb stehen. Sie schluckte eine wütende Bemerkung hinunter und sagte kalt: »Danke, ich komme ohne Eure Hilfe zurecht.«

»Bist du sicher?« Der Bote war ebenfalls stehen geblieben.

Sie bedachte ihn mit einem hochmütigen Blick. »Es gibt auch noch andere Schenken.«

»Gerüchte verbreiten sich in Cor Amánthor schnell.«

Whisper erwiderte nichts.

Er sah sie aus seinen dunklen, tief liegenden Augen an. Hier, im Schatten der Häuser, wirkte sein Gesicht wie ein Totenschädel. »Na, Mädchen, du kannst dich noch eine Weile sträuben. Eines solltest du jedoch wissen: Mein Herr kann ein Nein nicht akzeptieren.«

»Dann wird er es wohl lernen müssen.« Es fiel ihr nicht leicht, die gleichgültige Arroganz, die sie bisher an den Tag gelegt hatte, aufrechtzuerhalten. Die Unnachgiebigkeit dieses Mannes beunruhigte sie. Noch mehr beunruhigte sie jedoch die Frage, wer der Herr sein mochte, dem er diente. Mit einem Nicken ließ sie ihn stehen und setzte ihren Weg fort. Sie rechnete damit, dass er ihr folgen würde. Er blieb jedoch, wo er war.

Halb im Schatten verborgen blickte er ihr nach. Seine Lippen formten ein lautloses: *Wir sehen uns.* Dann bog Whisper in eine andere Gasse und verlor ihn aus den Augen.

Kaum war sie um die Ecke, begann sie zu rennen. Getrieben von dem plötzlichen Bedürfnis, so viel Abstand wie möglich zwischen sich und den Boten zu bringen, hetzte sie die Gasse entlang. Immer wieder rempelte sie mit der Schulter gegen Passanten. Ohne auch nur langsamer zu werden hastete sie weiter. Ziellos rannte sie durch die Straßen. Wann immer sie um eine weitere Ecke bog oder an einer Abzweigung vorüberkam, warf sie einen Blick nach allen Seiten. Sie wollte sichergehen, dass der Bote sie nicht verfolgte.

Whisper wusste nicht, wie lange sie durch die Straßen gerannt war. Irgendwann hielt sie völlig außer Atem inne. Sie ließ ihren Rucksack zu Boden gleiten und lehnte sich mit dem Rücken gegen eine Hauswand. Keuchend versuchte sie wieder zu Atem zu kommen.

Im Stillen schalt sie sich eine Närrin. Einerseits hatte sie alles getan, diesem Boten zu zeigen, dass er ihr keine Angst machte, und dann rannte sie durch die Straßen, als wären alle Soldaten des Königs hinter ihr her. Whisper fluchte leise. Sie konnte nur hoffen, dass er ihre kopflose Flucht nicht gesehen hatte.

Noch immer ein wenig atemlos sah sie sich um. Die Häuser hier waren nicht mehr so groß und schön wie in jenen Teilen der Stadt, die sie bisher erkundet hatte. Windschiefe Holzhäuser lehnten sich aneinander und warfen lange Schatten auf die Straße. Bei einigen waren Fenster und Türen mit Brettern vernagelt. Andere hatten nicht einmal mehr Türen. Unrat breitete sich in den Gassen aus und türmte sich an den Wänden. Irgendwo raschelte etwas. *Ratten*, dachte Whisper, während ihr Blick über den Abfall wanderte.

Solange der Bote und seine Männer irgendwo in den Straßen unterwegs waren und nach ihr suchten, benötigte sie ein Versteck. Dort könnte sie warten, bis es dunkel wurde, ehe sie zu Shan Vari gehen wollte. Ein leises Lächeln huschte über ihre Züge. Womöglich war dies genau die Gegend, in der niemand sie vermuten würde. Diese Kerle kannten ihren Namen. Bestimmt wussten sie noch mehr über Whisper. Wenn sie Nachforschungen über sie angestellt hatten, so hatten sie sicher herausgefunden, dass Whisper am liebsten in guten Schenken logierte und sich gerne mit den schönen Dingen des Lebens umgab. Das war der Ruf, der ihr folgte. Ein Ruf, den sie selbst aufgebaut hatte und der nichts weiter als eine geschickte Tarnung war. Whisper hatte gelernt in allen Lebenslagen zurechtzukommen und sie hatte gelernt sich in den Gegenden einer Stadt zu bewegen, in die viele andere Menschen niemals einen Fuß gesetzt hätten.

Whisper hatte in gewissen Kreisen den Ruf, eine begnadete Diebin und Betrügerin zu sein, die gerne im Überfluss lebte und mit dem protzte, was sie besaß. In all den Jahren hatte sie stets sorgfältig darauf geachtet, dass niemand an dieser Fassade kratzte. Viele ihrer Bekannten waren davon überzeugt, dass ihr Hang zum Luxus sie einmal den Kopf oder zumindest die Hand kosten würde.

Whisper hatte sie stets in dem Glauben gelassen und sogar noch darin bestärkt. Voller Stolz konnte sie behaupten, dass niemand die wahre Whisper kannte: jenen Menschen, der sich hinter all dem Pomp und Wohlstand verbarg, den sie nach außen hin zur Schau stellte. Womöglich kam ihr dieser Umstand jetzt zugute.

Whisper schulterte erneut ihren Rucksack und setzte sich wieder in Bewegung. Sie spürte die Blicke aus den Schatten der Straßen und wusste, dass es nicht der Bote war. Schnellen Schrittes folgte sie dem Weg, bis sie eine Schenke erreichte. Die verwitterte Fassade sagte ihr, dass dies der geeignete Unterschlupf war. Das Holzschild, das über der Tür leicht im Wind schwang, verriet ihr den Namen der Schenke. *Zum blinden Bettler.* Ein Blinder konnte nicht sehen, was um ihn herum vorging. Nein, hier würde niemand Fragen stellen.

Sie öffnete die Tür und trat in den Schankraum. Der abgestandene Geruch des Vorabends nach modrigem Stroh vermischt mit Schweiß und Alkohol hing in der Luft und stieg ihr beißend in die Nase. Trotz der sommerlichen Temperaturen brannte ein Feuer im Kamin.

Drückende Hitze lag über dem Raum und ließ die ohnehin schlechte Luft nur noch stickiger werden. Whisper zwang sich dazu, nicht angewidert das Gesicht zu verziehen. Sie mochte es zwar gewohnt sein, sich in Schenken dieser Art aufzuhalten, das bedeutete jedoch nicht, dass es ihr gefiel.

Angesichts der frühen Stunde war die Schankstube nahezu ausgestorben. Nur vereinzelt saßen ein paar Menschen, vorwiegend Männer, an den Tischen und tranken Ale. Hinter dem Tresen stand ein mürrisch wirkender Wirt. Er war damit beschäftigt, einen Humpen mit einem Tuch auszuwischen. Als sie eintrat, hielt er inne und sah auf. Sein fettiges, braunes Haar klebte ihm in feuchten Strähnen am Kopf.

Ohne zu zögern ging Whisper zu ihm. Sie hielt sich nicht mit einer Begrüßung auf. »Ich brauche ein Zimmer.«

Der Wirt legte langsam sein Tuch beiseite und musterte sie eingehend. Whisper hielt seinem Blick schweigend stand. Schließlich nickte der Wirt. »Das macht ein Goldstück für die Nacht. Bezahlung im Voraus.«

Whisper griff in ihre Gürteltasche. Sie kramte fünf Silberstücke hervor und warf sie vor dem Wirt auf den Tresen. »Den Rest bekommst du morgen früh.«

Der Wirt nickte. »Die Treppe rauf und dann links, am Ende des Ganges.«

Whisper wandte sich ab und ging zur Treppe. Sie folgte den breiten, ausgetretenen Holzstufen nach oben. Die Absätze ihrer Stiefel klapperten laut auf den hölzernen Dielen.

Wenige Augenblicke später stand sie in ihrer neuen Unterkunft und sah sich angewidert um. Von dem Strohsack, der an der Wand auf dem Boden lag, ging ein strenger Geruch aus. Sie fragte sich, wie lange das Stroh wohl nicht mehr gewechselt worden war, und entschied, dass sie es lieber nicht wissen wollte.

Da sie sich lebhaft vorstellen konnte, wie viel Ungeziefer darin umherkrabbelte, schob sie den Sack mit einer Stiefelspitze in die hinterste Ecke des Raumes. Mit einer energischen Bewegung stieß sie die enge Dachluke auf, um Luft in die Kammer zu lassen. Sie ließ ihren Rucksack in einer Ecke unter dem Fenster fallen, weit weg von der stinkenden Strohmatratze, und setzte sich daneben auf den Boden. Nachdem sie die Kammer gesehen hatte, war sie froh, dass sie nicht vorhatte hier zu übernachten. Natürlich hätte sie sich auch in den Schankraum setzen und dort bis zum Einbruch der Dunkelheit warten können. Aber in einer Kammer – so dreckig sie auch sein mochte – war das Risiko, gefunden zu werden, einfach geringer. Mit dem Rücken an die Wand gelehnt saß sie da und ließ ihren Blick durch den Raum schweifen. Ungläubig schüttelte sie den Kopf. Sie hatte gedacht, dass Absteigen dieser Art hinter ihr lagen, nachdem sie Cartómien und ihrem bisherigen Leben den Rücken gekehrt hatte. Sie hatte hier in Dallán ein neues Leben beginnen wollen, doch sichtlich hatten die Götter noch eine Rechnung mit ihr offen. *Es wäre auch zu schön, wenn mein Leben zumindest für eine Weile ohne Schwierigkeiten verlaufen könnte.*

Frustriert schlug sie die Absätze ihrer Stiefel aneinander. Immer und immer wieder. Ihre Gedanken wanderten in die Vergangenheit, zurück zu Garian. Sie dachte daran, wie es war, in seinen Armen zu liegen, sich beschützt und sicher zu fühlen. Damals glaubte sie, nichts auf der Welt könne ihr etwas anhaben. Doch wie lange hatte es angehalten? *Genauso lange, wie es gedauert hat, mich an die Stadtwachen zu verraten und das Kopfgeld zu kassieren.*

Whisper stieß ein wütendes Knurren aus. Garian hatte ihr ewige Liebe vorgegaukelt, um sie bei der erstbesten Gelegenheit für ein verdammtes Kopfgeld zu verraten. Ohne die Hilfe eines Wirtes säße sie jetzt im Kerker und Garian würde sein Blutgeld in vollen Zügen verprassen. Vermutlich war es auch Garian zu verdanken, dass der Bote und seine Freunde jetzt hinter ihr her waren. Niemals wieder würde sie den Fehler begehen, einem Dieb zu vertrauen. *Ich hätte klüger sein müssen.* Sie schüttelte die Erinnerung an Garian ab. Es war an der Zeit, sich Gedanken darüber zu machen, wie es weitergehen sollte.

Whisper zerbrach sich lange über ihr weiteres Vorgehen den Kopf. So konzentriert, dass sie kaum bemerkte, wie es dunkel wurde. Rein mechanisch entzündete sie die kleine, beinahe völlig heruntergebrannte Kerze, die auf dem windschiefen Tischchen stand. Unter ihr war der Schankraum zum Leben erwacht. Lärm und ausgelassenes Gelächter drangen zu ihr nach oben. Sie achtete nicht darauf.

Sie wollte noch ein wenig warten, ehe sie sich auf den Weg zu Vari machte. Cor Amánthor jetzt zu verlassen erschien ihr wie eine feige Flucht. Gleichzeitig wusste sie, dass sie das einzig Vernünftige tat. Sie ging kein Risiko ein. Sie mochte starrsinnig sein und über einen ausgeprägten Kampfgeist verfügen, dennoch war sie nicht dumm. Sie wusste, wann es besser war, zu gehen.

Schritte erklangen auf der Treppe. Das Geräusch schwerer Stiefel hallte über den Gang. *Viele Stiefel.* Sie horchte auf. Krachend flog die Tür zu ihrer Kammer auf. Holzsplitter flogen durch den Raum, als der vorgelegte Riegel barst. Ein Hand voll grün uniformierter Männer strömte in die kleine Kammer und überflutete sie. Whisper sprang auf.

»Das ist die Frau!«, vernahm sie eine anklagende Stimme. »Sie hat meinen Herrn bestohlen! Nehmt sie fest!«

Der verdammte Bote! Sie musste ihn nicht sehen um seine Stimme zu erkennen. Sichtlich hatte sein Herr in der Tat nicht vor, ein Nein einfach so hinzunehmen.

Dank jahrelanger Übung überwand sie ihren Schrecken rasch. Es kostete sie nur einen Moment, sich einen Überblick zu verschaffen. Der Weg zur Tür war ihr abgeschnitten. Der einzige Ausweg, der ihr blieb, war die Dachluke. Die Uniformierten traten auf sie zu. Ohne zu zögern überwand Whisper die zwei Schritte, die sie noch vom Fenster trennten. Ihre Hände griffen nach dem Rahmen, dann schwang sie die Beine aus dem Fenster und kletterte nach draußen. Einen Wimpernschlag später stand sie auf dem Dach. Hinter ihr wurden aufgeregte Rufe laut.

Jemand brüllte: »Lasst sie nicht entkommen!«

Whisper achtete nicht darauf. Ihr Blick glitt nach unten zur Straße. Der Schrei ihres Kameraden hatte ein paar Wachen alarmiert, die vor der Schenke zurückgeblieben waren. Sie legten den Kopf in den Nacken und blickten nach oben. Geduckt hastete sie über das schräge Dach, darauf hoffend, dass die Schindeln ihr Gewicht tragen würden.

»Dort oben ist sie!« In der Straße setzten sich die Männer in Bewegung und folgten ihrem Weg.

Hinter ihr kletterte jemand aus dem Fenster. Sie vernahm das Geräusch schwerer Stiefel auf dem Dach. Einen Augenblick später endeten die Schritte in einem lauten Knacken. Ein Fluch folgte. Jetzt nahm sie sich doch die Zeit, sich umzusehen. Die Wache, die ihr aufs Dach gefolgt war, war mit dem Fuß durch die morschen Schindeln gebrochen. Mit einem Ruck befreite der Mann sein Bein und nahm erneut die Verfolgung auf.

Whisper setzte sich wieder in Bewegung. Mit der Sicherheit einer Katze bewegte sie sich über das Dach, kletterte langsam hinauf zum Dachfirst. Sie war jetzt vorsichtiger, wollte vermeiden, dass es ihr so erging wie der Stadtwache. Das Letzte, was sie sich jetzt erlauben konnte, war Nachlässigkeit. Nur ein kleiner Fehler und sie würden sie zu fassen bekommen.

Auf dem Dachfirst angekommen sah sie sich erneut um. Der Mann hinter ihr kam nur langsam voran. Immer wieder knackten die Schindeln bedenklich unter seinen Stiefeln. Andere Männer waren dem ersten aufs Dach gefolgt, doch auch sie waren zu langsam um Whisper einzuholen. Was ihr mehr Sorge bereitete, waren die Männer, die sie auf der Straße erwarteten. Sie musste einen Weg vom Dach hinunter finden, der sie nicht geradewegs in die Arme der Wachen laufen ließ.

Sie drehte um und ging den Dachfirst in entgegengesetzter Richtung entlang. Unter ihr in der Straße machten die Männer ebenfalls kehrt und folgten ihr aus sicherer Entfernung. *Und auf sicherem Grund.*

Am Ende des Daches hielt Whisper inne. Vielleicht vier Meter unter ihr lag die Gasse, verborgen im Schatten. Die Höhe machte ihr keine Sorgen. Dass sie nicht sah, wohin sie sprang, sehr wohl. Im Augenblick hatte sie einen kleinen Vorsprung vor den Männern auf der Straße. Wenn sie sich jedoch beim Sprung den Knöchel verstauchte oder ein Bein brach, war ihre Flucht zu Ende. Das Risiko war zu groß. Whisper hob den Kopf. Als einziger Ausweg blieb das Dach des nächsten Hauses, keine zwei Meter von ihr entfernt. Zu ihrer Erleichterung war es so gebaut, dass die Dachschräge in ihrer Richtung lag.

Sie machte kehrt, balancierte ein Stück über den Dachfirst zurück und nahm Anlauf. *Ich muss wahnsinnig geworden sein*, dachte sie, als ihre Füße immer schneller über den schmalen First rasten. *Ich werde mir nicht einfach nur ein Bein brechen, sondern gleich den Hals.* Dann erreichte sie das Ende des Daches. Sie spannte die Muskeln an, stieß sich ab und sprang. Für einen schrecklich langen Augenblick sah es so aus, als würde sie ihr Ziel verfehlen und auf die Straße stürzen. Ihre Füße trafen auf Widerstand. Das Dach. Sofort warf sie sich nach vorne und streckte die Arme aus. Ihre Finger streiften die Kante des Dachfirsts und griffen zu. Ein Ruck ging durch ihre Schultern, als ihre Arme das Gewicht ihres Körpers auffingen. Eine Hand geriet ins Rutschen. Sofort packte sie härter zu. Während ihre Füße noch scharrend nach Halt suchten, zog sie sich nach oben.

Vor Anstrengung keuchend hielt sie einen Augenblick inne. Aus zusammengekniffenen Augen spähte sie nach unten in die Gasse. Sie hörte die schweren Stiefel der Wachen, die sich unaufhörlich näherten, konnte sie jedoch nicht sehen. Noch nicht. Die Männer, die ihr auf der anderen Seite auf das Dach gefolgt waren, machten sich daran, wieder durch die Dachluke in die Kammer zurückzuklettern. Keiner von ihnen brachte den Mut auf, ihr auf diesem Weg zu folgen. Sie waren zu schwer und würden unweigerlich einbrechen oder abstürzen. Whisper stemmte sich auf die Beine. Die Wachen auf der Straße hatten einen weiteren Weg zurückzulegen, da sie das Haus umrunden mussten. Sie durfte ihren Vorsprung jetzt nicht vertun. So schnell sie es wagte, folgte sie dem

Verlauf des Daches, tiefer in die kleine Gasse hinein. Das Haus endete und sie wechselte auf das Dach des angrenzenden Hauses. Dank der dichten Bauweise hatte sie lediglich einen halben Meter Entfernung und ein paar Zoll Höhenunterschied zu überwinden. Geduckt hastete sie weiter.

Noch ein weiteres Haus, dann war das Ende der Häuserzeile erreicht. Whisper sah nach unten um sich zu vergewissern, dass sie sich nicht in einer Sackgasse befand. Sie hatte Glück. Wenige Meter von ihr entfernt mündete die Gasse erneut in eine breitere Straße. Die Wachen waren noch ein gutes Stück hinter ihr. Auf dem Hintern rutschte sie die Dachschräge entlang nach unten. Sie klammerte sich mit den Händen an die Traufe und ließ sich hinabgleiten, bis sie ausgestreckt am Dach hing. Mit einem stummen Stoßgebet auf den Lippen, sie möge auf ebenen Untergrund treffen, ließ sie sich fallen und landete sicher in der dunklen Gasse. Nachdem sie einen raschen Blick zurückgeworfen hatte, setzte sie sich wieder in Bewegung. Die Wachen waren ihr dichter auf den Fersen, als sie angenommen hatte.

Sie rannte, so schnell sie konnte. Die Kletterpartie über das Dach hatte sie einen Großteil ihrer Kraft gekostet. Schon bald begannen ihre Lungen zu brennen. Whisper zwang sich, nicht darauf zu achten und weiterzulaufen. Die Gasse traf auf eine Abzweigung. Whisper schlug einen Haken und bog in die größere Straße ein. Sie rannte nahezu ungebremst um die Ecke und prallte mit jemandem zusammen, der soeben die Straße entlangkam. Der Aufprall presste ihr alle noch verbliebene Luft aus den Lungen. Sie wäre zu Boden gestürzt, hätte sie nicht jemand am Arm gepackt und festgehalten.

Whisper sah auf. Sie wollte sich bedanken oder entschuldigen. Womöglich auch beides. Als sie jedoch die dunkelgrüne Uniform sah, blieben ihr die Worte im Hals stecken. Sie war geradewegs in einen Mann der Stadtwache gerannt. Auf seiner Brust prangte das Wappen Cor Amánthors, der silberne Kelch. Ungläubig blinzelnd starrte sie darauf.

Ihr Gegenüber überwand seine Überraschung einen Moment schneller als sie. Die Hand, die zuvor ihren Sturz verhindert hatte, klammerte sich kraftvoll um ihren Arm. Verzweifelt versuchte sie sich loszureißen. Sie trat und schlug nach dem Mann – ohne Wirkung. Mühelos hielt er sie auf Abstand. Ihre Tritte und Schläge verpufften. Er überragte sie lediglich um einen halben Kopf, doch an Stärke war er ihr weit überlegen.

Um ihre Kräfte zu schonen, hörte sie auf gegen ihn anzukämpfen. Im Augenblick rechnete er damit, dass sie sich zur Wehr setzte. Was sie jetzt brauchte, war ein Moment der Unaufmerksamkeit, den sie zur Flucht nutzen konnte. Whisper rang noch immer keuchend um Atem. Sie war müde und verschwitzt. Allein der Gedanke, erneut zu fliehen, weckte in ihr beinahe den Wunsch nach einer geruhsamen Kerkerzelle. Während sie noch das Schicksal verfluchte, das derart grausame Spielchen mit ihr spielte, bogen zwei weitere Wachen um die Ecke.

Beim Anblick seiner Kameraden verstärkte der Mann seinen Griff und drehte ihr den Arm auf den Rücken. Whisper stieß einen leisen Schmerzenslaut aus. Ehe einer der Männer etwas sagen konnte, ergriff er das Wort. »Ich bringe sie in den Kerker. Ihr erstattet den anderen Bericht.«

Die beiden Wachen nickten und kehrten in die Gasse zurück, aus der sie gekommen waren. Kaum waren die Männer verschwunden, ließ er sie los und strich sich mit

Daumen und Zeigefinger über den Bart. »Beim nächsten Mal lässt du dich besser nicht erwischen.«

Whisper sah auf. Seine dunklen Augen glitzerten vor Vergnügen und ein leises Lächeln umspielte seine Mundwinkel. Dieses Mal brauchte sie nicht lange, um ihre Überraschung zu überwinden. Auch wenn sie nicht verstand, warum ein Mann der Stadtwache sie einfach entkommen ließ, nutzte sie die Gelegenheit zur Flucht.

Obwohl sie niemals geglaubt hätte, dass ihre Beine sie noch tragen würden, setzte sie sich in Bewegung. Mit jedem Schritt, den sie sich von dem Uniformierten entfernte, wurde sie schneller, bis sie schließlich wieder rannte. Sie tauchte ein in das Gewirr nächtlicher Gassen, wechselte immer wieder die Richtung, lief im Kreis und schlug Haken, die sie kreuz und quer durch Cor Amánthor führten. Irgendwann hörte sie auf zu rennen. Müde fiel sie in einen gemächlichen Trab und blieb endlich stehen. Sie war erschöpft und beinahe am Ende ihrer Kräfte. Zu gerne hätte sie sich ausgeruht, doch dazu blieb keine Zeit. Nicht solange sie nicht ihr Gold geholt und Cor Amánthor verlassen hatte.

Nachdem sie wieder ein wenig zu Atem gekommen war, ging sie weiter. Da der Bote sie in einer Gegend gefunden hatte, in der sie sich sicher glaubte, änderte sie ihre Taktik. Sie hatte sich vor ihm versteckt und es war vergeblich gewesen. Womöglich käme er gar nicht auf den Gedanken, dass sie sich jetzt nicht mehr verstecken könnte.

Obwohl es bereits dunkelte, war es noch früh am Abend. Die großen Straßen waren voller Leben. Whisper verließ die dunkle Gasse und mischte sich auf einer der Hauptstraßen unters Volk. Sie achtete darauf, sich stets in der Nähe von Menschen aufzuhalten. Wann immer sie das

Dunkelgrün einer Stadtwachenuniform erspähte, machte sie einen großen Bogen. Wieder fragte sie sich, warum der Mann sie hatte entkommen lassen. Sie fand keine Antwort auf diese Frage und genau genommen spielte es auch keine Rolle. Sie war entkommen, allein das zählte.

An einer kleinen Marktbude kaufte sie etwas Brot und ein Stück frisch gebratenes Schweinefleisch. Obwohl sie hungrig war, aß sie nur das Brot. Das Fleisch wickelte sie in ein Tuch und verstaute es in ihrem Ärmel.

Es war an der Zeit, das Gold zu holen und Cor Amánthor Lebewohl zu sagen. Ihre Hand glitt unauffällig zu ihrem Hemd. Beruhigt atmete sie aus, als ihre Finger auf das Pergament trafen, das in der Innenseite eingenäht war. Sie mochte all ihre Habe im *Blinden Bettler* zurückgelassen haben, doch den Schuldschein, der sie als rechtmäßige Besitzerin ihrer Ersparnisse auswies, hatte sie noch. Es war schlimm genug, dass sie ihre verloren gegangene Ausrüstung würde ersetzen müssen. *Das wird nicht gerade billig werden*, dachte sie düster. Dann stieß sie einen tiefen Seufzer aus. *Nun ja, es hätte schlimmer kommen können.*

Cor Amánthor jetzt zu verlassen hatte nichts mehr mit Flucht zu tun. Es war lediglich eine Frage des gesunden Menschenverstands.

Whisper ließ die belebten Straßen hinter sich. In einer schmalen, finsteren Gasse presste sie sich gegen eine Hauswand und beobachtete die Straße. Nachdem sie sicher war, dass ihr niemand folgte, setzte sie ihren Weg fort. Bald darauf sah sie Shan Varis Haus, eine frei stehende Stadtvilla im besten Viertel Cor Amánthors. Weiße Säulen säumten eine breite, mit Marmor gepflasterte Veranda. Irgendwo dahinter lag die Eingangstür in den Schatten verborgen.

Whisper betrat die Gasse, die am Anwesen des Kaufmanns vorbeiführte. Eine hohe Mauer aus Ziegelsteinen umgab drei Seiten des Grundstücks. Sie gab vor ein nächtlicher Spaziergänger zu sein und umrundete das Anwesen zweimal. Erst nachdem sie sicher war, dass das Haus nicht beobachtet wurde, hielt sie in der Gasse inne. Ein letzter Blick rechts und links, dann setzte sie zum Sprung an. Ihre Finger trafen auf die Mauerkante und fanden dort Halt. Rasch zog sie sich nach oben, schwang die Beine über die Mauer und ließ sich auf der anderen Seite zu Boden fallen. Sie landete weich auf dem Rasen. Sie sah hinüber zum Haus. Hinter einem der Fenster brannte Licht. Soweit sie sich erinnern konnte, war dort Varis Arbeitszimmer.

Leise, tappende Schritte erfüllten die Nacht. Im Laufe des Tages waren dicke Wolken aufgezogen und hatten die Sonne verdunkelt. Jetzt verbargen sie den Mond hinter ihrem grauen Schleier. Die einzigen Lichtquellen waren das schwache Licht der Sterne und die Lampe hinter dem Fenster. Whisper wandte den Kopf in die Richtung, aus der das Geräusch gekommen war, und spähte in die Dunkelheit. Ihre Hand glitt zu ihrem Ärmel.

Ein Knurren wurde laut. Schwarze Augen glitzerten bedrohlich im Sternenlicht. Varis Wachhund. Whisper zog das Tuch mit dem Fleisch aus ihrem Ärmel, wickelte es rasch aus und warf es dem Hund zu. Augenblicklich war die Aufmerksamkeit des Tieres von ihr abgelenkt. »Braves Hundchen«, flüsterte sie und trat vorsichtig an dem großen Hund vorbei. Dabei bemerkte sie, *wie* groß er tatsächlich war. Selbst jetzt, wo er sich über das Fleisch beugte, reichte er Whisper noch bis zu den Schenkeln. *Das Vieh muss direkt von den Wölfen abstammen.* Sie hörte die Kiefer des Hundes krachen, als er das Fleisch Stück für Stück zerriss.

Whisper sah sich nicht noch einmal um. Im Schatten der Bäume pirschte sie sich an das Haus heran. Sie hielt sich von der Vorderseite entfernt, wo ein aufmerksamer Beobachter sie von der Straße aus hätte sehen können. Langsam umrundete sie das Haus, bis sie die Verandatür auf der rückwärtigen Seite erreichte. Im Raum dahinter war es dunkel. Geduckt trat sie an die Tür heran. Sie nahm sich einen Augenblick Zeit, in die Dunkelheit zu lauschen. Sie wollte ganz sichergehen, dass sich niemand im dunklen Raum dahinter aufhielt. Alles blieb ruhig.

Langsam zog sie einen schmalen Holzspan aus einer ihrer Gürteltaschen. Sie schob das dünne Stück Holz in die Ritze unterhalb des Riegels und führte es langsam nach oben. Als sie auf Widerstand traf, verstärkte sie den Druck auf den Span. Mit einem kaum vernehmlichen Schaben bewegte sich der Riegel langsam nach oben. Kaum war die Tür entriegelt, drückte sie sie vorsichtig ein Stück nach innen auf und griff sofort nach dem Riegel, ehe er krachend zurück an seinen Platz fallen konnte. Beinahe lautlos glitt Whisper in den Raum und schloss die Tür hinter sich.

Warum mache ich das eigentlich?, fragte sie sich, während sie den Span verstaute. Doch sie kannte die Antwort. Der Bote hatte bisher einen gehörigen Aufwand betrieben, um sie in die Finger zu bekommen. Sie wollte unbedingt vermeiden, dass jemand sah, wie sie Shan Varis Haus betrat. Sie hoffte nur, den alten Kaufmann würde nicht der Schlag treffen, wenn sie plötzlich vor ihm stand. Ein Mord war das Letzte, was sie sich jetzt noch in die Schuhe schieben lassen wollte.

Wieder einmal fragte sie sich, was der Bote überhaupt von ihr wollte. Welche Art von Angebot mochte es sein, das er ihr zu machen hatte? Sie wusste es nicht. Obwohl von Natur aus neugierig, war sie davon überzeugt, dass es besser sei, es nicht zu wissen. Männer, die nach ihr suchten, benötigten ihre *besonderen* Fertigkeiten. Das bedeutete üblicherweise, dass sie etwas stehlen oder jemanden übers Ohr hauen sollte. Dieses Leben lag hinter ihr. Sie würde nie wieder …

Mitten in ihren Gedanken hielt sie inne. Beinahe hätte sie laut gelacht. *Was werde ich nie wieder? In ein Haus einbrechen?* Ihr Blick fiel auf den leeren Salon, der im Dunkeln vor ihr lag. Sie zuckte mit den Schultern. Der Bote zwang sie dazu. Abgesehen davon tat sie nichts Unrechtes. Sie wollte sich lediglich holen, was ohnehin ihr gehörte, und dann die Stadt verlassen.

Langsam setzte sie sich wieder in Bewegung. Die teuren Spitzengardinen sperrten auch noch das letzte bisschen Sternenlicht aus. Es war stockfinster. Mit ausgestreckten Händen suchte sie sich vorsichtig ihren Weg durch den nächtlichen Salon. Sorgsam darauf bedacht, gegen keines der unzähligen Beistelltischchen zu rennen, an die sie sich von ihrem ersten Besuch her erinnern konnte. Viele Porzellan- und Glasfiguren standen auf diesen Tischen. *Der Albtraum eines jeden Einbrechers.*

Ihre Finger trafen auf etwas Weiches. Stoff. Das Sofa. Whisper tastete sich daran entlang, erreichte den Sessel und schließlich die geschlossene Tür. Erneut hielt sie inne um zu lauschen. Alles war ruhig. Leise öffnete sie die Tür und trat in die Empfangshalle hinaus. Die Tür zu Varis Arbeitszimmer war nur angelehnt und entließ einen dünnen Streifen Licht in die Halle. Genug für Whisper um sich zurechtzufinden. Sie ließ die Treppe links liegen und ging direkt auf das Arbeitszimmer zu. Leise

Stimmen drangen an ihr Ohr. Eine davon gehörte Vari, die andere seinem Diener.

»Gleich morgen früh gehst du auf den Markt und holst mir ein paar dieser wundervollen akerianischen Spitzentücher, Gil.«

»Natürlich, Herr, wie Ihr wünscht.«

Whisper trat an die Tür heran und klopfte an. Sie sah, wie der Diener erschrocken zusammenzuckte. Falls Vari erschrak, ließ er es sich nicht anmerken. Whisper wusste, welchen Anblick sie bieten musste, abgehetzt und müde. Auch hier ließ sich Vari nichts anmerken. Ein geschäftiges Lächeln breitete sich über seinen Zügen aus, als er sie auf der Schwelle erblickte. »Lady Alannah, was führt Euch zu so später Stunde zu mir?«, begrüßte er sie. »Tretet ein, mein Kind.«

Whisper folgte der Aufforderung und betrat das Arbeitszimmer. Gil hatte seinen Schrecken überwunden und verneigte sich höflich.

»Ich wollte Euch nicht erschrecken, Vari«, entschuldigte sie sich.

»Das habt Ihr nicht.«

Whisper sah ihn verwirrt an. *Ein Mensch erscheint mitten in der Nacht in seinem Haus und er erschrickt nicht?* »Habe ich nicht?«, echote sie mit gerunzelter Stirn.

Shan Vari lachte. Ein tiefer, dröhnender Laut, der seinen mächtigen Bauch erbeben ließ und seine fleischigen Wangen zum Wackeln brachte. »Ich habe viele Kunden, die vermeiden wollen, dass ihre Nachbarn und Mitmenschen erfahren, dass sie ausreichend Gold besitzen, um einen Kaufmann mit der Verwaltung ihres Vermögens zu beauftragen. Viele meiner Klienten besuchen mich deshalb im Schutz der Dunkelheit. Reiche Menschen haben viele Neider.«

Whisper nickte abwesend. Ihr Blick schweifte durch den Raum. Sie hatte in ihrem Leben schon viel gesehen, doch nur selten derartigen Reichtum. Teure Teppiche lagen auf dem Boden und dämpften jeden ihrer Schritte. Die Gemälde an den Wänden waren wahre Meisterwerke. Goldene Kerzenleuchter standen auf dem Schreibtisch des Kaufmanns und selbst der marmorne Kamin war an der Außenseite mit Gold überzogen. Allein die Sitzkissen der Stühle und des Sofas waren ein Vermögen wert. Der bloße Anblick der Einrichtung genügte, um ein Jucken in ihren Fingern hervorzurufen. Mühsam rief sie sich ins Gedächtnis, dass sie keine Diebin mehr war.

Whisper legte eine ernste Miene an den Tag. »Ich habe etwas Geschäftliches mit Euch zu besprechen, Vari.«

Shan Vari nickte, sagte jedoch nichts.

Sein Diener Gil meldete sich zu Wort. »Darf ich der Dame eine Erfrischung bringen?«

Vari winkte ab. »Nicht nötig, Gil. Ich kümmere mich selbst darum. Warum gehst du nicht einfach schlafen?«

Gil sah seinen Herrn für einen Augenblick an, als wolle er fragen, ob das sein Ernst sei. Shan Vari bekräftigte seine Worte mit einem Nicken und sagte: »Du weißt doch noch, was wir erst gestern über nächtliche Besucher besprochen haben.«

Mit einer letzten Verneigung zog Gil sich zurück.

Der dicke Kaufmann stemmte seinen massigen Leib empor und ging zu einer Kommode. Er füllte zwei Kelche mit Wein und reichte einen davon Whisper.

»Was kann ich also für Euch tun, Lady Alannah?«

Der Augenblick für ein kleines bisschen Theater war gekommen. Sie hatte ausreichend Zeit gehabt, sich die Worte zurechtzulegen, mit denen sie Vari um ihr Gold bitten wollte. Whisper nippte an ihrem Wein. Als sie erneut zu Vari sah, lag tiefe Trauer in ihrem Blick. »Ein Todesfall in der Familie zwingt mich Cor Amánthor zu verlassen. Ich weiß noch nicht, ob und wann ich zurückkehren werde. Deshalb bitte ich Euch, mir mein Gold noch heute Nacht – noch jetzt – auszuzahlen.« Sie fuhr sich rasch mit der Hand über die Augen, als wolle sie die Tränen verbergen, die sich in ihren Augenwinkeln sammelten.

Wann immer Whisper bisher auf die Lüge des verstorbenen Verwandten zurückgegriffen hatte, waren ihr Mitgefühl und Anteilnahme zuteil geworden. Sie musste in keinen Spiegel blicken um zu sehen, welche tiefe Trauer auf ihren Zügen lag. Whisper hatte diese Masche in ihrem Leben oft genug angewandt, um jeden Blick und jede noch so kleine Geste bis ins letzte Detail zu beherrschen. Und sie war eine hervorragende Schauspielerin.

Vari zeigte jedoch nicht die erwartete Reaktion. Nicht das geringste Zeichen von Mitgefühl war in seinem runden Gesicht zu erkennen.

Hier stimmt was nicht.

»Mylady, es tut mir Leid, Euch das sagen zu müssen, doch Ihr könnt Euch das Schauspiel für jemanden aufheben, der darauf hereinfällt.«

Whisper bemühte sich die Fassade der Trauernden aufrechtzuerhalten. »Wie könnt Ihr es wagen, meine Trauer als ein Schauspiel zu bezeichnen!«

Vari schüttelte beinahe traurig den Kopf. »Man hat mich vorgewarnt, Alannah. Die Männer sagten, Ihr würdet alles versuchen, um das Gold zurückzubekommen.«

»Die Männer?« Es bedurfte keiner Antwort auf ihre Frage. Whisper kannte sie bereits. *Der verdammte Bote war hier.* »Also gut, Vari, Ihr seid ein kluger Mann und es hat keinen Sinn, Euch etwas vorzumachen. Ich befinde mich in einer Notlage und muss die Stadt verlassen. Doch vorher müsst Ihr mir mein Gold zurückgeben.«

Unendlich langsam schüttelte Shan Vari den Kopf. Mit der Linken fuhr er sich über das schüttere, braune Haar. »Die Männer haben Euer Gold beschlagnahmt. Sie sagten, es stamme aus … unlauteren Quellen.«

»Was?« Whisper fühlte sich, als hätte man ihr den Boden unter den Füßen weggezogen. Ganz gleich wohin sie seit gestern Abend gegangen war, der verdammte Bote war ihr stets auf den Fersen gewesen und jetzt schien es, als wäre er ihr sogar einen Schritt voraus. Ohne hinzusehen stellte sie den Weinkelch auf einen kleinen Tisch und ließ sich in einen Sessel fallen. Plötzlich fühlte sie sich unendlich müde.

»Wer sind diese Männer? Was wollen sie von mir?« Sie wusste nicht, ob die Frage an sie selbst oder an Vari gerichtet war.

»Ich weiß es nicht.« Varis Antwort kam ein wenig zu schnell und zu hart um glaubhaft zu sein.

Eine maßlose Wut ergriff von ihr Besitz. *Wie können diese Männer sich anmaßen, im Leben eines anderen herumzupfuschen?* Sie sprang auf. Bevor Vari reagieren konnte, stand sie vor ihm, packte ihn am Kragen und schüttelte ihn heftig. Whisper war weder groß noch sonderlich kräftig, trotzdem gelang es ihr, dem Kaufmann Angst zu machen. Vari keuchte. Schweiß trat ihm auf die Stirn.

»Du kannst nicht einfach mein Gold hergeben!«, fuhr sie ihn an. »Was glaubst du, was geschieht, wenn deine Kunden erfahren, dass du das Vermögen einer Kundin nicht mehr rausrückst?«

Obwohl er sichtlich erschrocken war, reagierte Vari erneut anders, als sie erwartet hatte. Er atmete einmal tief durch, dann schien er seine Fassung zurückerlangt zu haben. Ruckartig streifte er ihre Hände ab und trat einen Schritt zurück.

»Ich habe einen hoch angesehenen Leumundszeugen, der sich jederzeit dafür verbürgen wird, dass ich meinen Geschäften auf redliche Art nachkomme. Niemand wird es als Verbrechen oder Betrug ansehen, dass ich ein unrechtmäßig erworbenes Vermögen einem guten Zweck zur Verfügung gestellt habe.«

»Wer ist dieser *geachtete* Mann?« Sie hatte Mühe, nicht zu brüllen.

Vari schüttelte den Kopf. »Wie alle meine Kunden genießt auch dieser Herr das Privileg, seine Angelegenheiten vertraulich behandelt zu wissen.«

»Bitte sagt mir, wer er ist!« Sie flehte nun beinahe. »Ich muss doch wissen, an wen ich mich wenden kann.«

»Ich bedauere.«

An der knappen Antwort erkannte sie, dass es keinen Zweck hatte, ihn weiterhin anzuflehen. Vari würde ihr nichts über den Mann verraten, nicht einmal wenn sie ihn bedrohte. Man mochte über Kaufleute denken, was man wollte, zumindest war dieser Mann seinen Prinzipien treu.

Dennoch hätte Whisper Vari mit dem größten Vergnügen erwürgt – oder den verdammten Boten, wäre er jetzt hier gewesen.

Man musste kein Hellseher sein um zu wissen, was geschehen war. Der Leumundszeuge, von dem Vari sprach, war niemand anderer als der Herr dieses Boten. Er schien in der Tat ein einflussreicher Mann zu sein.

Sie hatten herausgefunden, wo ihr Gold aufbewahrt wurde. Vermutlich beobachtete sie der Bote bereits, seit sie den ersten Fuß nach Cor Amánthor gesetzt hatte. Wenn dem so war, hatten sie natürlich gesehen, dass sie bei dem Kaufmann gewesen war.

Und vermutlich hatten sie ihm sofort nach ihrer Flucht aus dem *Blinden Bettler* einen Besuch abgestattet, wahrscheinlich schon vorher. Der Bote hatte ihm den Schutz seines Herrn und womöglich auch die Verwaltung dessen Vermögen in Aussicht gestellt. In jedem Fall wurde Vari ein Angebot gemacht, das er nicht ausschlagen konnte.

Whisper unterdrückte den erneuten Drang, den fetten Kaufmann am Kragen zu packen und so lange zu schütteln, bis ihr Gold aus seiner teuren, dunkelroten Brokatrobe fiel. Jedes einzelne Goldstück.

Sie stieß einen lauten Fluch aus, der Vari die Schamesröte ins Gesicht steigen ließ. Aufgeregt wanderte sie vor dem Kamin auf und ab und dachte darüber nach, was sie tun sollte.

»Mylady, es wäre besser, wenn Ihr mein Haus verlasst.«

Whisper hielt inne und fuhr zu ihm herum. *Erst stiehlt er mein Gold und dann wirft er mich raus!* Sie wollte ihm eine wütende Antwort entgegenschleudern. Der Anblick seiner ernsten Miene sorgte jedoch dafür, dass ihr die Worte im Hals stecken blieben. Es war ein Fehler gewesen, hierher zu kommen, das begriff sie jetzt.

Draußen wurden Rufe laut. Irgendwo brüllte jemand einen Befehl. *Der Bote.* Sie hatte niemanden gesehen, der das Haus bewachte. *Das war auch nicht nötig.* Varis Diener Gil hatte die Männer alarmiert. Whisper erinnerte sich an Varis Nicken, ehe Gil gegangen war. *Du weißt doch noch, was wir über nächtliche Besucher besprochen haben.* Das waren Shan Varis Worte gewesen.

Whisper wusste nicht, was sie mehr erschreckte. Die

Tatsache, in eine Falle getappt zu sein, oder dass sie die Anzeichen nicht schon viel früher bemerkt hatte.

»Das glaube ich einfach nicht!« Ehe sie Gelegenheit zur Flucht fand, betrat der Bote das Arbeitszimmer. Seine beiden Kameraden folgten ihm auf dem Fuße, alle drei hatten ihre Schwerter gezückt. Die Männer platzierten sich so geschickt, dass sie ihr den Weg zum Fenster und zur Tür abschnitten.

»Du folgst uns jetzt besser«, sagte der Bote.

Whisper seufzte. Sie senkte den Blick und ließ die Schultern hängen, ihre Haltung brachte ihre Resignation deutlich zum Ausdruck. Das sollte sie auch.

Whisper hatte jedoch nicht vor sich geschlagen zu geben. Kaum merklich schweifte ihr Blick durch den Raum. Einer versperrte ihr den Weg zum Fenster. Ein weiterer stand so, dass sowohl das Fenster als auch die Tür in seiner Reichweite waren. Auf halbem Weg zum Fenster befand sich Vari. An ihm gab es kein Vorbeikommen. Ihr blieb nur die Tür. Dazu musste sie am Boten vorbei. *Er wird mich nicht töten. Sein Herr will mich lebend.* Im schlimmsten Fall scheiterte ihr Fluchtversuch und sie fand sich in Kürze vor dem geheimnisvollen Auftraggeber wieder.

»Ihr gebt nicht auf, was?« Kaum merklich veränderte sie ihre Haltung.

»Ich habe doch wohl nicht zu erwähnen vergessen, dass mein Herr sich nicht mit einem Nein zufrieden gibt, oder?«, erwiderte der Bote ohne sie aus den Augen zu lassen.

»Schön, zu sehen, dass es noch Menschen gibt, die sich durch ausgesprochene Beharrlichkeit auszeichnen.« Whisper spannte die Muskeln an und machte sich bereit. »Unglücklicherweise kann ich ebenfalls äußerst unnachgiebig sein. Wie ich schon sagte: Euer Herr wird lernen müssen mit einem Nein zu leben.«

Sie täuschte einen Schritt nach links, in Richtung Fenster an. Sofort bewegten sich die drei Männer in dieselbe Richtung. Diesen Augenblick nutzte Whisper, um einen Haken nach rechts zu schlagen. Mit einem Satz war sie am Boten vorbei und rannte auf die Tür zu. Etwas traf sie am linken Oberarm. Ihr Hemd zerriss. Sie spürte einen stechenden Schmerz. *Dieser Mistkerl hat tatsächlich mit dem Schwert nach mir geschlagen.* Sie achtete nicht auf das warme Blut, das über ihren Arm rann. Die Wut, die sie angesichts dieser Attacke verspürte, verlieh ihr die nötige Kraft, um weiterzulaufen.

In der Empfangshalle angekommen hielt sie sich links. Mit weit ausgreifenden Schritten stürmte sie in den Salon, durch den sie gekommen war. Ungebremst tauchte sie in die Dunkelheit des Raumes ein. Sie umrundete das Sofa und arbeitete sich in Richtung des Fensters vor, den Boten und seine Männer dicht hinter sich. Mit dem Bein stieß sie gegen eines der Tischchen. Ein paar der Figuren klirrten leise, dann war sie daran vorbei. Hinter ihr stürmten die drei Männer in den Raum. Ein lautes Scheppern, gefolgt vom Geräusch splitternden Glases. Irgendwo weiter hinten jammerte Vari lautstark über die Zerstörung seiner kostbaren Kunstgegenstände.

Geschieht dir recht, elender Verräter! Whisper erreichte die Tür. Ihre Hand tastete nach dem Riegel. Für einen endlosen Moment griffen ihre Finger ins Leere. Furcht breitete sich in ihr aus. Dann bekam sie den Riegel zu fassen, riss ihn hoch und zog die Tür auf. Sie floh auf die Veranda, noch ehe ihre Verfolger den dunklen Salon durchquert hatten. Während sie inständig darum betete, der Hund möge noch mit dem Fleisch beschäftigt sein, rannte sie durch den Garten. Vom Hund war nichts zu sehen.

Ohne sich umzusehen stürmte sie auf die Mauer zu, die das Grundstück von der angrenzenden Gasse trennte. Aus vollem Lauf sprang sie ab und setzte über die Mauer hinweg. Sie landete unsanft auf der anderen Seite der Mauer. Ihre Beine trafen auf unebenen Grund. Der linke Fuß knickte um. Taumelnd versuchte sie ihr Gleichgewicht zurückzuerlangen. Es gelang ihr nicht. Von ihrem eigenen Schwung mitgerissen stürzte sie hart zu Boden. Sie stieß einen Schrei aus, als sie mit der Schulter voran ungebremst auf das Straßenpflaster prallte. Sie biss sich auf die Lippe und schluckte einen Fluch hinunter. Ein wenig umständlich kam sie wieder auf die Beine. Ein brennender Schmerz fuhr durch ihren Knöchel und schien geradewegs in ihrer Schulter zu enden.

Hinter ihr waren ihre Verfolger dabei, die Mauer zu überwinden. Whisper setzte sich wieder in Bewegung. Zunächst langsam und humpelnd. Nachdem sie jedoch bemerkte, dass ihr Knöchel weniger schlimm verletzt war, als sie zunächst angenommen hatte, wurde sie zunehmend schneller.

Whisper hörte ein Geräusch. Sie glaubte die Stiefel der Männer über das Pflaster klappern zu hören. Es brauchte einen Augenblick, bis sie begriff, dass es ihr eigener Herzschlag war, der da in ihren Ohren dröhnte.

»Verteilt euch!«, rief einer der Männer hinter ihr.

Fluchend tauchte sie in das Labyrinth aus Straßen und Gassen ein. Ihre Verfolger hatten sich getrennt um ihr den Weg abzuschneiden. Whispers Blick glitt zu den Dächern empor. *Der einzige Weg, auf dem ich sie vermutlich abhängen könnte.* An Klettern war jedoch nicht zu denken. Schon jetzt hatte sie kaum noch Gefühl in ihrer verletzten Schulter, von dem dumpfen Pochen einmal abgesehen.

Verbissen rannte sie weiter, noch immer nicht bereit aufzugeben. Plötzlich erschien der Bote vor ihr in der Gasse und vertrat ihr den Weg. Überrascht schnappte sie nach Luft. Er war aus einer schmalen Seitengasse zu ihrer Linken gekommen. Whisper konnte nicht mehr rechtzeitig abbremsen. Sie versuchte noch an ihm vorbeizukommen, doch er bekam sie am Arm zu fassen. Ein heftiger Schmerz durchfuhr ihren verletzten Arm, als sie zurückgerissen wurde. Irgendwie gelang es ihr, sich zu befreien. Ganz langsam wich sie zurück. Mit erhobenem Schwert drängte er sie immer weiter nach hinten. Sternenlicht fing sich im Stahl seiner Klinge und ließ sie blau schimmern. Whisper wünschte ihren Dolch herbei um sich verteidigen zu können. Die Waffe war jedoch dahin, ebenso wie der Rest ihrer Ausrüstung. Schritt für Schritt zog sie sich weiter zurück, bis sie mit dem Rücken gegen die Wand stieß. Es war vorbei.

»Hör endlich auf dich zu wehren! Ich will dich nicht verletzen.«

Whisper sah an ihrem linken Arm hinab. Der Ärmel war zerschnitten und mittlerweile von Blut durchtränkt. »Dafür ist es wohl zu spät.«

»Wenn du mir diesmal nicht freiwillig folgst, werde ich dich niederschlagen und mit Gewalt fortbringen. Zwing mich nicht dazu.« Seine Worte klangen merkwürdig eindringlich. So als widerstrebe es ihm tatsächlich, sie derart grob zu behandeln. Seine Miene brachte jedoch deutlich zum Ausdruck, dass er es leid war, ihr durch die ganze Stadt hinterherzujagen.

Whisper tat einen Schritt zur Seite; sofort hob er die Klinge und schnitt ihr den Weg ab. Ein Schritt in die andere Richtung; wieder war er schneller. Sie kaute auf ihrer Unterlippe, verzweifelt darum bemüht, einen Ausweg zu finden. Ihr Blick wanderte hektisch von einer Seite zur anderen. In einem letzten verzweifelten Versuch sprang sie vor. Sie hatte darauf gehofft, ihn aus dem Gleichgewicht zu bringen und zur Seite zu stoßen. Er wankte nicht einmal. Stattdessen prallte sie gegen seine Schulter und wurde zurückgeworfen. Ehe sie wusste, wie ihr geschah, fand sie sich auf dem Boden wieder. Benommen versuchte sie auf die Beine zu kommen. Ein dunkler Schatten wuchs hinter dem Boten aus der Gasse empor. Mit einem Mal ging alles ganz schnell. Eine behandschuhte Hand packte den Boten und riss ihn von ihr weg. Gleichzeitig schnellte eine Faust hervor. Getroffen sackte der Bote neben ihr zu Boden.

Hände griffen nach ihr. Whisper geriet in Panik. Sie versuchte sich loszureißen. In blinder Raserei schlug sie um sich. Kräftige Hände schlossen sich um ihre Schultern und zwangen sie zur Reglosigkeit.

»Beruhige dich. Ich will dir nur helfen.«

Nur langsam drangen die Worte in ihren Verstand vor. Sie hatte diese Stimme schon einmal gehört. Sie hob den Kopf und blickte direkt in ein Paar dunkler Augen, die sie besorgt musterten. *Der Mann von der Stadtwache.* Es war derselbe Mann, der ihr an diesem Abend schon einmal zur Flucht verholfen hatte.

Vorsichtig half er ihr auf die Beine. Selbst nachdem sie längst wieder stand, stützte er sie noch. Whisper streifte seine helfenden Hände ab und befreite sich endgültig aus seinem Griff.

»Danke.« Sie trat an ihm vorbei. Bemüht darum, sich ihr Hinken nicht anmerken zu lassen, setzte sie sich erneut in Bewegung.

Ihr Retter schloss zu ihr auf und ging neben ihr her. »Sieht ganz so aus, als könntest du Hilfe brauchen.«

Sehr scharfsinnig. Whisper schluckte eine spitze Bemerkung hinunter. Sie wollte nicht undankbar erscheinen. Immerhin hatte er ihr geholfen. Stattdessen sagte sie: »Danke, ich komme zurecht.«

»Ach? Und wie lange?«

Whisper fluchte leise. Sie musste weg, ehe die Freunde des Boten erschienen. *Seine Freunde!* In ihrer Panik hatte sie die Männer beinahe vergessen. Wenn sie ihnen in die Arme lief …

»Du kommst jetzt erst mal mit. Ich kenne einen Ort, an dem sie dich sicher nicht suchen werden.«

Whisper wollte ihm widersprechen. Sie blieb stehen um ihn zu mustern. Im Gegensatz zu ihrer letzten Begegnung trug er jetzt keine Uniform mehr. Soweit sie sehen konnte, war seine Kleidung unter dem dunklen Umhang völlig schwarz. *Womöglich ist er nicht mehr im Dienst.* Whisper schüttelte unmerklich den Kopf. Er hatte sich der Obrigkeit bereits zweimal widersetzt, indem er ihr geholfen hatte.

»Du vermutest richtig«, sagte er, als hätte er die stumme Frage in ihren Augen gelesen. »Ich bin keine Stadtwache. Komm, wir sollten wirklich sehen, dass wir von hier verschwinden.«

Dieses Mal folgte sie ihm, obwohl sie selbst nicht recht wusste warum. Er führte sie auf derart verschlungenen Pfaden durch die Stadt, dass sie bald Schwierigkeiten hatte, sich zurechtzufinden. Es fiel ihr mit jedem Schritt schwerer, sich auf ihre Umgebung zu konzentrieren. Auf einmal fühlte sie sich unendlich müde.

Um sich abzulenken wandte sie ihre Aufmerksamkeit dem Mann an ihrer Seite zu. Seine Rechte ruhte in der

Nähe des Schwertgriffs. Seine dunklen Augen glitten aufmerksam durch die Nacht. Jedes noch so kleine Geräusch veranlasste ihn dazu, sich wachsam umzublicken.

»Du bist ein großes Risiko eingegangen, mir zu helfen. Warum?«

Er brachte sie mit einer Geste zum Schweigen. »Dies ist nicht der geeignete Ort für eine Unterhaltung. Lass uns zuerst sehen, dass wir dich in Sicherheit bringen.«

Ab diesem Zeitpunkt sprach keiner von ihnen mehr ein Wort. Schweigend legten sie ihren Weg zurück, bis sie sich in einer Gegend der Stadt befanden, die Whisper nie zuvor gesehen hatte. Er führte sie zu einem großen zweistöckigen Haus. Soweit Whisper erkennen konnte, brannte hinter jedem Fenster ein Licht. Männer gingen ein und aus, doch sie konnte kein Schild erkennen, das den Namen einer Schenke getragen hätte.

Als ihr klar wurde, wohin er sie führte, blieb sie stehen. »Das ist ein …«

»Ein Freudenhaus, ganz recht«, bestätigte er ihre Vermutung. »Das sicherste Versteck, das ich kenne. Jetzt komm.«

Einen Augenblick lang war sie versucht ihn einfach stehen zu lassen und erneut die Flucht anzutreten. Sie wollte dieses Haus nicht betreten. Doch selbst wenn sie es gewollt hätte, wäre sie kaum noch in der Lage gewesen, einen Fuß vor den anderen zu setzen. Es spielte keine Rolle, wohin er sie brachte, wenn sie sich nur eine Weile ausruhen konnte. *Sobald ich mich ein wenig erholt habe, werde ich abhauen.*

Sie nickte langsam. Er nahm ihren Arm und geleitete sie um das Haus herum in eine Seitengasse. Eine schmale Holztreppe führte auf der Rückseite zum Dachgeschoss hinauf. Whisper folgte ihm die Stufen entlang nach oben. Am Ende der Treppe hielt er einen Augenblick inne. Er zog sich die Kapuze seines Umhangs ins Gesicht, öffnete die Tür und sah sich um. Der breite Gang, der vor ihnen lag, war verlassen. Vereinzelt brennende Kerzen trieben die Schatten in die Ecken zurück. Von unten drangen Lärm und Gelächter nach oben. Eine Frau sang, andere kicherten. Der schwere Geruch von Duftwasser lag in der Luft und vermischte sich mit dem Aroma von Schweiß und Alkohol.

Whispers Begleiter achtete nicht darauf, was unter ihm vor sich ging. Er nahm sie bei der Hand und zog sie hinter sich her bis zu einer Tür am Ende des Ganges. Dort angekommen sah er sich noch einmal nach allen Seiten um, ehe er die Tür öffnete und Whisper in den Raum schob. Erstaunt erkannte Whisper, dass sie sich in einem kleinen Arbeitszimmer befanden. Eine aufgeputzte Brünette, die ihre besten Jahre längst hinter sich hatte, saß an einem großen Schreibtisch und sortierte einige Unterlagen.

Unmengen von Puder und Wangenrot vermochten es nicht, die Spuren des Alters zu überdecken, die sich längst in ihre Züge gegraben hatten. Als Whisper und ihr Begleiter eintraten, sah sie kurz auf.

»Kann ich das Zimmer haben, Shyla?«

Shyla nickte. »Sicher, du kennst ja den Weg.«

Ohne zu zögern führte er Whisper weiter. Er trat geradewegs auf einen großen Schrank zu und öffnete ihn. Überrascht bemerkte Whisper, dass er vollkommen leer war. Mit einem kurzen Griff löste er einen Mechanismus. Schabend glitt die Rückwand zur Seite und gab den Durchgang zu einer weiteren Kammer frei.

»Warte hier auf mich.«

Ehe sie Gelegenheit fand, etwas zu erwidern, war er verschwunden. Whisper nutzte die Zeit, um in den Raum zu treten und sich umzusehen. Ihre Füße traten auf weichen Teppich, der das Geräusch ihrer Schritte schluckte. Das einzige Licht war der schmale helle Streifen, der durch die Rückwand des Schrankes fiel. Er genügte Whisper um das Wesentliche zu erkennen. Der Raum hatte ein kleines Fenster und einen Kamin. An der hinteren Wand befand sich ein schmales Bett, daneben ein kleiner Sekretär, über dem ein Regal angebracht war. In der Mitte des Raumes entdeckte sie einen Tisch und zwei Stühle und zu ihrer Linken stand ein gewaltiger Ohrensessel neben einem Schrank.

Ein lautes Klappern ließ sie erschrocken zusammenfahren. Es war nur ihr Retter, der zurückkehrte, eine brennende Kerze in der Hand. Mit der Sicherheit eines Mannes, der diesen Raum in- und auswendig kannte, begann er unzählige Kerzen zu entzünden, die überall im Raum verteilt waren. Bald darauf war die kleine Kammer in anheimelndes Licht getaucht. Er befestigte die Kerze, die er in der Hand gehalten hatte, in einem Leuchter und kehrte zum Durchgang zurück um ihn zu schließen. Mit einer geschickten Bewegung öffnete er die silberne Spange, die seinen Umhang zusammenhielt, packte ihn und warf ihn achtlos über einen der Stühle.

»Setz dich.« Er deutete auf den Sessel.

»Du scheinst hier ein alter Bekannter zu sein«, bemerkte sie, während sie sich schwer in den Sessel fallen ließ.

»Es ist nicht das erste Mal, dass ich ein gutes Versteck brauche«, entgegnete er grinsend.

Er trat an den Schrank heran, öffnete eine der Türen und verschwand aus ihrem Blickfeld, als er sich hineinbeugte. Eine Weile hörte sie nur, wie er darin herumkramte. Schließlich schien er gefunden zu haben, wonach er gesucht hatte. Mit voll beladenen Armen ging er zum Tisch und legte seine Beute darauf ab. Whisper sah eine Schüssel, einen Wasserschlauch und ein verschnürtes Bündel.

Er entkorkte den Wasserschlauch und schüttete das Wasser in die Schüssel. Dann öffnete er das Bündel und breitete seinen Inhalt auf dem Tisch aus. Verbandszeug. Seine Augen wanderten zwischen ihrem Sessel und dem Tisch hin und her. Schließlich packte er kurzerhand den Tisch und trug ihn zu ihr herüber.

»Mach den Arm frei«, befahl er und setzte sich neben ihr auf die Sessellehne. »Ich will mir deine Verletzung ansehen.«

Whisper schob den Ärmel nach oben, bis die Wunde freilag. Es war kaum mehr als ein oberflächlicher Kratzer. Als er jedoch damit begann, ihn zu reinigen, brannte es höllisch.

Um sich vom Schmerz abzulenken fragte sie: »Warum tust du das?«

»Weil es sich sonst entzündet.«

»Das meine ich nicht.«

»Ich weiß.« Sein Lächeln war irritierend. Mit einer Hand strich er sich eine Strähne seines dunkelbraunen Haars aus der Stirn. »Mein Name ist übrigens Anajas.«

Whisper nahm das mit einem Nicken zur Kenntnis, sagte jedoch nichts. Sie hatte nicht vor die Bekanntschaft mit Anajas zu vertiefen. Sie hoffte darauf, er möge sich bald niederlegen. Sobald er eingeschlafen war, wollte sie von hier verschwinden.

»Du hast meine Frage nicht beantwortet«, sagte sie, statt ihm ihren Namen zu verraten. »Du bist ein großes Risiko eingegangen, indem du mir geholfen hast.«

Anajas' Lächeln wurde noch eine Spur breiter. »Ich kann doch unmöglich eine Kollegin im Stich lassen.«

Die Wendung, die das Gespräch auf einmal nahm, gefiel ihr nicht. Sie mimte die Ahnungslose. »Kollegin?«

»Tu doch nicht so. Warum sollten sie sonst hinter dir her sein, wenn du sie nicht bestohlen hättest?« Er zuckte die Schultern. »Abgesehen davon habe ich die Kerle belauscht. Ich weiß, wer du bist, Whisper.«

Wunderbar, dachte sie. *Ich sollte einen Marktschreier engagieren, der vor mir herläuft und meinen Namen in die Welt hinausposaunt.* Andererseits war das gar nicht nötig. Sichtlich sprach es sich auch so schnell genug herum. Dafür dass sie hier in aller Heimlichkeit ein neues Leben beginnen wollte, wussten bereits erstaunlich viele Leute, wer sie war. Zu viele für ihren Geschmack.

Anajas fuhr fort. »Wusstest du, dass es Menschen gibt, die dich regelrecht verehren?« Whisper antwortete nicht. Sie würde sich nicht von ihm einwickeln lassen. »Nun, jedenfalls bin ich nicht annähernd so erfolgreich wie du. Ganz im Gegenteil. In letzter Zeit sah ich mich zu oft gezwungen zur Waffe zu greifen, um nicht geschnappt zu werden. Ich bin wohl ein besserer Söldner als ein Dieb.«

»Kein Wunder.« Sie hatte nichts sagen wollen. Die Worte waren ihr einfach so herausgerutscht. Das war die verdammte Müdigkeit. Whisper konnte kaum noch klar denken.

»Wie? Kein Wunder?« Anajas' Miene zeigte Verwirrung.

Whisper musterte ihn von oben bis unten. *Er sieht gut aus*. Verärgert über ihre eigenen Gedanken schüttelte sie den Kopf. »Allein wenn ich mir deine Kleidung ansehe, verstehe ich, warum du eine Waffe benötigst.«

»Was ist damit nicht in Ordnung?«

»Schwarz.«

»Und? Ich werde eins mit der Nacht.«

»Sicher.« Whisper lachte. »Hat dir niemand gesagt, dass Schwarz harte Schatten wirft und sich perfekt in der Dunkelheit abzeichnet? Du solltest es mal mit Dunkelgrau versuchen.«

Das Grinsen kehrte in Anajas' Gesicht zurück. »In tiefer Ehrfurcht verneige ich mich vor der Meisterin.« Tatsächlich verbeugte er sich. Einen Augenblick später wurde er jedoch wieder ernst und wechselte das Thema. »Es sieht so aus, als würdest du bis zum Hals in Schwierigkeiten stecken.«

Es gelang ihr nicht mehr, ein Seufzen zu unterdrücken. »Ja, und das, obwohl ich mich bereits vor einer ganzen Weile aus dem Geschäft zurückgezogen habe.«

»Zurückgezogen? Was soll das heißen?«

»Ich habe aufgehört.« Sie zuckte zusammen, als er damit begann, den Verband zu befestigen. »Ich kam nach Cor Amánthor um, weitab von meiner Vergangenheit, an einem Ort, an dem mich niemand kennt, ein neues Leben zu beginnen. Ein ehrliches Leben. Dann taucht dieser verdammte Bote auf und ruiniert alles.« Eine Mischung aus Wut und Hilflosigkeit stieg in ihr auf. »Ich wollte mit all dem nichts mehr zu tun haben! Alles, was ich wollte, war meine Ruhe!«

»Ein Bote?«

»So habe ich ihn genannt. Er ist nur der Laufbursche irgendeines Herrn.«

»Was wollen die von dir?«

Whisper schüttelte den Kopf. »Das ist das Schlimme, ich weiß es nicht. Ich habe nicht einmal eine Ahnung. Verdammt, diese Stadt hat mir wirklich gefallen. Ich wäre gerne hier geblieben. Daran ist jetzt nicht mehr zu denken.«

Anajas hatte die Wunde fertig verbunden. Behutsam zog er den Hemdsärmel wieder an Ort und Stelle. Statt sich jedoch sofort zu erheben betrachtete er sie eingehend. So eingehend, dass Whisper den Drang verspürte, einfach aufzuspringen. Seine Blicke verunsicherten sie, ebenso wie sein Dauerlächeln. Nur mühsam gelang es ihr, gelassen zu bleiben.

Schließlich sage er: »Nimm es mir nicht übel, aber du siehst grauenvoll aus.«

Ihre Anspannung löste sich mit einem Schlag. Um ein Haar hätte sie laut gelacht. »Wer hat dir beigebracht, so überaus charmant das Herz einer Dame zu erobern?«, spottete sie. »Derselbe, der dir gesagt hat, dass Diebe Schwarz tragen müssen?«

Sie hatte gehofft, ihn mit dieser Bemerkung zum Schweigen zu bringen. Stattdessen begann er zu lachen. Es dauerte eine Weile, bis er sich wieder beruhigt hatte. »Du bist nicht nur schön, klug und die Beste deines Faches. Du verfügst obendrein über eine ausgesprochen spitze Zunge. Eine aufregend seltene Mischung.« Ehe sie reagieren konnte, beugte er sich nach vorne und küsste sie sanft auf die Lippen. Whisper hob die Arme und schob ihn von sich. Er war stärker als sie, dennoch ließ er sich mühelos ein Stück zurückdrängen. Sie wollte aufspringen, doch Anajas versperrte ihr den Weg. Er saß noch immer auf der Sessellehne und machte keine Anstalten, sie an sich vorbeizulassen. Lange Zeit sah er ihr in die Augen, so als suche er darin nach etwas.

Schließlich fragte er: »Wovor fürchtest du dich?«

»Was soll der Unsinn?«, fuhr sie ihn an. »Ich kenne dich nicht einmal! Das sollte wohl Grund genug sein, mich nicht von dir küssen zu lassen!«

Endlich erhob er sich. Er packte den Tisch und stellte

ihn an seinen Platz zurück. Whisper beobachtete ihn dabei, wie er das Verbandszeug wieder im Schrank verstaute. Allmählich legte sich ihre Wut. Aufmerksam schweifte ihr Blick durch den Raum. Der Luftzug, den seine Bewegungen verursachten, ließ die Flammen der Kerzen aufgeregt flackern. Tanzende Schatten zuckten über die Wände, wuchsen zu Riesen empor, nur um einen Augenblick später wieder zu schrumpfen. *Das Licht kämpft gegen die Dunkelheit wie im wahren Leben.* Geistesabwesend beobachtete Whisper das Schattenspiel. Sie bemerkte nicht mehr, wie sie langsam zusammensank und schließlich einschlief.

Sie erwachte, als ihr die Sonne ins Gesicht schien.

Blinzelnd setzte sie sich auf und sah sich um. Sie lag auf dem Bett, sorgfältig zugedeckt mit zwei Decken. Anajas musste sie ins Bett getragen haben, nachdem sie im Sessel eingeschlafen war. Von ihm war keine Spur zu entdecken.

Whisper konnte sich kaum daran erinnern, wann sie das letzte Mal in einem richtigen Bett geschlafen hatte. Es schien Ewigkeiten her zu sein. Sie widerstand der Versuchung, sich wieder zusammenzurollen und noch ein wenig zu schlafen. Stattdessen schlug sie die Decken zur Seite und schwang die Beine aus dem Bett.

Sie trug noch dieselbe Kleidung wie in der Nacht zuvor. Lediglich ihre Stiefel standen ordentlich am Fuße des Bettes. Vorsichtig tastete sie nach der Wunde an ihrem Arm. Der Schmerz war kaum noch zu spüren. Ihre Finger wanderten weiter, hinauf zu ihrer Schulter, die den Sturz von der Mauer abgefangen hatte. Sie schob das Hemd ein Stück zur Seite, wandte den Kopf und blickte direkt auf einen großen, dunkelblauen Bluterguss. Als ihre tastenden Finger darüber glitten, zuckte sie vor Schmerz zusammen. Sie biss sich auf die Unterlippe und fuhr mit ihrer Untersuchung fort, um sich zu vergewissern auch nichts gebrochen zu haben. Nachdem sie sicher war, dass es sich lediglich um eine – wenngleich schmerzhafte – Prellung handelte, zog sie das Hemd an seinen Platz zurück.

Sie war gerade dabei, in ihre Stiefel zu schlüpfen, als die geheime Tür zur Seite schwang. Erschrocken sah sie auf. Sie rechnete beinahe damit, den Boten im Durchgang zu entdecken. Erleichtert stellte sie fest, dass es nur Anajas war. Auf einer Hand balancierte er ein Tablett, während er mit der anderen die Tür hinter sich schloss.

Ihre Erleichterung verwandelte sich schlagartig in Wut. Sie war wütend darüber, eingeschlafen zu sein; wütend darüber, auf den Schutz und die Hilfe eines anderen Menschen angewiesen gewesen zu sein. Und noch wütender darüber, dass sie ihm gestattet hatte sich um sie zu kümmern. *Ich bin doch sonst nicht so unvorsichtig.*

Sie befand sich in der Gesellschaft eines Mannes, dem sie keinesfalls vertrauen konnte. Er war ein Dieb. Sie wusste, was das bedeutete. *Wende einem Dieb den Rücken zu und du wirst bald nichts mehr von Wert besitzen.* Nicht dass sie noch etwas von Wert besessen hätte. Nicht mehr. Es war auch nicht die Angst davor, bestohlen zu werden, die sie derart wütend machte. Es war die Angst, erneut verraten zu werden.

Seit Garian sie derart hintergangen und verraten hatte, vertraute Whisper niemandem mehr. War das wirklich schon fünf Jahre her? *Ich war so jung und so verdammt naiv.* Damals hatte Whisper beschlossen, dass ihr das niemals wieder passieren würde. Sie arbeitete stets allein und vertraute nur sich selbst. Wann immer sie auf die Hilfe anderer angewiesen war, fühlte sie sich ausgeliefert.

So war es auch mit Anajas. Sie war ihm dankbar dafür, ihr geholfen zu haben. Doch das genügte. Jetzt war es an der Zeit, dass sich ihre Wege wieder trennten. Sie wollte Cor Amánthor noch heute verlassen.

Anajas trug das Tablett zum Tisch und stellte es ab. »Wie fühlst du dich heute?«

»Gut.« Whisper streifte den zweiten Stiefel über und stand auf. Für einen Moment war ihr schwindlig, doch es ging sofort vorüber. Anajas musterte sie eingehend. Falls er ihren Schwächeanfall bemerkt hatte, behielt er es für sich.

»Ich habe Frühstück gebracht. Du hast sicher Hunger.«

Whisper warf einen Blick auf das Tablett. Neben einem Korb mit noch dampfendem ofenfrischem Brot, stand ein Teller mit Käse, Speck und Obst. Dahinter ein Krug mit frischer Milch. Der bloße Anblick ließ ihr das Wasser im Mund zusammenlaufen. Dennoch schüttelte sie den Kopf. »Ich bin nicht hungrig.«

Anajas nickte. Er griff nach einem Stück Brot und biss hinein. »Was wirst du jetzt tun?«, fragte er kauend.

Whisper zuckte die Schultern. »Je weniger du weißt, umso besser ist es.« *Für uns beide.*

»Ganz, wie du meinst.« Er griff nach dem Krug und schenkte sich etwas Milch in einen Becher ein. Nachdem er getrunken hatte, wischte er sich mit dem Ärmel über den Mund und sah ihr in die Augen. »Du wirst Dallán verlassen?«

»Wie gesagt, je …«

»… weniger ich weiß, umso besser ist es«, vollendete er ihren Satz. »Ich habe verstanden.«

Whisper zögerte einen Augenblick. Schließlich sagte sie: »Danke für deine Hilfe. Leb wohl.« Sie machte auf dem Absatz kehrt und ging auf die geheime Tür zu.

»Ich hätte eine Idee, wie wir uns dein Gold zurückholen könnten.«

Abrupt hielt sie mitten im Schritt inne. Unendlich langsam wandte sie sich um. »Woher weißt du davon?«

»Ich habe dir doch erzählt, dass ich diese Kerle belauscht habe. Sie haben darüber gesprochen. Der Gedanke, die großartige Whisper zu bestehlen, schien ihnen zu gefallen.«

Allein dafür sollten sie bezahlen. »Was ist das für eine Idee?«

»Nicht so hastig.« Anajas stellte den Becher zur Seite und warf das angebissene Stück Brot auf das Tablett. »Wenn ich dir dabei helfe, dein Gold zurückzubekommen, möchte ich eine Erfolgsbeteiligung.«

»Wie viel?«

»Ein Drittel.«

»Was? Kommt nicht in Frage! Vergiss es!« Er musste völlig übergeschnappt sein. Sie wollte sich erneut abwenden um zu gehen.

»Ich dachte mir, zwei Drittel deines Goldes sind besser als ein Ganzes von nichts.«

»Wirklich sehr schlau eingefädelt!« Wütend fuhr sie herum. »Ist das der Grund, warum du mir geholfen hast? Weil du mein verdammtes Gold willst?«

»Ich habe dir geholfen, weil du in Schwierigkeiten steckst, Sonnenschein.«

Sonnenschein. Seine Dreistigkeit trieb sie zur Weißglut. Noch schlimmer war jedoch die aufrichtige Freundlichkeit seiner letzten Worte. Wenn sie etwas nur schwer ertragen konnte, dann war es Freundlichkeit. Whisper zwang sich durchzuatmen und nachzudenken.

Ich sollte auf sein Angebot eingehen, meldete sich eine Stimme in ihrem Kopf. Sie musste ihm ja nicht auf die Nase binden, dass sie nicht wirklich vorhatte ihn an ihrem Gold zu beteiligen. Und wenn sein Plan gut war, würde sie ihr Gold womöglich wirklich zurückbekommen. Dann konnte sie sich noch immer davonstehlen. *Darin* war sie wirklich gut.

»Was ist das für eine Idee?«, wiederholte sie ihre Frage.

Anajas fesselte ihren Blick mit seinen braunen Augen. »Ein Drittel.«

Sie nickte. »Meinetwegen.«

Lächelnd hielt er ihr seinen Becher entgegen. »Milch?«

Whisper riss ihm den Becher beinahe aus der Hand und nahm einen tiefen Zug, während sie darauf wartete, dass er endlich seinen Plan darlegte. Anajas sagte nichts. Er hatte sich wieder dem Frühstück zugewandt.

»Was ist nun mit deinem Plan?«, hakte sie ungeduldig nach.

»Du solltest erst einmal etwas essen.«

Mit einem unterdrückten Seufzer ging sie zum Tisch und setzte sich. Sie nahm ein Stück Brot und etwas Käse und begann zu essen. Sie ärgerte sich darüber, wie sehr er sich in der Rolle des großen Retters zu gefallen schien. Um ihn nicht noch weiter durch ihre Ungeduld zu erfreuen, zwang sie sich dazu, in Ruhe zu essen ohne eine weitere Frage zu stellen. Nach ein paar Bissen fiel ihr das nicht mehr sonderlich schwer. Sie war wirklich hungrig.

Mit einem zufriedenen Grinsen beobachtete Anajas, wie sie sich über das Essen hermachte. Seine Augen schienen zu sagen: *Ich weiß genau, was in dir vorgeht.* Whisper gab vor seine Blicke nicht zu bemerken.

Endlich spülte sie den letzten Bissen mit einem kräftigen Schluck Milch hinunter und lehnte sich zurück. Schweigend musterte sie ihn. Er sollte fühlen, wie es war, ständig so angesehen zu werden, wie er es tat. In seiner Miene zeigte sich jedoch nicht das leiseste Anzeichen von Verunsicherung. Im Gegenteil spielte erneut ein amüsiertes Lächeln um seine Mundwinkel. Er schien ständig zu lächeln. Seine dunkelbraunen Augen blitzten vor Vergnügen. Er wusste genau, wie sehr er sie auf die Folter spannte – und er genoss es.

Schließlich beugte er sich leicht über den Tisch. »Geh zum Schein auf das Angebot dieses Boten ein.«

Whisper hatte mit vielem gerechnet, nicht jedoch damit, dass Anajas verrückt war. »Das ist dein genialer Plan?«

Anajas zuckte die Schultern. »Es ist wohl die einzige Möglichkeit, herauszufinden, was diese Kerle von dir wollen. Erst wenn wir das wissen, können wir uns daranmachen, unser Gold zurückzuholen.«

»Es ist noch immer *mein* Gold! Ich habe hart dafür gearbeitet.« *Mein ganzes verdammtes Leben lang.* »Du bekommst lediglich einen Anteil, vergiss das nicht.« Anajas verzog keine Miene. Whisper fuhr fort: »Woher willst du überhaupt wissen, dass ich nicht alleine losziehe um mir mein Gold zu holen – jetzt wo ich deinen wahnwitzigen Plan kenne?«

Er sah ihr lange in die Augen. »Du bist ehrlicher, als du glaubst.« Er zuckte die Schultern. Seine Stimme strotzte vor Selbstsicherheit, als er hinzufügte: »Abgesehen davon brauchst du mich. Mich und mein Schwert.«

»Ach ja?«

Anajas sagte nichts. Das war auch nicht nötig. Whisper wusste, dass er Recht hatte. Ohne ihn säße sie längst im Kerker oder hätte sich vor dem Auftraggeber des Boten wiedergefunden.

»Wie gehen wir also vor?«

»Du musst zusehen, dass du diesen Boten findest. Ich halte mich im Hintergrund. Sie sollen keinen Verdacht schöpfen.« Anajas blickte nachdenklich zur Decke. »Lass dich zum Herrn dieses Kerls führen. Er soll dir sein Angebot unterbreiten und du wirst es akzeptieren – zum Schein. Sobald du weißt, worum es geht, treffen wir uns hier und besprechen unser weiteres Vorgehen.«

Whisper nickte. »Das hört sich halbwegs vernünftig an.«

»Hast du eine Ahnung, wo du diesen Boten finden kannst?«

»Nein, aber ich kenne jemanden, der ihn sicher gerne für mich rufen wird.«

Zum zweiten Mal innerhalb von vierundzwanzig Stunden betrat Whisper Shan Varis Grundstück. Dieses Mal machte sie sich nicht die Mühe, sich heimlich einzuschleichen. In aller Ruhe war sie durch die Hauptstraßen Cor Amânthors geschlendert, bis sie schließlich vor Varis Anwesen stand. Sie hätte kaum auffälliger vorgehen können. *Es sei denn, ich hätte mich auf den Marktplatz gestellt und laut nach dem Boten geschrien.*

Whisper wunderte sich noch immer darüber, dass sie so bereitwillig auf Anajas' Vorschlag eingegangen war. Sie musste jedoch zugeben, dass er Recht hatte. Vermutlich war das die einzige Chance, ihr Gold jemals wiederzusehen. Abgesehen davon hatte längst ihre Neugier die Oberhand gewonnen. Sie wollte endlich wissen, was so wichtig war, dass dieser Bote sichtlich vor nichts zurückschreckte, um sie endlich zu seinem Herrn zu bringen. Ihr gefiel der Gedanke, dass der Jäger – ohne es zu wissen – mit einem Mal der Gejagte war.

Kies knirschte unter den Absätzen ihrer Stiefel, als sie den Weg zu Varis Haus entlangging. Sie stieg die drei Stufen empor, die auf die Veranda führten, und tauchte in die Schatten zwischen den Säulen ein. Vor der Tür machte sie Halt. Ein silberner Klopfer in Form eines brüllenden Löwenkopfes war in Augenhöhe an der Tür angebracht und schien ihr aus blinden Augen entgegenzustarren. Entschlossen packte sie ihn und drosch ihn dreimal gegen die Tür.

Lange Zeit rührte sich nichts. Whisper war bereits im Begriff, erneut anzuklopfen, als sie schlurfende Schritte auf der anderen Seite der Tür vernahm. Ein schwerer Riegel wurde zur Seite geschoben, dann öffnete sich die Tür einen Spaltbreit und gab den Blick auf Varis Diener frei.

Als Gil sie erkannte, riss er erschrocken die Augen auf. Er versuchte die Tür zu schließen, doch Whisper war schneller. Rasch schob sie einen Fuß in den Türspalt. Gleichzeitig drückte sie die Tür mit dem Arm auf und trat ein. Sie ließ Gil hinter sich zurück und marschierte geradewegs zu Varis Arbeitszimmer. Wie erwartet fand sie dort den Kaufmann hinter seinem Schreibtisch sitzend. Als sie eintrat, sah er auf.

»Bei allen Göttern! Lady Alannah!« Überraschend behände für einen Mann seiner Statur sprang er auf und umrundete den Schreibtisch. Vor ihr blieb er stehen. »Ihr müsst augenblicklich fort von hier!«

»Ich kann nicht.« Whisper ging zum Sofa und ließ sich darauf nieder.

Vari wurde bleich. »Alannah, ich kann Euch Euer Gold nicht geben. Ich habe es nicht mehr.« Seine Augen wanderten hektisch zwischen Whisper und der Tür hin und her. »Sie lassen mein Haus überwachen. Ich selbst hätte niemals gedacht, dass Ihr Euch noch einmal hierher wagen würdet. Nicht nach dem, was letzte Nacht geschehen ist. Wenn Ihr jetzt nicht geht, werden sie Euch erwischen.«

Whisper musterte ihn ungerührt. »Warum macht Ihr Euch plötzlich Sorgen deswegen? Wenn ich mich nicht irre, seid Ihr es gewesen, der diese Männer bei unserer letzten Begegnung rufen ließ.«

»Ich weiß, ich weiß. Sie sagten, sie wollten mit Euch sprechen. Ich konnte doch nicht ahnen, dass sie mit dem Schwert auf Euch losgehen würden.« Er seufzte. »Alannah, was auch immer Ihr angestellt haben mögt, es interessiert mich nicht. Ich mag Euch und ich würde mich wirklich wesentlich wohler fühlen, wenn ich Euch in Sicherheit wüsste.«

»Soso.« Whisper schlug die Beine übereinander und lehnte sich bequem zurück. »Gestern habt Ihr mir noch erklärt, dass mein Gold aus obskuren Quellen stammen und mir deshalb nicht zustehen würde. Ihr machtet ganz den Eindruck, als könntet Ihr es nicht erwarten, mich in einer Kerkerzelle zu sehen – obwohl Ihr nicht die geringste Ahnung habt, worum es geht. Heute wollt Ihr mich beschützen. Eine interessante Wendung, wie mir scheint.«

»Wie gesagt, ich wollte Euch nicht in Schwierigkeiten bringen, dennoch kann ich mich auch nicht der Obrigkeit widersetzen.«

Der Obrigkeit? »Wisst Ihr, was ich glaube? Letzte Nacht sind eine Menge Eurer wertvollen Porzellanfiguren zu Bruch gegangen. Und jetzt befürchtet Ihr auch noch den Rest zu verlieren, falls ich erneut in Eurem Haus auf diese Männer treffe.«

Für einen Augenblick verzog er bedauernd das Gesicht. »In der Tat ein schwerer Verlust.«

»Nun, ich bin sicher, diese Männer werden Euch für den Verlust entschädigen.«

»Das würden sie, doch kein Gold der Welt vermag es, diese kostbaren Einzelstücke zurückzubringen.«

»Dann war das wohl der Preis, den Ihr für Euer Pflichtbewusstsein bezahlen musstet«, bemerkte Whisper trocken.

»Bitte geht jetzt. Ich kann Euch einhundert Goldstücke geben. Das sollte Eure Kosten für eine längere Reise decken.«

»Ich bin nicht interessiert.«

»Zweihundert.«

Whisper hob den Kopf und sah ihn an. »Die volle Summe und ich bin die längste Zeit hier gewesen.«

Vari seufzte. »Ich kann nicht.«

»Dann haben wir ein Problem.«

In der Eingangshalle wurden Stimmen laut. *Auf Shan Varis Diener ist wirklich Verlass.* Vari stieß einen Fluch aus und zog sich hinter den Schutz seines Schreibtisches zurück. Whisper hörte ein leises metallenes Schaben – ein Schwert, das gezogen wurde. Sie rührte sich nicht vom Fleck.

Als der Bote mit erhobenem Schwert in den Raum trat, fragte sie sich, ob Anajas' Plan wirklich so gut war. Inzwischen war sie davon nicht mehr so ganz überzeugt. *Was, wenn sie mich einfach in einer Zelle verschwinden lassen und ich mein Gold nicht einmal aus der Ferne zu sehen bekomme?* Jetzt war es zu spät, sich darüber Gedanken zu machen. Sie hatte das Spiel begonnen, jetzt musste sie es auch zu Ende bringen.

»Ihr habt Euch eine Menge Zeit gelassen.« Beflügelt von dem Ausdruck der Verwirrung, der sich für einen Augenblick auf dem Gesicht des Boten zeigte, erhob sie sich. »Lasst uns gehen. Euer Herr hat mir eine Menge zu erklären.«

»Wirst du mir Ärger machen?«

»Nein.«

Der Bote nickte und stieß sein Schwert in die Scheide zurück. »Folge mir.«

Ungläubig starrte Whisper auf das gewaltige Tor.

Das Sonnenlicht fing sich in den metallenen Beschlägen und blendete sie, sodass sie gezwungen war die Augen mit der Hand abzuschirmen. Auf ein Zeichen des Boten hin glitt einer der beiden mächtigen Flügel ächzend zur Seite und gab den Weg in das pulsierende Herz Dalláns frei. *Der Palast des Königs.*

Whisper hatte gewusst, dass der Herr des Boten ein Mann von Einfluss sein musste. Dass er jedoch dem königlichen Haushalt angehören könnte, hatte sie nicht einmal geahnt.

Diese Entwicklung gefiel ihr nicht. Ein reicher Händler, womöglich auch ein angesehener Bürger, damit hatte sie gerechnet und es hätte ihr nichts ausgemacht. Aber ein hochrangiger Adliger …

Immer wieder war sie versucht dem Boten zu sagen, sie habe es sich anders überlegt. Sie wusste jedoch, dass es jetzt kein Entrinnen mehr gab. *Wie soll ich mein verdammtes Gold aus dem Palast stehlen? Dafür werden sie mich hängen.* Im Stillen verfluchte sie Anajas und seinen völlig aberwitzigen Plan. Der Bote schien jedoch nichts von ihrem Dilemma zu bemerken.

Seit ihrer Ankunft in Cor Amánthor war sie nicht einmal in die Nähe des Palastes gekommen. Sie hatte geahnt, dass die Anlage, die auf einem Hügel hoch über der Stadt thronte, gewaltig sein musste. Wie riesig sie tatsächlich war, übertraf selbst ihre kühnsten Vorstellungen. Allein der belebte Hof, über den der Bote sie jetzt führte, schien Platz für ein ganzes Heer zu bieten. Sie kamen an unzähligen Nebengebäuden vorbei. Schuppen, Ställe, Vorratshäuser, Schweinekoben, Pferche, eine offene Schmiede.

Ein Schmied stand mit nacktem Oberkörper hinter seinem Amboss und bearbeitete ein Schwert. Schweißüberströmt hob er seinen Hammer und ließ ihn immer und immer wieder auf die glühende Klinge hinabfahren. Er sah nicht einmal auf, als sie vorüberkamen.

Genau genommen schenkte ihnen niemand besondere Beachtung. Weder die Männer, die ihre Pferde über den Hof führten, noch die Mägde, die Körbe tragend zwischen den Gebäuden hindurchhasteten, schienen sie auch nur zu bemerken. Vereinzelt grüßte jemand den Boten oder rief ihm etwas zu, doch niemand hielt sie auf. Niemand machte sich die Mühe, danach zu fragen, wer sie war und was sie hier wollte.

Je weiter sie sich dem Hauptgebäude der Palastanlage näherten, desto mehr schrie alles in ihr nach Flucht. Gleichzeitig jedoch wuchs ihre Neugierde mit jedem Schritt. Vor ihr lag eine fremde Welt, die darauf wartete, erkundet zu werden. Eine Wache öffnete das Portal um sie einzulassen. Ein wenig zögernd folgte sie dem Boten in die Empfangshalle. Im Innern war es kühl und schattig.

Während des ganzen Weges über hatte Whisper versucht dem Boten Informationen zu entlocken. Er hatte sich jedoch in kein Gespräch verwickeln lassen. Seine einzige Antwort hatte stets aus einem Kopfschütteln und den Worten, sie möge abwarten, bestanden. Schließlich hatte sie aufgegeben. Auch jetzt hielt er es nicht für nötig, das Wort an sie zu richten. Noch immer schweigend durchquerte er die Eingangshalle. Er führte Whisper zu einer gewaltigen Marmortreppe, die mitten in der Halle nach oben führte. Sie folgte ihm die Stufen empor, bis er schließlich in einen langen Gang bog.

Unzählige Gemälde gekrönter Häupter schmückten die kahlen, rauen Steinwände. *Die Könige Dallâns*. Ihr Blick glitt über die Gemälde, jedes einzelne stammte von einem wahren Meister seiner Epoche. Bei manchen Bildern wurde sie den Eindruck nicht los, dass ihr die Augen folgten, sobald sie daran vorüberkam. Die abgebildeten Männer wirkten zum Teil so lebensecht, dass sie beinahe erwartete, ein Stirnrunzeln oder ein Lächeln auf ihren Gesichtern zu sehen.

Sie kamen an unzähligen Türen vorbei, bis der Bote schließlich an einer Tür innehielt, vor der zwei Wachen postiert waren. Bei seinem Anblick nahmen sie Haltung an und salutierten zackig. Zum ersten Mal hatte sie die Gelegenheit, einen Blick auf die Uniformen der Männer zu werfen. Sie trugen nicht das Grün von Cor Amânthor, sondern das Dunkelrot des Königshauses.

Einer der Wachmänner klopfte kurz an die Tür, ehe er sie öffnete und eintrat. Für einen Augenblick verschwand er außer Sicht. Sie hörte, dass er etwas sagte, verstand jedoch kaum mehr als ein undeutliches Murmeln. Als er auf den Gang zurückkehrte, erklärte er: »Ihr werdet erwartet.«

Der Bote trat an ihm vorbei und schob Whisper vor sich über die Schwelle. Sie fand sich in einem Arbeitszimmer wieder. Hinter einem gewaltigen Schreibtisch, auf dem sich unzählige Papiere stapelten, saß ein schlanker, dunkelhaariger Mann mittleren Alters. Sein braunes Haar war sorgfältig frisiert und wurde durch einen silbernen Stirnreif aus dem Gesicht gehalten. In seinem Bart zeigten sich erste Spuren von Grau. Auch er war in den königlichen Farben gekleidet. Ein silberner Delphin zierte sein dunkelrotes Wams. Aufmerksam blickte er Whisper entgegen. Er musterte sie derart eingehend, dass sie Mühe hatte, seinem Blick standzuhalten.

Der Bote verneigte sich tief. »Hoheit, hier bringe ich Euch endlich die Frau, die Whisper genannt wird.«

Hoheit? Whispers Herz setzte für einen Schlag aus. Dieser Mann war Prinz Drachmon, König Otherós Sohn und aller Voraussicht nach der Erbe des Throns von Dallán. Niemals zuvor hatte Whisper einem Mann seines Ranges gegenübergestanden. Da sie nicht recht wusste, was sie sagen oder wie sie sich verhalten sollte, versuchte sie es mit einem Knicks.

Dabei dachte sie, dass ein Knicks grazil und schön anzusehen sein mochte, wenn man ein langes Gewand mit wallenden Röcken trug. Wenn man jedoch wie sie in Kleidern steckte, die eher eines Freibeuters als einer Hofdame würdig waren, musste er ausgesprochen lächerlich wirken.

»Danke, Hauptmann.« Mit einer knappen Geste entließ der Prinz den Boten. Er wartete, bis der Mann den Raum verlassen hatte, ehe er sich erhob.

Langsam umrundete er seinen Schreibtisch und blieb

schließlich vor Whisper stehen. Noch einmal musterte er sie von oben bis unten, diesmal aus der Nähe. »Nach allem, was ich bisher über die berühmte Whisper gehört habe, muss ich zugeben, dass ich mir dich irgendwie größer vorgestellt habe – und nicht annähernd so hübsch«, sagte er mit einem Lächeln.

Whisper senkte den Blick. *Was erwidert man, wenn einem ein Prinz ein Kompliment macht?* Jeder andere hätte lediglich eine spitze Bemerkung von ihr zu hören bekommen. »Ich … danke, Hoheit.«

Sein Lächeln wurde breiter. »Wie ich hörte, war es ein hartes Stück Arbeit, dich dazu zu bewegen, mich aufzusuchen. Vermutlich überrascht es dich, dass ich hinter alldem stecke.«

»Das kann man wohl sagen«, entfuhr es Whisper. Erschrocken klappte sie den Mund wieder zu. *Vergiss nicht, mit wem du es zu tun hast,* schalt sie sich selbst.

Der Prinz jedoch störte sich nicht weiter an ihren Worten. Mit einer einladenden Geste deutete er auf einen der Stühle, die um einen großen Tisch herum gruppiert waren. »Nimm Platz, wir haben etwas zu besprechen.«

Wollt Ihr mir jetzt erklären, warum Ihr mein Gold gestohlen habt? Sie nickte und folgte seiner Aufforderung. Prinz Drachmon ließ sich ihr gegenüber nieder.

»Ich möchte mich für die Unannehmlichkeiten entschuldigen, die dir möglicherweise durch meine Hartnäckigkeit entstanden sind. Die Umstände ließen mir jedoch keine andere Wahl.«

Es gelang ihr nur mit Mühe, die Worte des Prinzen schweigend hinzunehmen. Eine Entschuldigung erschien ihr in keiner Hinsicht ausreichend zu sein angesichts des Ärgers der letzten beiden Tage. Trotzdem wollte sie abwarten, was er sonst noch zu sagen hatte.

Der Prinz bemerkte nichts von ihren inneren Kämpfen. Er sprach ohne Unterbrechung weiter. »Es ist nicht lange her, dass mein Vater – König Otherós – starb. Einhundert Tage nach dem Tode eines Königs wird sein offizieller Nachfolger dem Volke bekannt gegeben. Das ist der Tag der Verkündung. In wenigen Tagen wird diese Frist verstrichen sein. Ich bin der Erbe des Thrones und dennoch werde ich mein Erbe niemals antreten können, wenn du mir nicht hilfst.« Als er Whispers verwirrten Blick bemerkte, fuhr er fort: »In Dallán reicht es nicht aus, der Sohn des Königs zu sein, um den Thron zu besteigen. Die Blutlinie allein berechtigt nicht dazu, den Herrschaftsanspruch zu stellen. Rechtmäßiger Thronerbe ist, wer am Tag der Verkündung den Siegelring des Königs in Händen hält. Es ist die Pflicht eines jeden Königs, den Ring auf dem Totenbett an seinen Nachfolger zu übergeben. Mit diesem Ring legitimiert sich der Erbe der Macht. Mein Vater übergab mir den Ring, kurz bevor er starb. Ich bin der rechtmäßige Besitzer. Der Ring wurde mir jedoch gestohlen und befindet sich nun im Besitz meines Erzrivalen, dem Herzog Aedh Dungarvan. Wenn es mir nicht gelingt, den Ring zurückzubekommen, ehe die Frist abgelaufen ist, wird sich der Herzog als Erbe ausweisen und den Thron besteigen, der rechtmäßig mein ist.«

Whisper hatte Mühe, ihre Gesichtszüge unter Kontrolle zu halten. Sie wusste nicht, ob es ein ungläubiger Ausruf oder einfach nur ein Lachen war, aber etwas versuchte mit aller Macht über ihre Lippen zu kommen. Was auch immer es sein mochte, sie erstickte es rasch in einem Räuspern.

Sie konnte nicht glauben, was sie soeben gehört hatte. In den Händen dieser Menschen lag die Zukunft des gesamten Reiches und sie hatten nichts Besseres zu tun, als die Geschicke ihres Landes vom Besitz eines Ringes abhängig zu machen. *Ein lächerlicher kleiner Ring.* Whisper hatte noch nie verstanden, warum Menschen sich wie dumme Schafe benahmen, sobald es um Tradition ging. Wann immer alte Bräuche ins Spiel kamen, liefen sie bereitwillig in ihr Verderben, nur um nicht mit der Tradition zu brechen.

Der Prinz schien ihre Gedanken erraten zu haben. »Eine uralte und dumme Tradition. Leider bleibt mir keine andere Wahl, als mich ihr zu unterwerfen. Ich habe nahezu alles versucht den Ring zurückzubekommen. Ich habe unendliche Stunden verhandelt, Zugeständnisse gemacht, die ich niemals machen wollte, und Angebote unterbreitet, bei denen sich mein Vater im Grabe umdrehen würde – ohne Erfolg. Dungarvan hat nicht vor auf den Thron zu verzichten. Mir bleibt nur noch eine Möglichkeit.« Er sah ihr tief in die Augen. »Du musst den Ring für mich zurückstehlen.«

Whisper zog unwillkürlich eine Augenbraue in die Höhe. »Warum schickt Ihr nicht einfach Eure Armee und holt ihn Euch zurück, Hoheit?«

»Das ist kein Ausweg. Wenn ich mit meinen Kriegern aufmarschiere, hat Dungarvan gewonnen. Selbst für den einfachsten Mann würde es so aussehen, als wollte ich die Macht mit Gewalt an mich reißen.«

»Aber wenn bekannt wird, dass dieser Herzog den Ring in Händen hält, und am Tag dieser Verkündung habt Ihr ihn plötzlich … Wird es dann nicht ohnehin so aussehen?«

Prinz Drachmon schüttelte den Kopf. »Niemand wird die Rechtmäßigkeit anzweifeln, solange keine Waffengewalt im Spiel ist.«

Whisper sah ihn lange an. Schon seit einer Weile wurde sie das Gefühl nicht los, dass der Prinz sie an jemanden erinnerte. Sie hatte jedoch bisher nicht herausgefunden an wen.

Drachmon deutete ihr Zögern falsch. »Du darfst frei sprechen. Sag mir, was du denkst.«

»Warum sollte ich Euch helfen? Welchen Unterschied macht es schon für jemanden wie mich, wer von euch Hohen Herren über das Land regiert?«

»Dungarvan ist ein machtbesessener Tyrann. Er wird das Land und die Menschen aussaugen und sinnlose Kriege beginnen, nur um seine Macht zu vergrößern und seine Grenzen auszudehnen. Er ist ein Kriegsherr, kein König.«

Es war seltsam, doch seine Worte erschienen ihr ehrlich. Dennoch sagte sie: »Und woher weiß ich, dass Ihr nicht genauso seid?«

Ein trauriges Lächeln breitete sich auf seinem Gesicht aus. »Ich kann dir nicht mehr als mein Wort geben. Beweise dafür gibt es nicht.«

Whisper nickte. Sie hatte ihre Sprache und vor allem ihren Mut wieder gefunden. Prinz Drachmon war auf ihre Hilfe angewiesen, er würde ihr nichts tun. Abgesehen davon hatte er sie ersucht frei zu sprechen. »Und weil Ihr ein so friedliebender Mann seid, unternehmen Eure Männer alles Erdenkliche, um mein Leben zu ruinieren.«

Er dachte nach, suchte sorgfältig nach den nächsten Worten. Als er Whisper erneut in die Augen sah, war seine Miene ernst. »Ich will ganz offen sein, Whisper. Meine Zeit wird knapp und ich brauche deine Hilfe. Zu meinem Leidwesen gelang es Hauptmann Gavin nicht, dich dazu zu bewegen, ihm zu folgen. Ich konnte es mir nicht leisten, bei der Wahl meiner Mittel zimperlich zu sein.« Er seufzte. »Es geht nicht einfach um Gold, Macht oder Einfluss. Hier geht es um die Zukunft des Landes, in dem ich aufgewachsen bin. Ich liebe dieses Reich und ich werde nichts unversucht lassen, Dallán und seine Menschen vor Dungarvan zu schützen.«

Seine Offenheit überraschte sie. Mit seinen unverblümten Worten spielte er ihr alle Trümpfe in die Hand. *Wie kann er nur so dumm sein?* Prinz Drachmon erweckte jedoch nicht den Eindruck, dumm zu sein. *Eher verzweifelt.* Zu ihrem Erstaunen glaubte Whisper ihm, wenn er behauptete, er handle aus Liebe zu Dallán. Der Preis, den er dafür bezahlen musste, schien für ihn Nebensache zu sein.

Es sieht ganz so aus, als wäre es an mir, diesen Preis zu bestimmen. Whisper unterdrückte ein zufriedenes Lächeln. All die Unannehmlichkeiten, die der Bote ihr bereitet hatte, warteten darauf, entschädigt zu werden.

Whisper schwieg lange Zeit. Schließlich nickte sie bedächtig. »Wenn ich Euch helfe, will ich mein Gold zurück. Jedes einzelne der dreißigtausend Goldstücke.«

Prinz Drachmon fuhr auf. »Es waren nur fünftausend!«

Whisper erwiderte seinen Blick gelassen. »Ich glaube nicht, dass Ihr es Euch leisten könnt, zu verhandeln.«

»Ich könnte dich in den Kerker werfen lassen, bis du mir freiwillig hilfst!«

Womöglich hätte er es unter anderen Umständen sogar getan. »Bis der Tag der Verkündung vorüber ist? Soll ich dann etwa den neuen König um seine Amtsinsignien erleichtern, um sie Euch als schöne Erinnerung zu Füßen zu legen?«

Prinz Drachmon lehnte sich wieder in seinem Stuhl zurück. »Also gut. Dreißigtausend.«

»Niemand soll je erfahren, dass ich Whisper bin. Weder von Euch noch von Euren Männern. Ich will die Genehmigung, in Cor Amánthor eine Schenke zu eröffnen. Und ich will nie wieder dazu gezwungen werden, einen derartigen Auftrag anzunehmen. Darauf will ich Euer Wort.«

»Du verlangst viel.«

»Akzeptiert es oder sucht Euch jemand anderen, Hoheit.«

»Das alles ist dein, wenn du Erfolg hast«, sagte er ohne zu zögern. Seine rasche Zustimmung verriet ihr, dass er mit einem höheren Preis gerechnet hatte. Der Prinz fuhr fort. »Versagst du, erhältst du deine fünftausend Goldstücke zurück – kein Kupferstück mehr und keinerlei Zugeständnisse.« Er streckte ihr seine Hand über den Tisch hinweg entgegen. »Ich will dein Wort, dass du nichts unversucht lassen wirst, mein Problem zu lösen.«

»Das habt Ihr.« Whisper ergriff die dargebotene Hand und schlug ein. Damit war der Pakt besiegelt.

»Wie soll es nun weitergehen?«, wollte Prinz Drachmon wissen.

»Ich muss alles über diesen Herzog und den Aufbewahrungsort des Rings wissen.«

Der Prinz nickte. »Mein Bruder wird dich mit allen Einzelheiten vertraut machen.«

Als wäre dies das Stichwort gewesen, klopfte es in diesem Augenblick an die Türe. Kurz darauf erschien eine der beiden Wachen im Raum. »Hoheit, Euer Bruder ist hier.«

»Ausgezeichnet, wie immer genau zur rechten Zeit.« Auf Drachmons Wink hin trat die Wache zurück um den Bruder des Prinzen einzulassen.

Anajas betrat das Arbeitszimmer. Er hatte die einfachen schwarzen Gewänder gegen edle Stoffe in Blau und Silber getauscht. Seine Miene zeigte eine Mischung aus Neugier und Besorgnis.

Als Whisper ihn erkannte, sprang sie auf. Mit weit ausgreifenden Schritten stürmte sie auf ihn zu. *Er ist der Bruder des Prinzen.* Die Hand schon zum Schlag erhoben begriff sie, dass sie ihn nicht einfach schlagen durfte. Sie ließ die Hand sinken und ballte sie wütend zur Faust.

Ich habe diesem Kerl beinahe vertraut! Ich hätte es wirklich besser wissen müssen. Anajas in den edlen Gewändern eines Prinzen zu sehen trieb sie beinahe zur Raserei. Er hatte sich einen Spaß daraus gemacht, sich zum edlen Retter aufzuschwingen, während sie die Blessuren davongetragen hatte. Er hatte den verdammten Boten nur zum Schein niedergeschlagen, das war ihr nun klar. Alles war nur eine geschickte Inszenierung gewesen, um sie zur Zusammenarbeit zu bewegen.

»Du verdammter Lügner!«

Anajas wirkte völlig gelassen. »Na, na, na, der Bruder des künftigen Königs verdient wohl ein wenig mehr Respekt.«

Jetzt war es endgültig um ihre Selbstbeherrschung geschehen. »Respekt? Du erwartest Respekt von mir?« Sie bemerkte kaum, dass sie ihn anschrie. »Seit ich hier bin, werde ich belogen, betrogen und zu Dingen gezwungen, die ich nicht tun will. Ist das eure Art, *mir* Respekt entgegenzubringen?« Ihre Stimme wurde gefährlich ruhig. Sie starrte ihn aus zusammengekniffenen Augen an. »Rede du mir nicht von Respekt.« Um ihn nicht doch noch zu schlagen, machte sie kehrt und stürmte auf die Tür zu. Plötzlich stand Prinz Drachmon vor ihr und vertrat ihr den Weg.

»Wo willst du hin?«

»Irgendwohin, wo ich nicht manipuliert und belogen werde!«

Sie wollte an ihm vorbei, doch er packte sie am Arm und hielt sie zurück. Seine Ruhe stand in krassem Gegensatz zu ihrer Wut, als er sagte: »Ohne meinen Bruder wäre es uns niemals gelungen, dich zur Zusammenarbeit zu bewegen.«

»Und das hatte wohl auch seine Gründe!«

Drachmon antwortete nicht sofort. Er hielt sie noch immer am Arm fest und sah ihr lange und tief in die Augen. Sein Blick hatte etwas Beschwörendes. Schließlich sagte er: »Du hast mir dein Wort gegeben. Wie viel ist das wert?«

Nichts. Ich mache, was ich will und wann ich es will. Und jeder weiß das. Ich habe auch Anajas mein Wort gegeben, ihm ein Drittel meines Goldes zu überlassen. Doch im selben Augenblick habe ich darüber nachgedacht, wie ich ihn um seinen Anteil prellen kann.

Noch immer wandte Drachmon den Blick nicht von ihren Augen. Jetzt wusste sie, warum er ihr so bekannt vorgekommen war. Anajas war jünger, doch es war unverkennbar, dass die beiden Brüder waren.

»Ich bin ein Ehrenmann, Whisper. Dort, wo ich herkomme, ist das Wort eines Menschen mehr wert als sein Gold. Und wenn du mir dein Wort gibst, bin ich so naiv darauf zu vertrauen, dass du es auch hältst. Was du auch tust, bedenke stets: Ich vertraue auf dein Wort. Vergiss das nicht.« Er gab ihren Arm frei.

Whisper spielte noch immer mit dem Gedanken, einfach zu gehen. Die Rede des Prinzen jedoch hatte eine Veränderung in ihr bewirkt. Seltsamerweise fühlte sie sich tatsächlich an ihr Wort gebunden. Sie ging nicht, aber ihre Wut auf Anajas wurde deswegen nicht weniger.

Prinz Drachmon sagte: »Ich werde euch beide jetzt allein lassen. Ihr habt viel zu besprechen und nur wenig Zeit.«

Whisper wollte protestieren, der Prinz gab ihr jedoch keine Gelegenheit dazu. Er trat an ihr vorbei und verließ sein Arbeitszimmer. Krachend fiel die Tür hinter ihm ins Schloss. Whisper und Anajas blieben allein zurück.

»Setz dich«, meldete sich Anajas nach einer Weile zu Wort.

»Ich will nicht einmal im selben Raum mit dir sein und sitzen will ich schon gar nicht!«

Anajas zog sich einen Stuhl heran und setzte sich. Er beobachtete Whisper, sagte jedoch nichts. Er wusste, dass er ihr ein wenig Zeit geben musste, sich an die neue Situation zu gewöhnen. *Ich muss mich ja selbst erst daran gewöhnen.* Die Rolle des erfolglosen Diebes hatte ihm gefallen und er empfand Bedauern darüber, dass es schon vorbei war.

Whisper trat ans Fenster und blickte nach draußen. Sie stand seitlich zu ihm, sodass er Gelegenheit hatte, ihr Profil zu betrachten. Noch immer zeichnete sich deutliche Wut in ihren sonst eher sanften Zügen ab.

Er konnte sie nur zu gut verstehen. *Wir haben sie nach Strich und Faden belogen.* Das Ganze war seine eigene Idee gewesen. Ein wohl inszeniertes Schauspiel. Nachdem alle anderen Versuche gescheitert waren, war er auf den Gedanken gekommen, einen Dieb anzuheuern, der den Ring zurückstehlen sollte. Anajas hatte von

Whisper gehört. Er kannte den Ruf, den sie in ihrer Zunft hatte. Sie war gut. Möglicherweise die Beste. So hatte er Drachmon vorgeschlagen, sie zu suchen und zu engagieren.

Wie hätte ich denn ahnen können, dass sie sich ausgerechnet jetzt aus dem Geschäft zurückziehen will?

Seine Männer hatten auf dem Kontinent nach ihr gesucht, nicht ahnend, dass sie ihn längst verlassen hatte. Sie waren ihrer Spur quer durch das Land gefolgt und hatten sie schließlich am Ausgangspunkt ihrer Reise gefunden. In Dallán. Als sich abzuzeichnen begann, dass Hauptmann Gavin sie nicht zur Zusammenarbeit bewegen würde können, begann Anajas' Auftritt. Er hatte erkannt, dass es ihnen nur durch einen Trick gelingen würde, sie zu Drachmon zu bringen. Sich ihr Vertrauen zu erschleichen war nicht einfach gewesen. Anajas wusste jetzt, dass es ihm nicht einmal annähernd gelungen war. Dazu war sie zu misstrauisch. Nur seine Behauptung, ihr dabei helfen zu wollen, das Gold zurückzubekommen, hatte sie davon abgehalten, sofort wieder zu gehen.

Natürlich hätte Anajas einen seiner Männer in die Rolle des Diebes schlüpfen lassen können. Er hatte die Aufgabe jedoch aus zweierlei Gründen selbst übernommen. Zum einen wollte er verhindern, dass sie verletzt wurde, denn niemals hätte er damit gerechnet, dass sie sich derart heftig gegen Gavin zur Wehr setzen würde. Und zum anderen konnte er sich auf diese Weise vorab ein Urteil über Whisper bilden. Er wollte wissen, in wessen Hände er das Schicksal Dalláns legte.

Hübsch war sie, das hatte er sofort gesehen. Ihre blauen Augen standen in starkem Kontrast zu ihrem schwarzen Haar. Und ihre feinen, fast lieblichen Gesichtszüge erweckten in einem Mann den Wunsch, sie vor allen Übeln und Gefahren dieser Welt zu schützen. Abgesehen davon war sie klug. Und sie war nicht auf den Mund gefallen. Ihre spitze Zunge und ihr hintergründiger Humor ergaben eine ausgesprochen reizvolle Mischung. Sie hüllte sich jedoch in einen Mantel aus Wut und Ablehnung, der es einem Menschen unmöglich machte, sich ihr zu nähern. Vielleicht war sie vor langer Zeit einmal ein warmherziger Mensch gewesen. Dann war irgendetwas geschehen und hatte sie verändert, hatte sie kalt und misstrauisch werden lassen. Whisper war eine Einzelgängerin, und das machte sie unberechenbar. Doch da war etwas, verborgen hinter der Maske aus Wut und Starrsinn, das ihn nicht mehr loslassen wollte. Etwas, das er nicht in Worte zu fassen vermochte.

Während Anajas sie weiter nachdenklich betrachtete, fuhr sie herum. Noch immer sprühten ihre dunkelblauen Augen Feuer. »Gratuliere. Du hast mich reingelegt. Das können nicht viele von sich behaupten. Aber bilde dir bloß nicht ein, dass ich mich dir deswegen unterwerfe. Wenn ich euch helfe, dann auf meine Art.«

Anajas war erleichtert, weil sie sich nun endlich dazu durchgerungen hatte, mit ihm zu sprechen. »In Ordnung. Was schlägst du vor? Wie werden wir vorgehen?«

»Wenn ich sage: meine Art, dann bedeutet das, dass ich alleine arbeite. Es gibt kein wir.«

Er schüttelte den Kopf. »Du bist ärgerlich auf mich – und das ist auch dein gutes Recht. Aber …«

Eine steile Falte bildete sich auf ihrer Stirn. »Ärgerlich? Das ist wohl der falsche Ausdruck!«

Sie wollte weitersprechen, doch Anajas schnitt ihr das Wort ab. »Meinetwegen, dann bist du eben wütend.

Glaubst du wirklich, es hat mir Spaß gemacht, dich zu belügen?« Erneut schüttelte er den Kopf. »Was ich tat, geschah aus den besten Absichten heraus.«

»Manchmal sind es gerade die besten Absichten, die das größte Unheil anrichten.«

Ist es nur ihr Starrsinn, der sie nicht sehen lässt, dass ich nichts anderes tun konnte? »Mir blieb keine andere Wahl. Was hätte ich denn tun sollen?«

»Vielleicht hättest du dir jemanden suchen sollen, der bereit gewesen wäre dir freiwillig zu helfen! Nicht jemanden, den du dazu zwingen musstest!«

»Seit ich in Glenmoran das erste Mal von Whisper hörte, wusste ich, dass niemand besser für diese Aufgabe geeignet wäre.«

»Versuchst du jetzt mir zu schmeicheln?«

»Ich sage nur, was ich denke.« Er hatte gehofft sie durch seine Offenheit zu beruhigen. Das genaue Gegenteil war der Fall.

»Das ist so typisch für euch Adlige! Wenn ihr etwas haben wollt und es nicht bekommt, dann nehmt ihr es euch – notfalls mit Gewalt! Ihr seid die eigentlichen Diebe in dieser Welt!«

Ihre Unnachgiebigkeit weckte allmählich seinen Zorn. Er sprang auf. »Hier geht es nicht darum, was ich will!«, fuhr er sie an. »Es geht um die Zukunft Dalláns. Es steht mehr auf dem Spiel als unsere persönlichen Wünsche!« Er trat vor sie hin und sah ihr in die Augen. »Wann hast du das letzte Mal etwas für jemand anderen getan?«

Sie erwiderte seinen Blick kalt. »Menschen sind es nicht wert, dass man etwas für sie tut.«

»So kommen wir nicht weiter.« Anajas seufzte. »Verdammt, Whisper, wir sollten jetzt besser Waffenstillstand schließen. Einverstanden?«

Sie zögerte einen Moment. Schließlich nickte sie. »Einverstanden.«

»Gut. Dann hör mir jetzt genau zu: Es ist mir völlig gleichgültig, ob du sonst alleine arbeitest oder mit einem ganzen Heer von Gehilfen. In dieser Sache wirst du nicht alleine arbeiten. Gavin und ich werden dir zur Seite stehen, ob es dir gefällt oder nicht.« Whisper öffnete den Mund um zu protestieren. Anajas ließ sie nicht zu Wort kommen. »Wir sind auf deine Hilfe angewiesen. Es mag dir egoistisch vorkommen, dass ich dich in diese Lage gebracht habe. Aber dennoch werde ich dich nicht allein der Gefahr aussetzen.« Er betonte jedes Wort.

»Oh, habt vielen Dank. Wie edelmütig von Euch, mein Prinz.« Ihre Stimme troff vor Sarkasmus.

Anajas achtete nicht darauf. Mit einem Mal erkannte er, was sie zum Einzelgänger gemacht hatte. Kein Mensch würde freiwillig auf die Hilfe anderer verzichten. Es sei denn, er hatte schlechte Erfahrungen gemacht. *Irgendjemand hat sie verraten.*

Whisper kehrte zu ihrem Stuhl zurück und setzte sich. »Wo bewahrt der Herzog den Ring auf?«

Ihre ruhige Frage überraschte ihn so sehr, dass es einen Augenblick brauchte, ehe er antworten konnte. »In seiner Burg.«

»Dann muss ich alles darüber wissen. Wie sieht sie aus, wie komme ich hinein und wo kann ich den Ring finden?«

Es klopfte. Ungehalten blickte Anajas auf. »Ja?«

Die Tür wurde geöffnet. Hauptmann Gavin, der Mann, den Whisper bis vor kurzem nur als den Boten gekannt hatte, trat ein. »Euer Bruder schickt mich, Hoheit. Er sagte mir, Ihr würdet womöglich meine Hilfe benötigen.«

Anajas nickte. »Setz dich.«

Gavin trat an den Tisch heran. Vor Whisper hielt er inne und sah sie an. »Es tut mir wirklich Leid, dass ich dich verletzt habe. Das lag nicht in meiner Absicht. Es war ein reiner Reflex.«

Whisper erwiderte seinen Blick ungerührt. »Wie schön, dass hier alle so sehr von ihrem Gewissen geleitet werden.«

Gavin unterdrückte einen Seufzer und nahm Platz. Anajas gab vor ihre Worte nicht gehört zu haben. Wäre er darauf eingegangen, er hätte nur einen weiteren Streit heraufbeschworen. Er setzte sich als Letzter und wandte sich an Gavin. »Wir waren gerade dabei, uns zu überlegen, was wir über Dungarvan und seine Burg wissen. Und offen gestanden weiß ich nicht das Geringste über ihn – abgesehen davon dass er meiner Familie von jeher nicht sonderlich wohl gesonnen war.«

»Ich fürchte, Ihr habt Recht, Euer Hoheit. Wir wissen in der Tat so gut wie nichts über ihn.«

Whisper gab ein unwirsches Knurren von sich. »Dieser Kerl ist euer Feind und ihr habt allen Ernstes nicht das geringste Wissen über ihn?«

»Ganz so ist es nicht.« Anajas schüttelte den Kopf. »Sagen wir lieber, wir wissen nichts über ihn, das uns im Augenblick weiterhelfen könnte.«

»Wie sieht seine Burg aus? Ein Grundriss? Eine Beschreibung? Irgendwas!«

»Keiner von uns ist je dort gewesen.«

»Was? Ich dachte immer, ihr Adligen tut nichts anderes als euch gegenseitig Besuche abzustatten – und sei es nur, um den Feind auszuspionieren.«

Anajas grinste. »Ein interessantes Bild, das du von meinesgleichen hast.« Er dachte einen Augenblick darüber nach, wie viel er ihr verraten durfte. Schließlich kam er zu dem Schluss, dass sie alles wissen musste, wenn sie ihm helfen sollte. »In der Tat haben wir einen Spion in seiner Burg. Der Mann versorgt uns mit Informationen über Dungarvans Vorhaben – nicht jedoch mit Plänen seiner Burg. Das war bisher für uns nicht von Interesse.«

»Die Prioritäten haben sich geändert. Er soll uns die Pläne zukommen lassen – ausführliche Pläne. Ich will über jeden Winkel, jedes Loch und jeden verdammten Bewohner Bescheid wissen. Ich muss wissen, wie viele Wachen wo postiert sind, wie sie ausgerüstet sind und wann sie abgelöst werden«, verlangte Whisper.

Anajas wechselte einen Blick mit Gavin. Der schüttelte den Kopf. »Wir müssten unseren Mann benachrichtigen. Und es ist fraglich, wie viele dieser Informationen er erst besorgen müsste. Es würde mindestens eine Woche dauern, bis wir von ihm hören. Dafür bleibt uns keine Zeit.«

Whispers Miene verfinsterte sich mit jedem Wort mehr. »Gibt es überhaupt etwas, das ihr über diesen Herzog wisst? *Irgendetwas?*«

»Dungarvans Vater und mein Vater sind zusammen aufgewachsen. Sie waren wie Brüder. An dem Tag, an dem mein Vater den Ring der Macht erbte, starb die Freundschaft, die sie bis dahin verbunden hatte. Der alte Dungarvan hatte fest damit gerechnet, selbst den Thron zu erben. Er schwor sich, dass eines Tages sein Nachfahre das bekommen sollte, was man ihm in seinen Augen gestohlen hatte. Über die Jahre nährte er seinen Hass und unternahm alles Erdenkliche, um meiner Familie zu schaden. Als er starb, rang er seinem Sohn am Totenbett das Versprechen ab, eines Tages König zu werden.« Anajas seufzte. »Und der gute Aedh – inzwischen selbst Vater eines Säuglings – scheint nun alles daranzusetzen, sein Versprechen zu erfüllen. Er ist seinem Ziel verdammt nahe gekommen – zu nah für meinen Geschmack.«

»Im Augenblick feiert er seinen Geburtstag. Das nächste Fest, das er ausrichtet, wird die Krönung sein, wenn wir nichts unternehmen«, meinte Gavin düster.

»Eine Feier?«

Gavin nickte. »Seit Tagen schon scheinen alle Gaukler des Landes zu seiner Burg zu ziehen. Er ist bekannt dafür, seine Geburtstage ausgiebig zu feiern.«

»Gaukler.« Whisper blickte auf die Tischplatte. Anajas beobachtete sie, wie sie mit dem Finger an einer tiefen Scharte im Holz entlangfuhr. Immer und immer wieder. Nachdenklich kaute sie auf ihrer Unterlippe. Eine Angewohnheit, die er schon des Öfteren an ihr bemerkt hatte. Als sie schließlich aufsah, leuchteten ihre Augen. »Du sagtest, uns bleibt nur wenig Zeit, Anajas. Wie viel Zeit genau?«

»Sieben Tage.«

»Sieben Tage?« Whisper sprang auf. »Das ist nicht dein Ernst! Ich brauche Zeit, mich umzusehen und mir einen Überblick zu verschaffen. Zeit, einen Plan zu fassen!« Sie begann vor dem Fenster auf und ab zu laufen.

»Diese Zeit haben wir nicht.«

Whisper stieß einen tiefen Seufzer aus. »Also gut. Dann werden wir eben improvisieren müssen.«

Anajas musterte sie. »Was hast du vor?«

»Wie gut bist du darin, den Menschen etwas vorzumachen?«

Ein schelmisches Lächeln zuckte um seine Mundwinkel. »Ich bitte dich, ich bin Adliger. Wenn es nach dir geht, sind wir doch alle geborene Lügner.«

Whisper ging nicht auf den Seitenhieb ein. »Dann wollen wir mal sehen, ob der geborene Lügner auch als Gaukler zu gebrauchen ist.«

Sie brachen am nächsten Morgen noch lange vor Tagesanbruch auf.

Whisper hatte den Rest des vergangenen Tages damit verbracht, eine Liste zusammenzustellen. Diese Liste enthielt alles, wovon sie glaubte, dass es für ihr Vorhaben irgendwie von Nutzen sein könnte. Gavin war dann losgezogen, um all die Dinge zu besorgen, die sie aufgeschrieben hatte. Und in der Nacht hatte sie schließlich die nötigen Vorbereitungen getroffen.

Sie ertappte sich dabei, dass ihre Gedanken zu Anajas wanderten. Merkwürdigerweise fühlte sie sich in seiner Gegenwart sicher. *Zu sicher.* Sie war noch immer wütend darüber, dass er sie belogen hatte. Gleichzeitig jedoch hatte sie eine Menge Gründe, den Auftrag auszuführen. *Dreißigtausend Gründe.*

Während Gavin unterwegs war, hatte sie versucht herauszufinden, ob Anajas als Gaukler zu gebrauchen war. Ein paar Versuche, ihn mit Äpfeln jonglieren zu lassen, hatten ihr recht schnell gezeigt, er war nur sehr begrenzt einsetzbar. So begrenzt, dass sie beschloss darauf zu verzichten.

Im Laufe des Nachmittags war ihr ein anderer Gedanke gekommen. Anajas war der Prinz von Dallán. Der Sohn eines Königs. Sein Gesicht musste im ganzen Reich bekannt sein. Sie war die gesamte Zeit so sehr damit beschäftigt gewesen, einen Plan zu fassen, dass sie nicht einmal im Entferntesten daran gedacht hatte.

Sie hatte mit Anajas darüber gesprochen. Beinahe hatte sie sich gefreut, endlich einen Grund gefunden zu haben, doch noch alleine zu arbeiten. Aber nur beinahe. Aus irgendeinem Grund hatte es ihr gefallen, dass er so vehement darauf bestanden hatte, ihr zur Seite zu stehen.

Anajas konnte all ihre Bedenken jedoch rasch zerstreuen. Wie er ihr berichtete, hatte er sich viele Jahre nicht in Dallán aufgehalten, sodass außerhalb der Mauern Cor Amánthors kaum jemand wusste, wie er aussah. Um sicherzugehen, dass ihn auch wirklich niemand erkennen würde, hatte sie darauf bestanden, dass er sich den Vollbart abrasierte. Anajas hatte sich beklagt und lamentiert, doch sie hatte ihm unmissverständlich zu verstehen gegeben, dass er sich am nächsten Morgen nicht blicken zu lassen brauchte, wenn sein Gesicht nicht glatt war wie der Hintern eines Neugeborenen.

Da weder Anajas noch Gavin das Zeug zum Gaukler hatte, teilte sie ihnen andere Rollen zu. Gavin war der Kutscher. Anajas ernannte sie zu ihrem Leibwächter, während sie selbst in die Rolle einer Bardin schlüpfen würde.

Sie hatten Cor Amánthor längst hinter sich gelassen, als über den Nebelbergen langsam die Sonne aufging. Ein riesiger goldener Ball, der die letzten Schatten der Nacht vertrieb und Licht und Wärme in die Welt brachte.

Whisper saß neben Gavin auf dem Kutschbock des Planwagens, den er besorgt hatte. Sie hatte den größten Teil der Nacht damit verbracht, den einfachen, schmucklosen Wagen in ein bewegliches Zirkuszelt zu verwandeln. Unzählige bunte Bänder zierten ihn von allen Seiten und flatterten fröhlich im Wind.

Mit der Hilfe einiger Dienerinnen war es ihr gelungen,

die einfache hellgraue Plane im Laufe der Nacht völlig unter grellbunten Flicken verschwinden zu lassen. Hundert Mal und mehr war sie um den Wagen herumgelaufen und hatte ihr Werk begutachtet. Hatte hier ein weiteres Band und dort noch einen bunten Flicken angebracht. Irgendwann war sie zufrieden gewesen. Endlich hatte der Wagen der Geschmacklosigkeit eines fahrenden Gauklers entsprochen.

Ehe sie am Morgen aufgebrochen waren, hatte sie eine Auseinandersetzung mit Anajas gehabt. Sie hatte vorgeschlagen, den Wagen in der Dunkelheit vom Hof zu schaffen und Cor Amánthor getrennt zu verlassen, um sich irgendwo vor den Toren der Stadt wieder zu treffen. Anajas hatte darauf bestanden, dass sie gemeinsam aufbrachen. Seufzend hatte sie sich gefügt.

Im hinteren Teil, wo sich der Zugang zum Wagen befand, waren kleine silberne Glöckchen angebracht, die bei jeder Bewegung und jedem Luftzug leise läuteten. Ein Geräusch, das jetzt, nachdem sie den größten Teil der Nacht ohne Schlaf zugebracht hatte, einschläfernd auf sie wirkte. Das leise Klingeln umgab sie und lullte sie allmählich ein. Das Schaukeln des Gefährts auf der unebenen Straße tat ein Übriges. Saftig grüne Wiesen und bewaldete Hügel zogen wie ein unendliches Band an ihnen vorüber. Gleichmäßig und beruhigend. Whisper spürte, wie ihre Augenlider immer schwerer wurden. Ihre Gedanken schweiften ab, reisten durch die Zeit und kehrten zurück nach Glenmoran. Sie dachte an das letzte Mal zurück, als sie nicht allein gearbeitet hatte. Damals wäre sie beinahe gestorben.

»Leg dich nach hinten und schlaf ein wenig.«

Gavins Stimme riss sie in die Wirklichkeit zurück. »Was?« Sie blinzelte verwirrt.

»Du warst die ganze Nacht über wach. Geh und ruh dich aus. Wenn wir erst in Dungarvan-Hall sind, wirst du all deine Sinne brauchen.«

Whisper nickte. Sie sah zu Anajas hinüber, der auf seinem Pferd neben dem Wagen herritt. Als sich ihre Blicke trafen, lächelte er kurz. Ohne den Bart wirkte er noch verschmitzter. *Und jünger.* Die Ähnlichkeit mit seinem Bruder war nun nicht mehr auf den ersten Blick zu erkennen. Die Rasur hatte ihn mehr verändert, als sie zu hoffen gewagt hatte. Eines jedoch hatte sich nicht verändert: Er sah noch immer erschreckend gut aus.

Whisper wandte sich ab, um nach hinten in den Wagen zu klettern. Die Röcke, die sie trug, behinderten sie dabei. In ihrem Beruf benötigte sie Bewegungsfreiheit, weshalb sie es normalerweise vorzog, Hosen zu tragen. Der weite blutrote Rock behagte ihr ebenso wenig wie die Tatsache, in diesem Wagen unterwegs zu sein, der wie eine fahrende Zielscheibe aussah. Whisper hatte in den letzten Jahren gelernt, sich unauffällig zu verhalten und auch ebenso zu kleiden. Ihr ganzer Plan, als Bardin aufzutreten, lief ihren sonstigen Gewohnheiten völlig entgegen. *Barden fallen auf – um jeden Preis.* Besorgt fragte sie sich, ob sie mit der inzwischen ungewohnten Rolle zurechtkommen würde. *Es ist so lange her.* Dann zuckte sie die Schultern. Zeit ihres Lebens hatte sie Menschen belogen und betrogen. Das hier war nichts anderes. Sie raffte den Stoff ihres Rockes bis über die Knie und stieg über den Kutschbock hinweg, wobei sie Anajas' anerkennenden Pfiff ignorierte.

Whisper bahnte sich ihren Weg zwischen all den Dingen hindurch, die sie hatte besorgen lassen und die sich nun vor ihr stapelten. Unzählige Utensilien, von denen sie glaubte, dass sie möglicherweise dafür Verwendung haben könnte. Als ihr Blick auf ihren Rucksack fiel, beschloss sie sich umzuziehen. Sie würde das Kleid wieder anlegen, kurz bevor sie Dungarvan-Hall erreichten. Jetzt sehnte sie sich nach der Bequemlichkeit ihrer Hosen.

Nachdem sie die Kleidung gewechselt hatte, nahm sie eine Decke und machte es sich auf dem Boden des Wagens bequem. Gavin hatte Recht. Sie musste ausgeschlafen sein, wenn sie ankamen. Gähnend rollte sie sich unter der Decke zusammen. Sie nahm sich vor nicht zu lange zu schlafen, dazu blieb ihr heute Nacht noch ausreichend Gelegenheit.

Obwohl der Weg von Cor Amánthor nach Dungarvan-Hall für einen Reiter nicht länger als einen Tag dauern mochte, würden sie einmal lagern müssen. Mit dem Wagen waren sie nicht so schnell wie mit Pferden. Trotzdem hatte Whisper auf den Wagen bestanden und die Verzögerung in Kauf genommen, auch wenn die Zeit knapp war. Es war wichtig, dass man ihnen die Rolle der Gaukler abnahm. Und Whisper hatte noch nie einen Gaukler gesehen, der ohne Wagen durch das Land zog. Dieser Wagen war Teil ihrer Tarnung.

Am Abend schlugen sie ihr Lager im Schutz eines kleinen Wäldchens auf. Anajas hatte sein Pferd abgesattelt und angepflockt, während Gavin die beiden Tiere vor dem Wagen ausspannen wollte. Whisper hatte in der Zwischenzeit Holz gesammelt und eine kleine Feuerstelle im Herzen der Lichtung errichtet. Wenig später saßen die drei um ein kleines Feuer herum.

Gavin holte den Proviant aus dem hinteren Teil des Wagens und verteilte ihn. Eine einfache Mahlzeit aus Brot, Speck und ein wenig Obst. Dazu ein Weinschlauch.

Gavin sah zu Anajas. »Wie ist der Plan, Hoheit?«

Anajas zuckte die Schultern. »Dafür ist Whisper zuständig.«

»Zunächst einmal solltest du dringend aufhören ihn Hoheit zu nennen«, meinte Whisper. »Wir sind fahrendes Volk. Möglicherweise nennt man uns Könige der Straße, doch ganz sicher nennt niemand den Leibwächter einer Bardin Hoheit.«

Gavins Augen weiteten sich vor Schreck. »Ich kann doch nicht …«

Anajas nickte. »Doch, du kannst.« Er wandte sich an Whisper. »Sollten wir uns nicht andere Namen zulegen?«

»Nicht nötig. Anajas ist nun nicht gerade ein seltener Name und Gavin ist Soldat, keine bekannte Persönlichkeit.«

»Was ist mit dir?«, hakte Anajas nach. »Wie wirst du dich nennen, meine geliebte Königin der Straße?«

Whisper konnte ein Grinsen nicht unterdrücken. »Natürlich kündet mein Name von dem unendlichen Geschick, mit dem ich meiner Kunst nachgehe. Ich bin Silberzunge.«

»So wie Whisper dein Geschick im wahren Leben verkündet?« Anajas grinste.

»Warum nennt man dich überhaupt Whisper?«, fragte Gavin.

Sie schenkte ihm ein selbstsicheres Lächeln. »Weil ich mich so leise bewege wie ein Flüstern in der Dunkelheit. Wenn ich mich mit jemandem im selben Raum befinde, heißt das noch lange nicht, dass der Betreffende auch von meiner Anwesenheit weiß.«

Anajas betrachtete sie eine Weile forschend. Schließlich nickte er. »Du wirst eine hervorragenden Bardin abgeben. Die Haupteigenschaft besitzt du schon: Bescheidenheit.« Er begann zu lachen.

Whisper schlug ihm ihre Faust in den Magen. Anajas krümmte sich ein wenig, lachte aber nur noch lauter. Schließlich konnte sie nicht anders als in sein Gelächter einzustimmen.

Kurz nachdem sie gegessen hatten, verabschiedete sich Gavin. Er hatte, ebenso wie Whisper, den größten Teil der vergangenen Nacht damit verbracht, Vorbereitungen zu treffen, sodass er es jetzt vorzog, rasch schlafen zu gehen. Er packte sich eine Decke und kroch unter den Wagen.

Anajas erhob sich ebenfalls. »Gute Nacht, Sonnenschein.« Er ging einige Schritte vom Feuer weg und ließ sich am Fuße einer Eiche nieder, wo er sich in seine Decke gewickelt schlafen legte.

Whisper, die während des Tages länger als beabsichtigt geschlafen hatte, war nicht müde. Sie blieb sitzen und blickte nachdenklich ins Feuer. Hin und wieder barst ein Stück Holz krachend in den Flammen. Funken stieben hoch und trieben durch die Dunkelheit. Winzige glühende Punkte, die gleich darauf zu hunderten erloschen.

Sie war an das Leben in der Stadt gewohnt. Dort wusste sie um den Ursprung der Geräusche und Schatten. Hier in der freien Natur fühlte sie sich ausgeliefert. Jedes noch so kleine Geräusch weckte ihre Aufmerksamkeit. Das leise Seufzen des Windes in den Baumwipfeln. Das Rascheln, wenn sich kleine Tiere durch das Unterholz bewegten. Das entfernte Heulen der Wölfe und der durchdringende Schrei eines Käuzchens.

Whisper redete sich ein, dass alles so war, wie es sein musste. Es half nichts. Obwohl ihr bei dem Gedanken daran, als Bardin aufzutreten, nicht sonderlich behaglich zumute war, *wünschte* sie sich im Augenblick, dass es endlich so weit wäre. Die sichere Zuflucht einer schützenden Steinmauer war nicht zu unterschätzen.

Manchmal jedoch konnten die Mauern einer Stadt auch zum Gefängnis werden. Und einmal wären sie ihr beinahe zum Verhängnis geworden. Sie hatte damals mit Garian zusammengearbeitet. In Kilshannon, zu einer Zeit, als sie noch keine Einzelgängerin gewesen war. Das schien so lange zurückzuliegen, dass sie das Gefühl hatte, es wäre in einem anderen Leben gewesen.

Whisper wusste nicht, wie lange sie so in die Flammen gestarrt hatte, völlig in ihre eigenen Gedanken versunken. Ein leises Knacken in unmittelbarer Nähe ließ sie auffahren. Sofort sprang sie auf. Mit einer geübten Handbewegung ließ sie den Dolch aus ihrem Ärmel in ihre Hand gleiten, noch ehe sie vollends auf den Beinen war.

»Deine Reflexe sind wirklich erstaunlich.« Anajas stand mit erhobenen Händen vor ihr. »Leg den Dolch weg, ich wollte dich nicht erschrecken.«

Whisper verstaute die Waffe. Nur mit Mühe gelang es ihr, ihren Schrecken zu überspielen. »Bist du übergeschnappt, dich so an mich heranzuschleichen?« Langsam ließ sie sich wieder nieder.

»Tut mir Leid. Offen gestanden wollte ich herausfinden, wie aufmerksam du bist.« Er grinste. »Diese Prüfung hast du wohl bestanden.« Anajas setzte sich neben sie. »Bist du nicht müde?«

»Ich wollte noch ein wenig über meinen Plan nachdenken.«

»Und?«

Sie zuckte die Schultern. »Es ist schwer, einen Plan zu fassen, wenn man nicht weiß, was einen erwartet. Ich denke, wir werden Dungarvan-Hall gegen Mittag erreichen. Dann bleibt mir der Rest des Tages, um mich umzuschauen und umzuhören. Danach werden wir weitersehen.«

»Hört sich vernünftig an.« Wieder umspielte dieses Grinsen seine Mundwinkel.

»Was ist?«

Anajas blickte sie verständnislos an, doch das Grinsen wich nicht aus seinen Zügen. »Was soll sein?«

»Du grinst so seltsam.«

»Ich freue mich nur schon darauf, dich als Bardin zu erleben. Du bist wie ein Raubtier, das es gewohnt ist, still und heimlich auf die Pirsch zu gehen, und plötzlich wirst du zur bestaunten Attraktion. Um ehrlich zu sein fällt es mir ein wenig schwer, dich mir als Bardin vorzustellen.«

Du wirst dich noch wundern. »Es wird nicht einfach, aber ich werde es schon irgendwie schaffen.«

Er nickte. »Davon bin ich überzeugt.«

Whisper seufzte. »Dir kann wohl nichts deine gute Laune verderben, was?«

»Nur sehr wenig.« Er griff nach ihrer Hand, hob sie an seine Lippen und küsste sanft ihre Fingerspitzen. »Du wirst deine Sache gut machen, Sonnenschein.«

Whisper wollte ihm ihre Hand entziehen, doch er gab sie sogleich wieder frei. Sie wich seinem Blick aus. Mit einem Mal machte seine Anwesenheit sie nervös. Wenn es nicht zu sehr nach Flucht ausgesehen hätte, wäre sie aufgestanden und davongegangen. Diesen Gefallen wollte sie ihm jedoch nicht tun. Sie blieb sitzen. »Ich bin keine deiner Hofdamen.«

Ihre Blicke trafen sich kurz. Anajas sagte: »Ich weiß.« Seine Augen schienen zu sagen: *Und das ist gut so.*

Whisper dachte krampfhaft darüber nach, wie sie das Thema wechseln konnte. Es gefiel ihr nicht, wie er sie ansah, und es gefiel ihr erst recht nicht, wie sehr seine Blicke sie verunsicherten.

Es war Anajas, der erneut das Wort ergriff. »Ich bin wirklich froh, dass du dich dazu entschlossen hast, uns zu helfen. Ich wusste, wenn du meinem Bruder erst begegnest, ihn kennen lernst und erfährst, worum es geht, dann könntest du unmöglich nein sagen. Deswegen war es mir so wichtig, dich zu Drachmon zu bringen.«

All ihre Verunsicherung verflog. Whisper spürte sofort, wie sich ihre Wut wieder regte. Der bloße Gedanke daran, wie er sie gezwungen hatte zu seinem Bruder zu gehen, ließ den angenehm ruhigen Tag, der hinter ihr lag, sofort in Vergessenheit geraten und weckte ihren Zorn. »Fang besser nicht mehr davon an«, sagte sie gepresst.

»Ich will doch nur, dass du begreifst, wie wichtig das für mich ist. Ich möchte, dass du weißt, ich will dich nicht ausnutzen. Ich bin auf deine Hilfe *angewiesen.*« Er hob die Hand und strich ihr sanft über die Wange. »Du bist süß wie Honig.«

Whisper zog den Kopf zurück. »Hör auf damit!«

»Womit?« Seine braunen Augen wirkten beinahe schwarz im Schein des Feuers.

»Mit allem.« Sie rückte ein Stück von ihm ab. »Ich will deine verdammten Komplimente nicht und ich will schon gar nicht wissen, was dich dazu getrieben hat, mich in diese Lage zu bringen. Es interessiert mich nicht. Ich werde meine Aufgabe erledigen, und damit hat es sich. Es ist mir völlig gleichgültig, ob du es aus Liebe zu deinem Bruder getan hast oder einfach nur weil du gerade nichts anderes zu tun hattest!«

Seine Miene wurde hart. Zum ersten Mal, seit sie Anajas begegnet war, zeichnete sich offene Wut in seinen

Zügen ab. »Entschuldige, ich vergaß«, sagte er kalt. »Du kannst mich gar nicht verstehen. Du weiß ja nichts über Liebe und Freundschaft! So wie es aussieht, hast du dein Leben lang allein gearbeitet und dich niemals auf andere Menschen eingelassen!«

»Ach, habe ich nicht?«

»Nein, hast du nicht!«

»Wenn du so schlau bist, dann kannst du mir sicher auch sagen, warum das so ist.« Es war ein Fehler und sie erkannte es, sobald sie die Worte ausgesprochen hatte. Sie wollte die Antwort nicht hören. Doch dafür war es zu spät.

»Weil du Angst davor hast«, sagte er ruhig.

»Was für ein Unsinn!«

Anajas schüttelte den Kopf. »Ich sehe es in deinen Augen. Wann immer ich in deine Nähe komme, wird dein Blick abweisend. Du lässt niemanden an dich heran. Keine Freunde, keinen Mann. Niemanden. Du bist kalt wie Eis.«

Überrascht stellte sie fest, wie sehr seine Worte sie verletzten. *Ich war nicht immer so.* Ein leises Rascheln im Unterholz rettete sie davor, antworten zu müssen. »Was war das?«

Anajas zuckte die Schultern. »Vermutlich ein Eichhörnchen oder eine Maus – oder eine deiner Erfindungen, um einem für dich unangenehmen Thema aus dem Weg zu gehen.«

»Das ist ja wohl das Allerletzte! Du kannst nicht einfach …« Irgendwo knackte ein Zweig. Jetzt wurde auch Anajas aufmerksam. In einer einzigen fließenden Bewegung erhob er sich. Er packte Whisper am Arm und zog sie auf die Beine. Seine Hand glitt zu dem Schwert an seiner Seite. Unendlich langsam ließ er es aus der

Scheide gleiten, ohne dabei das geringste Geräusch zu machen.

»Was auch immer geschieht, du bleibst hinter mir«, sagte er leise. Dann trat er das Feuer aus und die Lichtung versank in Finsternis.

Whisper schloss die Augen, um sich schneller an die plötzliche Dunkelheit zu gewöhnen. Sie lauschte. Im Dunkeln schienen die Geräusche deutlicher zu sein, beinahe greifbar. Knackende Zweige begleitet vom Rascheln der Büsche, Schritte.

Die Geräusche schienen jetzt von allen Seiten zugleich zu kommen. *Bei allen Göttern, wir werden umzingelt.* Whisper öffnete die Augen. Die Schwärze der Nacht hatte sich in unterschiedliche Schattierungen von Grau verwandelt. Das Licht des Vollmonds vermochte nur schwach durch das dichte Blätterdach zu dringen. Es war dunkel, aber dennoch hell genug um sich zu orientieren.

Anajas bewegte sich seitlich auf den Wagen zu. Er winkte ihr, ihm zu folgen. Whisper hielt ihn am Arm zurück. Als Anajas sie ansah, schüttelte sie den Kopf. Sie hob eine Hand und deutete erst auf ihr Ohr, dann in die Richtungen, aus denen sie die Geräusche vernommen hatte. Anajas hatte verstanden. Er nickte und zeigte auf den Wagen, wo Gavin noch immer schlief. Erneut wollte er sich in Bewegung setzen. Wieder hielt sie ihn zurück. Fragend wandte er ihr den Kopf zu.

Whisper zeigte auf ihn, dann auf eine große Eiche in seinem Rücken. *Groß genug, um ihn in der Nacht zu verbergen.* Schließlich deutete sie mit dem Finger auf sich selbst und gleich darauf zu Gavin.

Anajas legte die Stirn in Falten, das konnte sie selbst im schwachen Mondlicht erkennen. Schließlich nickte er. Mit einem behänden Schritt zog er sich in den Schatten der Eiche zurück, wobei er seine Klinge stets im Dunkeln hielt. Whisper setzte sich geduckt in Bewegung.

Nahezu lautlos glitt sie über den Waldboden, wurde eins mit der Nacht und den Geräuschen des Waldes. Sorgsam darauf bedacht, wohin sie ihren Fuß beim jeweils nächsten Schritt setzte, gelang es ihr, trockenen Zweigen und Laub auszuweichen.

Ohne Schwierigkeiten erreichte sie den Wagen. Sie hielt inne und lauschte. Schon seit einer Weile war alles still. *Zu still.* Wer auch immer um das Lager herumschlich, verharrte ruhig an Ort und Stelle. Oder er hatte sich wieder zurückgezogen, doch Whisper glaubte nicht, dass ihnen so viel Glück vergönnt sein sollte. Sie duckte sich, um unter den Wagen zu kriechen. Das rettete ihr das Leben. Im selben Augenblick durchschnitt eine Klinge die Luft, dort wo sich eben noch ihr Kopf befunden hatte.

Dunkle Schatten wuchsen überall wie Pilze aus dem Waldboden. Schwarz und bedrohlich. Einer der Angreifer hatte sich unmittelbar neben dem Wagen verborgen gehalten. Seine Klinge blitzte hell im Mondlicht. Whisper schnappte erschrocken nach Luft und warf sich zur Seite, als er mit dem Heft seiner Waffe nach ihr schlug. Es gelang ihr nicht, rechtzeitig auszuweichen. Der Griff traf sie an der Schläfe. Heißer Schmerz explodierte in ihrem Kopf. Für einen Augenblick tanzten grellbunte Punkte vor ihren Augen auf und ab. Benommen stürzte sie zu Boden.

»Gavin!« Anajas' Stimme zerriss die Stille. »Wir werden angegriffen!«

Nur langsam klärte sich ihr Blick. Sie lag auf dem

Rücken. Über ihr ragte der Angreifer empor, das Schwert zum Schlag erhoben. Whisper konnte ihm nicht entkommen. Sie war kaum in der Lage, einen klaren Gedanken zu fassen. Ihr Kopf fühlte sich an, als säße dort ein wild gewordener Trommler, der unaufhörlich gegen ihre Schädeldecke schlug. Die Klinge raste auf sie zu. Whisper schloss die Augen und warf sich erneut zur Seite. Mehr konnte sie nicht tun.

Ein warmer Regen traf ihr Gesicht. *Blut.* Beinahe verwundert stellte sie fest, dass es nicht ihr eigenes war. Die Klinge hatte sie nicht getroffen. Erschrocken riss sie die Augen auf und sah sich um. Über ihr stand Gavin, das Schwert angriffsbereit erhoben. Ihr Angreifer lag auf dem Boden und rührte sich nicht mehr.

»Versteck dich.« Ohne darauf zu achten, ob sie seiner Anweisung folgte, machte er kehrt und rannte los. Whisper griff nach der Ladekante des Wagens und zog sich auf die Beine. Dann sah sie sich um.

Fünf mit Schwertern bewaffnete Männer umringten Anajas. Er hatte noch immer die Eiche in seinem Rücken, vermutlich der einzige Grund, warum sie ihn noch nicht überwältigt hatten. Sein Schwert beschrieb einen hohen Bogen, als er sich gegen mehrere Angriffe zugleich verteidigte.

Einer der Angreifer bemerkte Gavin und wandte sich ihm zu. Die übrigen vier drangen weiter auf Anajas ein.

Vier gegen einen!

Ehe Whisper wusste, was sie tat, hatte sie die Lichtung zur Hälfte überquert. Zum zweiten Mal in dieser Nacht glitt der Dolch in ihre Hände. Mit jedem Schritt, den sie zurücklegte, wurde sie schneller. Schließlich rannte sie. Mit einem wilden Schrei stürzte sie sich auf einen der Männer, der soeben im Begriff war, Anajas zu attackieren. Sie sprang dem Mann in den Rücken und klammerte sich mit aller Macht an ihm fest. Ihr Schwung ließ ihn nicht einmal wanken. Er versuchte sie abzuschütteln, als wäre sie ein lästiges Insekt. Whisper krallte sich fest. Er schlug mit dem Schwert nach ihr, doch es gelang ihm nicht, sie damit zu erreichen. Die Waffe war zu lang und unhandlich. Whisper hob ihren Dolch und rammte ihm die Klinge zwischen die Schulterblätter. Schmerz entbrannte in ihrem Handgelenk, als die Klinge auf Widerstand traf. Ein Kettenhemd. Fluchend zog sie die Waffe zurück und zielte stattdessen auf die ungeschützte Stelle an seinem Hals. Sie bemerkte kaum, dass er längst das Schwert gegen einen Dolch getauscht hatte. Getrieben von blinder Wut stach er nach ihr. Die Klinge streifte ihren Arm, ohne dabei mehr als den Ärmel ihres Hemdes zu zerschneiden. Whisper stieß zu. Ihre Klinge traf ihn am Hals. Ein Blutschwall schoss aus der Wunde hervor und besudelte ihre Hände. Er ließ den Dolch fallen. Seine Hände schlossen sich um die Wunde an seinem Hals. Ein hoffnungsloser Versuch, den unvermeidlichen Tod aufzuhalten. Er fiel auf die Knie und rang gurgelnd nach Atem, während das Leben seinen Körper in einem steten roten Strom verließ.

Whisper wandte sich angewidert ab und überließ ihn seinem Todeskampf. Wie betäubt sah sie sich um. Ein Stück links von ihr entdeckte sie Gavin. Er stieß einem der Männer sein Schwert in den Leib. Der Mann griff noch einmal an. Gavin parierte den Hieb mühelos und rang ihn nieder. Anajas kämpfte noch immer gegen drei Gegner zugleich. Einen der Männer hatte er entwaffnet.

»Verschwinde!«, brüllte er in ihre Richtung.

Whisper gehorchte und wollte kehrtmachen. Einer der Männer – der ohne Waffe – wandte sich von Anajas ab, als er sie bemerkte. Er ging sofort zum Angriff über. Whisper wich mit erhobenem Dolch zurück. Eine Faust raste auf sie zu. Sie duckte sich und tauchte darunter hinweg. Dann schlossen sich kräftige Hände um ihre Schultern. Sie verlor den Boden unter den Füßen, als sie hochgerissen wurde. Ihr Dolch fiel zu Boden. Wild zappelnd hing sie für einen Moment in der Luft. Sie trat um sich und versuchte sich aus dem harten Griff zu befreien. Ohne Erfolg. Hilfe suchend blickte sie zu Anajas. Er schlug das Schwert eines Angreifers zur Seite und setzte dem Mann nach, der sie angriff. Dabei öffnete er einem anderen seine Deckung. Das Schwert traf ihn an der Seite. Anajas verlor das Gleichgewicht und geriet ins Taumeln.

»Anajas!«

Irgendwie gelang es ihm noch im Sturz, den Mann zu packen. Whisper wurde herumgerissen. Der Griff um ihre Schultern löste sich. Sie schrie auf, als sie mit dem Kopf gegen den Baumstamm prallte, und ging zu Boden. Der Trommler in ihrem Kopf setzte erneut zu einem rasenden Wirbel an. Die Ränder ihrer Welt begannen auszufransen. Dunkler Nebel breitete sich mehr und mehr vor ihren Augen aus und ließ sie erblinden. Sie streckte die Hände nach dem Baum aus, suchte nach Sicherheit, die sie mit der Welt verband. Panik breitete sich in ihr aus, als ihre Hände ins Leere griffen. Sie wusste nicht mehr, wo sie war. Für einen Augenblick nicht einmal mehr, *wer* sie war. Ihre Finger trafen auf Widerstand. Die raue Rinde fühlte sich kühl unter ihren Händen an. Kühl und beruhigend. Wirklich. Sie atmete tief durch. Einmal. Zweimal. Dreimal. Langsam klärte sich ihre Sicht ein wenig. Noch immer war die Welt ein verschwommener Ort, doch immerhin war sie wieder vorhanden. Ihre

Finger krallten sich in die Rinde. Langsam und Stück für Stück zog sie sich auf die Beine, bis sie wackelig zum Stehen kam. Sie wagte kaum den sicheren Halt loszulassen, so sehr schwankte die Welt.

Wie lange hatte sie dem Kampf den Rücken zugewandt? Angst breitete sich in ihrem Innersten aus und umklammerte ihren Magen mit eiserner Faust. In ihrer Vorstellung sah sie bewaffnete Männer, die sich ihr von hinten näherten, während sie kaum in der Lage war, auf ihren eigenen Beinen zu stehen. Taumelnd fuhr sie herum, eine Hand noch immer Halt suchend an den Baumstamm geklammert. Halb erwartete sie, die erhobene Waffe eines weiteren Angreifers über sich aufblitzen zu sehen. Niemand griff sie an. Niemand schenkte ihr Beachtung. Sie bemühte sich den Schmerz in ihrem Kopf zu ignorieren und versuchte krampfhaft sich einen Überblick zu verschaffen.

Anajas wälzte sich noch immer mit dem Mann über den Boden, der sie angegriffen hatte. Auch er hatte inzwischen sein Schwert fallen gelassen. Fäuste flogen und trafen krachend auf Rüstung und Körper. Die beiden, die Anajas hinter sich gelassen hatte um ihr zu helfen, näherten sich ihm mit erhobenen Waffen. Sofort setzte sich Whisper in Bewegung. Der Boden fühlte sich seltsam weich und uneben unter ihren Füßen an. Sie schien darin zu versinken, als bestünde er lediglich aus Schlamm. Es fiel ihr schwer, einen Fuß vor den anderen zu setzen, dennoch hielt sie nicht inne. *Was soll ich gegen diese beiden ausrichten? Ich habe nicht einmal mehr meinen Dolch*. All ihre Sinne schrien ihr zu, sie solle fliehen, doch sie konnte Anajas unmöglich im Stich lassen. Es fiel ihr immer schwerer, einen klaren Gedanken zu fassen.

Gavin hatte sich inzwischen seines Gegners entledigt.

Er schob sich zwischen Anajas und die beiden verbliebenen Männer.

Der Schmerz in ihrem Kopf gewann mehr und mehr an Intensität und raubte ihr den Atem. Sie hatte das Gefühl, zu ersticken. Der Boden schwankte und raste ihr entgegen. Sie stürzte in einen endlosen Abgrund und die Welt wurde zu einem finsteren Ort.

Whisper glaubte Stimmen zu hören.

Sie wollte sehen, wer da sprach, wollte hören, was derjenige zu sagen hatte. Vor allem aber wollte sie wissen, was geschehen war. Vorsichtig öffnete sie die Augen und setzte sich auf. Schlagartig kehrte das Licht in die Welt zurück. Und mit dem Licht kam der Schmerz. Der Trommler war noch immer da und spielte sein Lied. Whisper gab unwillkürlich ein leises Stöhnen von sich und kniff die Augen zusammen.

»Bei allen Göttern, Whis!« Verschwommen erkannte sie Anajas. Er kniete neben ihr und griff nach ihren Schultern. »Bleib liegen.« Mit sanfter Gewalt drückte er sie auf den Boden zurück.

Ganz allmählich gewöhnten sich ihre Augen an das Licht. Der Schmerz ließ ein wenig nach und ihr Blick klärte sich langsam. Über ihr lag ein bunter Himmel aus Stoffflicken. Das Wagendach. An einer der Verstrebungen unter dem Dach baumelte eine Laterne und sandte ihr tanzendes Licht nach allen Seiten aus.

»Diese Männer. Sind sie … sind sie …?« Whisper hatte noch immer Schwierigkeiten, klar zu denken.

»Tot. Sie sind tot.« Im zuckenden Licht der Laterne sah sein Gesicht aus, als stünde es in Flammen.

»Was ist mit dir? Das Schwert.« Sie hatte gesehen, wie er getroffen wurde.

Anajas zuckte die Schultern. »Eine Prellung. Er hat mich nur mit der Breitseite erwischt. Mir fehlt nichts.«

Whisper versuchte erneut sich aufzusetzen. Anajas hielt sie zurück.

»Bin ich tot?«

»Nein.« Hastig schüttelte er den Kopf. »Natürlich nicht.«

»Dann will ich mich setzen.«

Einen Augenblick lang sah er ihr in die Augen. Schließlich schien er erkannt zu haben, dass sie nicht bereit war nachzugeben. Vorsichtig half er ihr dabei, sich aufzurichten. Eine schlechte Idee. Der Trommler protestierte mit einem lauten Wirbel. Whisper presste die Hände gegen den Kopf und wartete, bis der Schmerz allmählich abklang.

»Ich dachte, du wärst tot, Whisper. All das Blut. Es war überall. An deinen Händen, in deinem Gesicht. Überall.«

Sie sah an sich hinab. Ihre Hände waren sauber. Anajas' Stimme schien von weither zu kommen, als er sagte: »Ich habe es abgewaschen.« Whisper hörte ihn kaum. Noch immer starrte sie auf ihre Hände. Frisch gewaschen und sauber. Dennoch glaubte sie das Blut sehen zu können. Sie konnte es *fühlen*. Warm und lebendig. Der Trommler verstummte und überließ ihren Kopf der Stimme des Mannes, den sie getötet hatte. Sie hörte seinen Todesschrei. Seine letzten gurgelnden Atemzüge. Das alles hallte in ihren Gedanken nach. Immer und immer wieder. Ihre Hände begannen zu zittern. *Sie* zitterte.

»Whis? Was ist mit dir?« Leise drang Anajas' Stimme zu ihr durch.

Sie riss sich vom Anblick ihrer Hände los und sah ihn verwirrt an. »Was?«

»Du zitterst.«

»Es geht mir gut.« Sie schüttelte den Kopf. »Nein, das stimmt nicht.«

Anajas sagte nichts. Er sah sie nur an und wartete darauf, dass sie weitersprach. Sie wusste, dass sie ihm nicht sagen würde, wie sie sich fühlte. Sie *wollte* es ihm nicht sagen. Es ging ihn nichts an. Sie hatte nicht einmal zugeben wollen, dass sie sich nicht gut fühlte. Auch das ging ihn nichts an.

»Ich habe noch nie zuvor einen Menschen getötet«, hörte sie sich selbst sagen. Mit einem Mal schien die Luft im Wagen unerträglich heiß und stickig zu sein. Die Erinnerung an den Sterbenden ließ Übelkeit in ihr aufsteigen. Sie begann zu husten und zu würgen ohne sich jedoch zu übergeben.

»Komm, du brauchst ein wenig frische Luft.« Anajas trug sie mehr, als dass sie aus eigener Kraft ging. Er sprang vor ihr aus dem Wagen und hob sie von der Ladekante herunter. Auf ihn gestützt wagte sie einige Schritte durch die Nacht. Sofort wurde ihr schwindlig, sie konnte nicht mehr weiter. Anajas bemerkte es und blieb stehen. Die Welt drehte sich wild im Kreis, so wild, dass sie gezwungen war sich gegen ihn zu lehnen. Whisper verfluchte sich selbst dafür, so schwach zu sein. Sie konnte nicht verhindern, dass ihr Tränen in die Augen traten und über ihre Wangen liefen. Rasch wandte sie das Gesicht ab. Sie konnte sich nicht einmal daran erinnern, wann sie das letzte Mal echte Tränen vergossen hatte. Umso mehr erschreckte es sie, dass es ausgerechnet jetzt geschah.

»Es war nicht deine Absicht, ihn zu töten«, sagte Anajas ruhig. »Er hätte dich ohne zu zögern umgebracht. Du hattest keine andere Wahl.«

Sie nickte. »Ich weiß. Das macht die Sache nicht weniger schrecklich.«

»Nein, die Götter wissen das.« Anajas' Stimme klang überraschend sanft. Sie spürte, wie er sie an sich zog und in seine Arme schloss. Sie ließ es mit sich geschehen. Lange Zeit war sie nicht in der Lage, etwas zu sagen. Sie schmiegte sich an seine Schulter und atmete Frieden.

Whisper fragte sich, wie viele Menschen er in seinem Leben getötet hatte. Sie fand nicht den Mut, ihn zu fragen. Sie hätte die Antwort ohnehin nicht hören wollen. Anajas' Nähe jedoch wirkte beruhigend. Ganz allmählich ließ das Zittern ein wenig nach und das Gefühl der Übelkeit verschwand.

»Wie geht es deinem Kopf?«, fragte er nach einer Weile.

Whisper verzog das Gesicht. Der Trommler hatte sich nicht lange vertreiben lassen. »Dröhnt wie ein Tempelgong.«

»Warum wolltest du mir helfen?«

Die Frage kam so unvermittelt, dass sie aufsah. »Was?«

»Du hast versucht mir zu helfen. Nur deshalb bist du überhaupt in Schwierigkeiten geraten. Warum, Whisper?«

Ich hatte Angst. »Für mich hängt eine Menge vom Erfolg dieses Auftrags ab. Dreißigtausend Goldstücke. Wenn du dabei ums Leben kommst, würde dein Bruder das wohl als Scheitern betrachten.« Es war nicht die Wahrheit, doch was hätte sie sagen sollen? Dass sie selbst nicht wusste, warum sie es getan hatte? »Wenn du stirbst, kann ich mein Gold vergessen.«

Sie spürte, wie er sich verkrampfte. Für einen Augenblick verzerrte sich seine Miene vor Wut, dann entspannten sich seine Züge wieder. »Wenn es dir hilft, werde ich einfach so tun, als würde ich dir glauben.«

Whisper wollte etwas Bissiges erwidern, überlegte es sich dann jedoch anders. Er glaubte ihr nicht und aus irgendeinem Grund wünschte sie sich, dass es in diesem Fall auch dabei bliebe.

Schwere Schritte schreckten sie aus ihren Gedanken. Halb befürchtete sie einen erneuten Angriff. Ihr Blick glitt zu Anajas, der sie noch immer im Arm hielt. Mit gelassener Miene sah er in die Richtung, aus der die Schritte kamen. *Kein Grund zur Beunruhigung.* Langsam wandte sie sich um.

Es war Gavin, der zu ihnen trat. »Die Leichen sind fort. So fallen zumindest nicht auch noch die Wölfe über uns her.« Er sah zu Whisper. »Wie geht es dir?«

»Ich bin noch am Leben. Schätze, das ist gar nicht so schlecht.«

»Freut mich.« Gavin nickte und wandte sich an Anajas. »Das waren Dungarvans Männer, Herr. Ich habe einen von ihnen erkannt.«

»Aus Dungarvan-Hall?«

»Nein, aus Cor Amánthor.«

Anajas stieß einen derart heftigen Fluch aus, dass Whisper erschrocken zusammenzuckte. Schließlich nickte er. »In Ordnung. Das war es.«

»War was?« Sie verstand nicht, wovon er sprach.

»Damit ist unser Vorhaben gestorben. Du hast nichts mehr mit der Angelegenheit zu tun.«

Whisper löste sich von ihm. Sie fühlte sich noch immer ein wenig schwach, trotzdem war sie wieder in der Lage, aus eigener Kraft zu stehen. »Was?«

»Wenn das Dungarvans Männer waren – Männer, die ihren Sitz in Cor Amánthor haben –, dann bedeutet das, dass ein Spion in der Burg meines Bruders sitzt.« Sein Blick glitt zum Wagen zurück. »Unser Aufbruch wird ihm kaum entgangen sein. Verdammt, warum sind wir nicht vorsichtiger gewesen!«

Ich wollte vorsichtiger sein. Du hast nicht auf mich gehört. Jetzt musst du, verdammt noch mal, damit leben. Seine Worte ließen sie zu ihrer gewohnten Form zurückfinden. »Und deswegen willst du aufgeben? Ein einziges Hindernis und du wirfst alles hin?«

»Hindernis? Haben dir die Kerle so hart auf den Schädel geschlagen, dass du dich nicht mehr erinnerst? Du wärst beinahe gestorben!«, fuhr er sie an.

»Hier geht es nicht um ein Beinahe. Hier geht es um Tatsachen. Und Tatsache ist: Die sind tot – wir nicht.« Sie schüttelte den Kopf. »Verdammt, ich bin es nicht gewohnt, einfach aufzugeben!«

»Einfach aufgeben? Bist du übergeschnappt? Du redest, als wären wir durch den Wald geritten, und mir wäre plötzlich eingefallen, dass wir es lieber bleiben lassen und umkehren sollten.« Er packte sie bei den Schultern und zwang sie ihn anzusehen. »Diese Kerle wissen, was wir vorhaben. Die haben versucht uns umzubringen und es fehlte wirklich nicht viel. In diese Gefahr will ich dich nicht bringen, Whisper!«

»Wir sind die einzige Hoffnung für deinen Bruder. Wir werden nicht aufgeben!« Sie befreite sich aus seinem Griff.

»Verdammt, Whisper …«

Sie hob die Hand und brachte ihn zum Schweigen. »Ich sage dir, wie ich die Sache sehe. Bis der Spion erfährt, dass seine Männer versagt haben – nämlich dann wenn sie sich nicht bei ihm zurückmelden –, wird ein wenig Zeit vergehen. Ich denke, uns bleiben in jedem Fall zwei Tage, ehe er erneut etwas unternehmen wird. Zwei Tage, die ich zu nutzen gedenke.«

»Was, wenn er nicht nur diese Männer auf uns angesetzt, sondern gleichzeitig eine Nachricht an Dungarvan geschickt hat?«, gab Gavin zu bedenken.

Whisper schüttelte den Kopf. »Unwahrscheinlich. Ich glaube eher, dass er seinen Herrn mit erfreulichen Nachrichten beglücken will, nicht mit einer Warnung verärgern. Wenn ihr mich fragt, geht es ihm darum, in der Gunst seines Herrn zu steigen. Er wollte es auf eigene Faust schaffen und seinem Herrn die Erfolgsmeldung überbringen.«

»Woher willst du das wissen?«

»Wenn dem nicht so wäre, hätte er *erst* seinen Herrn informiert und sich von ihm die Erlaubnis geholt, diese Männer auf uns anzusetzen. Vermutlich hätte uns dann ein ganzes Heer irgendwo vor den Toren von Dungarvan-Hall erwartet.«

Anajas und Gavin wechselten einen Blick. »Ich glaube, sie hat Recht, mein Prinz.«

Whisper unterdrückte ein siegessicheres Lächeln. Sie sah Anajas an und wartete auf seine Antwort. Er seufzte. »Mir gefällt das alles nicht.«

»Ach?« Whisper zog eine Augenbraue in die Höhe. »Gestern warst du noch ganz begeistert von unserem Plan.«

»Da war mir auch noch nicht bewusst, in welche Gefahr ich dich bringen würde.«

»Ganz der edle Prinz«, schnaubte sie.

Anajas ignorierte ihren Sarkasmus. »Sind es dreißigtausend Goldstücke wirklich wert, dafür zu sterben?«

»Ich gab deinem Bruder mein Wort.« Ohne noch etwas zu sagen wandte sie sich ab und kehrte zum Wagen zurück.

Anajas ließ sich nicht so einfach abschütteln. Er folgte

ihr. Bereits nach wenigen Schritten hatte er sie eingeholt und ging neben ihr her. »Du bist bemerkenswert stur.«

Whisper lächelte. »Du hast so viele Informationen über die berühmte Whisper gesammelt, ohne je von ihrer Sturheit gehört zu haben?«

»Ich bin ein schlechter Dieb, ein erbärmlicher Gaukler und jetzt das; es sieht ganz danach aus, als wäre ich auch als Informant nicht sonderlich gut geeignet. Was soll ich nur mit meinem verkorksten Leben anfangen?« Das gewohnte Grinsen war in seine Züge zurückgekehrt.

»Du bist ein Prinz, du musst nichts können. Aber falls es dich beruhigt: Ich bin davon überzeugt, dass dein Bruder schon irgendwo Verwendung für dich haben wird. Es muss doch einen Ort geben, an dem du kein Unheil anrichten kannst.«

»Der Ort, an den wir uns begeben, gehört mit Sicherheit nicht dazu.« Anajas wurde wieder ernst. So überraschend, dass es Whisper beinahe erschreckte. »Ich mache mir wirklich Sorgen, Whisper. Es gibt so vieles, was schief gehen kann ...«

»Hör endlich auf dir meinen Kopf zu zerbrechen. Dungarvan-Hall ist meine Aufgabe. Wenn dort etwas schief geht, ist es ganz sicher nicht deine Schuld. Und ganz ehrlich, was soll schon geschehen? Ich bin die Beste. Vergiss das nicht.«

Er nickte, dennoch wirkte er nachdenklich. Als sie ihn ansah, kam er ihr auf einmal wie ein Fremder vor. *Was denke ich da? Ich kenne ihn seit zwei Tagen. Er ist ein verdammter Fremder.* Merkwürdigerweise war es ihr bis jetzt nie so vorgekommen. In diesem Augenblick jedoch wurde ihr zum ersten Mal deutlich bewusst, wer er war. *Der Bruder des künftigen Königs.* Ein Edelmann.

Um sich von ihrer plötzlichen Unsicherheit abzulenken, fragte sie: »Wie kommt es, dass du dich nicht gerade wie ein Prinz benimmst?«

Anajas' Grinsen kehrte zurück. Sofort war das Gefühl verschwunden, einem Fremden gegenüberzustehen. »Womöglich bin ich ja das schwarze Schaf der Familie. Komm.« Er nahm ihren Arm und führte sie zum Wagen zurück. Er sprang auf die Ladefläche, reichte ihr die Hand und half ihr nach oben. Die Lampe unter dem Wagenhimmel war erloschen. Whisper folgte Anajas in die Dunkelheit.

»Ich war noch sehr jung, als sich abzuzeichnen begann, dass Drachmon vermutlich eines Tages den Ring der Macht erben würde«, hörte sie ihn sagen. Er machte sich an seinem Zunderkästchen zu schaffen. Feuerstein schlug gegen Feuerstein. Funken flogen und kurz darauf tauchte der Schein der Lampe das Innere des Wagens erneut in flackerndes Licht. Anajas ließ sich auf dem Boden nieder und bedeutete ihr sich ebenfalls zu setzen. Mit dem Rücken gegen den Kutschbock gelehnt hockte sie sich neben ihn.

»Erst auf dem Totenbett wird der Ring übergeben und damit der Thronerbe bestimmt. Dennoch schienen alle zu ahnen, dass Drachmon Vater eines Tages auf den Thron folgen würde. Vater verlor nie ein Wort darüber, und doch haben die Menschen in unserer Umgebung beschlossen, sich mit dem künftigen Herrn gut zu stellen.«

Whisper sah ihn an. Er hatte sich zurückgelehnt und blickt in die tanzende Flamme der Lampe. Seine Gedanken schienen Jahre entfernt, während er sprach. »Von diesem Augenblick an änderte sich für mich alles. Nicht an Vaters Verhalten oder seiner Liebe. Es waren die Menschen im Palast, die sich veränderten. Von da an war ich nur noch der Bruder des Thronerben – der Lückenbüßer für den Fall, dass Drachmon etwas zustoßen sollte. Eine Notlösung, mit der allerdings niemand wirklich rechnete.«

Anajas zuckte die Schultern. »Es gefiel mir nicht, wie die Menschen plötzlich durch mich hindurchsahen, sobald Drachmon einen Raum betrat. Das ist schwer zu verkraften, wenn du ein Kind bist, das es bis dahin gewohnt war, ebenfalls im Mittelpunkt zu stehen. Zwei Jahre lang ertrug ich es. Am Morgen nach meinem fünfzehnten Geburtstag jedoch verließ ich Cor Amánthor mit dem festen Vorsatz, nie wieder zurückzukehren. Viele Jahre war ich fern der Heimat, zog durch Glenmoran und Akera und verdingte mich als Söldner. Während all der Jahre war es immer, als fehlte mir etwas. Es dauerte allerdings geraume Zeit, bis ich begriff, was es war. Ich vermisste Drachmon. Ich vermisste meinen Vater. Mir fehlte Dallán. Im Laufe der Jahre bin ich wohl ruhiger geworden. Ich habe genug Selbstbewusstsein gewonnen, um mich mit der Rolle des Bruders zurechtzufinden. So kehrte ich vor ein paar Monaten nach Hause zurück.«

»Hat es dich nie gestört, dass Drachmon der Erbe ist?«

Anajas sah sie lange Zeit nachdenklich an. Schließlich schüttelte er langsam den Kopf. »Nein, nicht wirklich. Von uns beiden ist Drachmon mit Sicherheit der bessere König. Ich bin wohl ein wenig zu ungestüm für dieses Amt.« Seine Stimme war frei von Neid und Bitterkeit. »Es hat mir nie etwas ausgemacht, dass Drachmon den Thron erben würde. Was mich störte, war, dass ich von einem Moment auf den anderen so sehr in den Hintergrund rückte. Ich war eifersüchtig auf all die Aufmerksamkeit, die Drachmon nun zuteil wurde.« Er lächelte wehmütig. »Ich war jung und dumm. Die Jahre auf dem Kontinent waren hart und ausgesprochen lehrreich. In dieser Zeit habe ich erkannt, wie wichtig Familie ist. Um das zu begreifen, musste ich erst viele Jahre auf mich allein gestellt sein.«

Es überraschte sie, dass er so freimütig über sein Leben plauderte. »Bereust du es nicht, so viele Jahre verschwendet zu haben?«

»Nein.« Er schüttelte den Kopf. Noch immer lächelte er. »Diese Jahre waren alles andere als eine Verschwendung. Sie haben mich stark gemacht, haben mir gezeigt, wer ich wirklich bin, und dass ich auch ohne all das Getue bei Hofe, ganz auf mich allein gestellt, sehr wohl zurechtkomme. Das ist ein verdammt gutes Gefühl. Ich habe in dieser Zeit eine Menge gelernt. Dinge, die ich im Palast niemals erfahren hätte. Als ich schließlich zurückkehrte, waren vierzehn Jahre vergangen. Und dennoch war es zwischen Drachmon und mir, als wäre ich niemals fort gewesen. Wir waren noch immer eng miteinander verbunden. Alles, was wir brauchten, war ein wenig Zeit, um uns wieder kennen zu lernen. Drachmon sah in mir nie den Bruder, der ihn im Stich gelassen hatte, sondern immer nur den Bruder, der zu ihm zurückgekehrt war.«

In Anajas' Augen stand deutlich die Liebe geschrieben, die er für seinen Bruder empfand. »Er ist der bessere König – ganz eindeutig. Abgesehen davon würde ich um nichts in der Welt mit ihm tauschen wollen.«

Will nicht jeder König sein? Warum sollte er es nicht wollen?

Anajas schien ihre Frage zu erahnen. »Ich habe meine Freiheit zu sehr schätzen gelernt um sie aufzugeben. Manchmal empfinde ich Mitleid für Drachmon. Es gibt eine Frau, die er über alles liebt. Sie ist von hoher Geburt und doch wird er sie niemals heiraten können, da ihn sein Rang dazu verpflichtet, eine Verbindung einzugehen, die von politischem Nutzen ist. Das Leben eines Herrschers unterliegt so vielen Beschränkungen. Meines hingegen nicht.«

»Sieht so aus, als hättest du es in der Tat ganz gut getroffen«, bemerkte sie trocken.

»Jedenfalls bin ich froh, dass ich nach Dallán zurückgekehrt bin«, sagte er mit einem Blick auf Whisper.

»Du liebst deinen Bruder wirklich, nicht wahr?«

»Wenn es sein müsste, würde ich für ihn sterben.« Noch immer ruhte sein Blick auf ihr. »Obwohl ich das im Augenblick lieber vermeiden würde.« Er sah ihr so lange in die Augen, dass sie Mühe hatte, sich nicht unter seinem Blick zu winden.

Anajas fuhr fort: »Eines habe ich gelernt. Ganz gleich wohin das Leben dich führt, es steckt immer ein Sinn dahinter – auch wenn wir ihn womöglich nicht sofort zu erkennen vermögen.«

Whisper verzog schnaubend das Gesicht. »Spar dir deine Einsichten für den nächsten Tempelbesuch, oh Quell der Weisheit.«

Anajas lachte. »Was ist mit dir? Mit deiner Familie? Wo kommst du her?«

Das geht dich nichts an, waren die ersten Worte, die ihr in den Sinn kamen. Sie wollte nicht über sich, ihre Familie oder das, was man wohl als ihr Leben bezeichnet hätte, sprechen. Andererseits hatte er bereitwillig über sein Leben gesprochen. Womöglich war sie es ihm jetzt schuldig, zumindest ein wenig von sich preiszugeben.

»Ich habe keine Familie. Ich bin mir nicht einmal sicher, ob ich je eine hatte. Die erste Erinnerung, die ich an mein Leben habe, ist … Wir nannten es immer nur das Haus. Dort lebten viele Mädchen, alles Waisen so wie ich. Die jüngeren unter uns wurden zu Hausarbeiten herangezogen – schwere Arbeiten, wenn man bedenkt, dass die Mädchen zwischen vier und elf Jahre alt waren. Aber wir hatten ein Dach über dem Kopf. Wir schliefen dicht gedrängt in einer kleinen fensterlosen Kammer im Keller.« Bei der Erinnerung an das Haus schloss sie die Augen. »Im Sommer war es dort unten heiß und stickig und im Winter furchtbar kalt. Einmal ist dort sogar ein Mädchen erfroren – wenige Wochen vor seinem zwölften Geburtstag. Frau Leeson, der das Haus gehörte, hat sich furchtbar über den Tod des Mädchens aufgeregt. Ich habe lange Zeit nicht begriffen warum. Sobald ein Mädchen zwölf wurde, durfte es den Keller verlassen und bekam sein eigenes Zimmer. Wir alle sehnten uns danach, dass es für uns endlich so weit wäre. Bis zu jenem Tag, an dem ich an einem der Zimmer vorbeikam und eines der Mädchen laut um Hilfe schreien hörte.«

Nachdem Whisper einmal angefangen hatte zu erzählen, konnte sie nicht mehr aufhören. Sie wollte nicht darüber sprechen, doch die Worte strömten einfach aus ihrem Mund, ohne dass sie es verhindern konnte. »Ich war elf Jahre alt. Es war Hochsommer und ich schleppte einen Eimer Wasser nach dem anderen nach oben in die Dachkammer. Frau Leeson wollte ihr Bad und es war an mir, den verdammten Zuber zu füllen. Eimer um Eimer schleppte ich vom Brunnen hinter dem Haus bis nach oben unter das Dach. Als ich die Schreie hörte, rannte ich zur Zimmertür, um Giá, dem Mädchen, das geschrien hatte, zu helfen. Ich dachte, sie wäre vielleicht gestürzt und hätte sich womöglich verletzt. Das war ihr einige Wochen zuvor schon einmal passiert, das wusste ich von

Frau Leeson. Damals hatte sie sich den Arm gebrochen. Ich riss die Tür auf und stürmte in die Kammer. Giá war nicht allein. Ein Mann war bei ihr. Beide waren nackt. Er kniete über ihr auf dem Bett und schlug auf sie ein. Sie blutete aus Mund und Nase und ihr Körper sah schrecklich aus. Übersät von blauen Flecken und alten, kaum verheilten Narben. Sie war noch nicht einmal fünfzehn Jahre und dennoch wirkte sie in diesem Augenblick auf mich, als wäre ihr Leben schon lange vorbei. Als sie mich sah, schrie sie mir zu, ich solle verschwinden. Doch dann hat *er* mich bemerkt. Sofort ließ er von Giá ab und ging auf mich los. Er packte mich bei den Haaren und riss mich herum. Er ...«

Sie brach ab, als die Erinnerung mit aller Macht über sie hereinbrach. Ein eiskalter Schauer lief über ihren Rücken. »Seine Hände waren überall, und als ich mich gegen ihn wehrte, begann er wie ein Wilder auf mich einzuschlagen. Ich hielt noch immer den Eimer in der Hand. Halb wahnsinnig vor Angst holte ich aus und schlug damit nach ihm. Natürlich ist es mir nicht gelungen, ihn niederzuschlagen, dafür war er zu groß. Aber meine Attacke hat mir genug Zeit verschafft, um an ihm vorbeizukommen. Ich bin davongerannt und nie wieder in das Haus zurückgekehrt. Nachdem ich weggelaufen war, trieb ich mich in den Straßen und Gassen herum und suchte nach einem Weg, ein paar Münzen zu verdienen. Doch ganz gleich, wen ich um Arbeit fragte, ich bekam immer dieselben Worte zu hören. *Geh nach Hause, Kleine.* Das haben sie gesagt. Niemand gab mir die Gelegenheit, mir mein Brot ehrlich zu verdienen. Ich war hungrig, also stahl ich es. Ich habe schnell gemerkt, dass kaum jemand einem Kind Beachtung schenkt. Um nicht zu verhungern stahl ich weiter. Eine Kunst, die ich im

Laufe der Jahre perfektioniert habe. Ich habe immer nur von denen genommen, die selbst reichlich besaßen, denn ich wusste, wie es war, arm zu sein und nichts zu besitzen. Einen armen Menschen zu bestehlen ist grausam. Das soll keine Entschuldigung sein. Aber ich bereue nicht, was ich getan habe. Ich tat es um zu überleben.«

Anajas' Augen verrieten nicht, was in ihm vorging. »Dieses Haus – ist das der Grund, warum du niemanden an dich heranlässt?«

Whisper schwieg. Anajas fragte nach Dingen, über die sie nie zuvor gesprochen hatte. Sehr persönliche Dinge. Aus irgendeinem Grund wollte sie seine Frage dennoch beantworten. Schließlich schüttelte sie den Kopf. »Nein, das ist nicht der Grund.« Sie seufzte. »Es war ein schlimmes Erlebnis für ein Kind, aber mir ist nichts geschehen. Genau genommen muss ich sogar dankbar sein. Wenn ich nicht in diese Kammer geplatzt wäre, hätte ich ein Jahr später mein eigenes Zimmer bekommen. Wer weiß, was dann aus mir geworden wäre.« *Einzig meine Abneigung gegen Freudenhäuser ist aus dieser Zeit geblieben.* Whisper zog die Knie an und begann kleine getrocknete Erdbröckchen von ihrer Hose zu zupfen. Überreste des Kampfes. Lange Zeit sagte sie nichts. Sie wusste nicht recht, wo sie beginnen sollte.

Anajas drängte sie nicht. Er betrachtete sie noch immer schweigend und wartete darauf, dass sie zu erzählen begann.

»Garian ist der Grund«, durchbrach sie endlich die Stille. Nach all den Jahren kam ihr sein Name noch immer schwer über die Lippen.

»Garian? Ist er dein Gemahl?«

»Wir waren nicht verheiratet, wenn du das meinst,

doch in gewisser Weise …« Sie nickte. »Ja, er war wohl so etwas wie mein Gemahl. Ich war sechzehn, als ich ihm begegnete. Garian gab auf mich Acht, er sorgte sich um mich. Er war einfach wundervoll. Und ich war sicher, wir würden den Rest unseres Lebens miteinander verbringen.« Whisper seufzte. Die Erinnerung an Garian war schmerzhafter, als sie erwartet hatte. »Der Rest unseres Lebens dauerte genau ein Jahr.«

»Was ist geschehen? Ist er gestorben?« Seine Frage kam vorsichtig und zögernd, so als wagte er kaum die Worte auszusprechen.

»Nein, Garian lebt, und das vermutlich nicht schlecht.« Whisper packte einen weiteren Klumpen Erde und warf ihn quer durch den Wagen. Sie beobachtete, wie er zu Boden fiel und in Einzelteile zerbröselte. Erfüllt von alter, längst vergessen geglaubter Bitterkeit sagte sie: »Er hat mich verraten.«

»Ich verstehe.« Anajas sah sie noch immer unverwandt an. »Willst du mir davon erzählen?«

»Da gibt es nicht viel zu sagen. Seit unserer ersten Begegnung haben wir zusammengearbeitet. Wir ergänzten uns perfekt. Er hielt mir den Rücken frei, während ich … meiner Arbeit nachging. Zu dieser Zeit waren wir in Kilshannon, dort gab es für Menschen meines Standes eine Menge zu holen. Garian streifte oft durch die Schenken und horchte betrunkene Händler aus. Auf diese Weise erfuhren wir von lohnenden Zielen. Eines Tages kam er mit Informationen nach Hause, von denen er überzeugt war, dass uns die Beute bequem über den nächsten Winter bringen würde. Er berichtete mir von einem reichen Händler, der sein Vermögen in Form von Edelsteinen unter den Dielen seines Schlafzimmers versteckt hatte. Der Plan war rasch gefasst und noch in derselben Nacht zogen wir los. Wie üblich blieb Garian unten in der Gasse, während ich durch ein Fenster in das Haus einstieg. Obwohl es von außen nicht so ausgesehen hatte, war das Haus unbewohnt. Kein einziges Möbelstück war zu finden. Nichts als Staub und Dreck. Mir war sofort klar, dass es nur eine Falle sein konnte. Ich verließ das Haus auf dem schnellsten Weg und kehrte in die Gasse zurück, in der Garian auf mich wartete. Ich wollte ihn warnen.«

Whisper verzog das Gesicht. »Das wäre nicht nötig gewesen. Garian war längst nicht mehr dort. Stattdessen erwartete mich die Stadtwache. Ich bin gerannt, was das Zeug hielt. Mein Vorteil war, dass ich beinahe jeden Winkel, jedes verdammte Schlupfloch in Kilshannon kannte. So gelang es mir, zu entkommen. Auf Umwegen, um niemanden zu unserem Unterschlupf zu führen, kehrte ich schließlich nach Hause zurück. Meine Vorsicht war ebenfalls unnötig. Sie warteten auf mich: Zwanzig Mann der Stadtwache. Sie waren bewaffnet, als würden sie gegen eine ganze Armee angehen – und nicht gegen ein einzelnes Mädchen, das nicht mehr als einen Dolch bei sich trug. Ich sah die Männer kaum. Alles, was ich in diesem Augenblick wahrnahm, war Garian. Er stand ganz hinten im Raum. Der Hauptmann der Stadtwache warf ihm einen Beutel von beachtlichem Umfang zu. Blutgeld.«

Whisper hielt inne. Sie sah Garian vor sich, als wäre es gestern gewesen. Sah sein breites Grinsen, als er den schweren Beutel in den Händen wog. Sie schluckte. Sein Verrat saß tief. Tiefer, als sie je angenommen hatte.

»Was ist dann geschehen?«

Anajas' Worte rissen sie aus ihren Gedanken. »Er hat mich nicht einmal eines Blickes gewürdigt. Garian hatte nur Augen für seine Belohnung. Dann hörte ich den Hauptmann brüllen: Ich will sie tot sehen!«

»Tot? Ist der Kerl übergeschnappt? Wie konnte er einfach deinen Tod befehlen? Du hast doch niemanden ermordet!«

»Ich habe ihn einmal um eine Menge Gold gebracht. Das hat er *sehr* persönlich genommen. Er gehörte zu einer Gruppe Offiziere, die nicht nur im Dienste des Palastes standen, sondern zugleich Schmiergelder einer höher gestellten Persönlichkeit entgegennahmen. Ein paar Monate zuvor arbeitete ich im Auftrag eines anderen hoch angesehenen Mannes – des Herzogs von Kilshannon. Er bot mir eine ausgesprochen großzügige Summe, wenn ich ihm im Gegenzug ein paar Dokumente aus dem Hause jenes Mannes brächte, der seine Offiziere bestach. Ich habe nicht lange nachgefragt und die Dokumente besorgt. Jeder erkannte sofort, dass dieser Coup meine Handschrift trug. Eitel wie ich war, freute ich mich sogar darüber, dass man über mein Können sprach. Es kam, wie es kommen musste: Der Herzog wusste davon, dass einige seiner Offiziere Schmiergelder bekamen, nur um im rechten Augenblick wegzusehen. Er ließ den Bestohlenen wissen, dass er Dokumente besaß, die die Bestechung bewiesen. Daraufhin war dieser gezwungen, seine Zahlungen einzustellen und sich still zu verhalten. Der Hauptmann bekam sein Gold nicht mehr und wollte Rache. Ich habe nie erfahren, wie es ihm gelungen ist, Garian ausfindig zu machen. Für Garian war Reichtum schon immer von großer Bedeutung. Böse Zungen behaupteten sogar, er würde seine eigene Großmutter verkaufen, wenn ihm das ein paar Münzen einbrächte. Ich habe nie daran geglaubt. Ich kannte ihn und war mir sicher, dass er mich nie verraten würde. Damals in Kilshannon … die Geschäfte waren bereits seit einiger Zeit nicht sonderlich gut gelaufen. Ein Umstand, der sich zunehmend auf Garians Laune auswirkte. Offensichtlich hatte er beschlossen, dass ich für ihn nicht mehr von Nutzen war. Er hat mich für Gold verraten.«

Whisper schüttelte den Kopf. Es fiel ihr noch immer schwer, zu begreifen, dass Garian sie nach der gemeinsamen Zeit für einen Beutel Gold ausgeliefert hatte. »Nachdem der Hauptmann seinen Befehl gebrüllt hatte, rannte ich los. Ich rannte um mein Leben. Um ein Haar wäre mir Kilshannon zum Verhängnis geworden. Die Stadtwachen waren überall. Auf den Dächern waren Armbrustschützen postiert, die einen Bolzen nach dem anderen auf mich abfeuerten. Ein Bolzen traf mich in der Schulter, ein anderer im Bein. Ich rannte weiter. Ich konnte es mir nicht erlauben, stehen zu bleiben. Irgendwie ist es mir gelungen, sie abzuhängen. Ich flüchtete mich in eine Schenke.«

Bei der Erinnerung daran lächelte sie gequält. »Zwei Bolzen ragten aus meinem Körper und ich hatte nichts Besseres zu tun, als in eine Schenke zu laufen. Zu meinem Glück war die Sperrstunde längst angebrochen. Bis auf den Wirt war niemand mehr anwesend. Dieser Wirt hat mir das Leben gerettet. Ich hätte nicht mehr weitergekonnt. Ich war ja kaum noch in der Lage, auf meinen eigenen Beinen zu stehen. Ohne irgendwelche Fragen zu stellen versteckte er mich in einem verborgenen Kellerraum. Dort blieb ich, bis meine Wunden geheilt waren. Dann verließ ich die Stadt. Das Letzte, was ich gehört habe, war, dass der Hauptmann ein paar Kopfgeldjäger angeheuert hat. Das alles ist lange her, doch als Gavin mit seinen Männern im *Tanzenden Bären* erschien, war mein erster Gedanke, sie könnten Kopfgeldjäger sein.«

Whisper zuckte die Schultern. »Vielleicht verstehst du jetzt, warum ich allein arbeite.«

Anajas seufzte. »Ich habe heute Nacht einige unfreundliche Dinge gesagt. Wenn ich geahnt hätte … Es tut mir Leid.«

Whisper erinnerte sich an den Streit, kurz bevor sie angegriffen worden waren. Sie erinnerte sich daran, wie sehr seine Worte sie verletzt hatten. Sie nickte. »Ich bin dir nicht böse.« *Du warst im Recht.*

Anajas griff nach ihrer Hand und drückte sie. »Nicht alle Menschen sind schlecht.«

»Nein, manche sind schlechter als andere.«

»Ich werde dich nie im Stich lassen.«

Wie lange? Ein paar Tage, bis wir den Ring haben? Whisper war nicht dumm. Sie wusste, dass sich ihre Wege danach wieder trennen würden. Anajas war der Bruder des künftigen Königs. Er hatte ein Leben, eine Welt, in die er zurückkehren konnte. »Versprich nichts, was du nicht halten kannst.«

Anajas sah sie an. Sein Blick war so intensiv, dass sie einen Augenblick lang glaubte, er würde sie küssen. Er tat es jedoch nicht. Nach einer Weile sagte er: »Du solltest jetzt schlafen.«

Anajas fand in dieser Nacht keinen Schlaf mehr.

Er sah zu, wie Whisper sich neben ihm unter ihrer Decke zusammenrollte. Kurz darauf war sie eingeschlafen. Er seufzte leise. Für ihn war sie etwas Besonderes. Einem Menschen wie ihr war er noch nie begegnet. Mit jedem verstreichenden Augenblick fiel es ihm schwerer, nicht einfach die Hand nach ihr auszustrecken um sie zu berühren. Er hielt sich jedoch zurück, da er wusste, dass sie es nicht zulassen würde.

Er saß noch immer mit dem Rücken gegen den Kutschbock gelehnt da und dachte nach. Gedankenverloren beobachtete er eine Motte, wie sie um die Lampe herumschwirrte. Ihre Flügel schlugen heftig auf und ab. Immer wieder prallte das Tier mit einem kaum hörbaren *Ping* gegen das Glas, das die Flamme abschirmte. Dennoch gab das kleine Insekt nicht auf. Unermüdlich versuchte es das strahlende Licht zu erreichen.

Anajas' Blick glitt erneut zu Whisper. Er fühlte sich von ihr so unwiderstehlich angezogen wie die Motte vom Licht. Es war gerade ein paar Tage her, dass er ihr zum ersten Mal begegnet war, und dennoch erschien sie ihm manchmal so vertraut, als würde er sie schon ein Leben lang kennen.

Er war froh darüber, dass sie ihm von Garian erzählt hatte. Er wusste, wie schwer es ihr gefallen war, und es erfüllte ihn mit Stolz, dass sie es dennoch getan hatte. Seine Gedanken wanderten weiter, zurück zum Kampf. Whisper hatte ihm helfen wollen und sich dadurch selbst in große Gefahr gebracht. Er dachte an ihre Behauptung, Gold sei der einzige Grund dafür gewesen. Zunächst war er wütend geworden, dann jedoch hatte er ihr in die Augen gesehen. Ihre Augen hatten eine andere Sprache gesprochen. Darin war keine Spur von Gier zu erkennen gewesen.

Unwillkürlich musste er lächeln. Whisper mochte eine begnadete Diebin sein, doch wenn es um zwischenmenschliche Beziehungen ging, schien sie beinahe so unerfahren wie ein Neugeborenes. Schon ein einziger

Blick vermochte sie aus der Fassung zu bringen. *Kein Wunder, immerhin hat sie sich in den letzten fünf Jahren auf niemanden mehr eingelassen.*

Bis zum Morgengrauen wachte er über ihren Schlaf. Schließlich verließ er den Wagen um Gavin zu wecken. Gemeinsam mit dem Hauptmann machte er sich daran, alles für den bevorstehenden Aufbruch vorzubereiten. Als schließlich das Frühstück fertig war, weckte er Whisper.

Kurz vor Mittag erreichten sie ohne weitere Zwischenfälle Dungarvan-Hall. Die Sonne stand hoch über der mächtigen Festung, die sich auf einem Hügel vor ihnen erhob, der wie eine emporgereckte Faust aussah. Die vier hohen Türme, die hinter den äußeren Mauern zu sehen waren, wirkten wie die dazugehörigen Fingerknöchel.

Das Land in dieser Gegend war flach und eben. Weit und breit gab es kein Gehöft, keine Ansiedlung – nicht das geringste Anzeichen von Leben außerhalb der Festungsmauern. Der Hügel, an dessen Fuße sie sich befanden, war nicht natürlichen Ursprungs. Er war vor vielen Jahrhunderten künstlich aufgeschüttet worden. Ein Monument aus fest gestampfter Erde, gekrönt mit einem Bauwerk aus rauem, kalten Stein – ein Denkmal längst vergangener Macht.

Eine breite Straße führte den Hügel empor und endete vor einem heruntergelassenen Fallgitter. Whisper, die neben Gavin auf dem Kutschbock saß, ließ ihren Blick über die Ebene streifen. »Eine einsame Gegend, wie mir scheint.«

Anajas lenkte sein Pferd neben sie. »Das ist die Grassteppe von Galantar. Nicht nur eine einsame, sondern auch eine ausgesprochen unfruchtbare Gegend. Auf diesem Boden wächst nichts – außer Gras. Kein Bauer, der sich je hier ansiedelte, blieb lange Zeit.« Er hob den Arm und deutete auf eine Hügelkette im Westen, vielleicht einen Tagesritt entfernt. »Siehst du das? Das sind die Hügel von Elmoré. Die Täler dahinter sind fruchtbar. Dort leben Dungarvans Vasallen und bestellen ihre Felder.«

»Dallán wirkt so ruhig und friedlich auf mich. Ist es das wirklich?«

Anajas nickte. »Abgesehen von der Frage, wer den Ring in Händen hält und der neue König wird, haben wir kaum nennenswerte Probleme. Hier gibt es keinen Despoten, der sein Volk bis aufs Blut ausquetscht, wie es in Akera der Fall ist – nicht solange Dungarvan dem Thron fernbleibt. Und im Gegensatz zu Glenmoran müssen wir nicht in ständiger Angst leben, der Despot des Nachbarlandes könne das Reich mit Krieg überziehen um seine Grenzen auszudehnen. Die Kriege des Kontinents haben Dallán nie erreicht. Hier war vom Krieg der Mächte, der das Festland beinahe in den Untergang gestürzt hätte, nichts zu spüren. Im Gegensatz zum Kontinent hat sich der Wechsel des Glaubens hier ohne Gewalt vollzogen. Keine Verfolgungen, keine Scheiterhaufen. Wenn man den Berichten Glauben schenken darf, war es vielmehr so, als sei das Druidentum in manchen Kreisen der Bevölkerung langsam in Vergessenheit geraten. Das ist nun beinahe dreihundert Jahre her. Heute existieren der alte und der neue Glauben nebeneinander. Niemand wird verfolgt, ganz gleich welchem Glauben er anhängt. Und im Königshain steht noch immer die Bluteiche, ein tief verwurzeltes Symbol für den alten Glauben.«

Anajas hatte lange genug in Glenmoran und Akera gelebt, um den Frieden Dalláns schätzen zu wissen. Der Frieden auf dem Kontinent befand sich in einem ausgesprochen zerbrechlichen Gleichgewicht. Die kleinste Störung konnte es ins Wanken bringen und das Land in den Krieg stürzen. Seit dem Krieg der Mächte, ausgelöst durch einen grausamen Magier, der einen Dämon gerufen hatte, um die Welt zu beherrschen, hatte sich auf dem Kontinent viel verändert. Die Menschen dort verdammten das Wissen der Druiden und ihre Magie. Propheten neuer Götter behaupteten, die Magie sei die Wurzel allen Übels und gehöre ausgemerzt. Unzählige Scheiterhaufen bewiesen bald darauf, dass die Menschen nur zu gern bereit waren ihnen Glauben zu schenken. Sie schworen dem alten Glauben ab und wandten sich den neuen Göttern zu.

»Ja, Dallán ist in der Tat friedlich.« Er hob die Hand und deutete auf Dungarvan-Hall. »Einst war diese stolze Burg der Sitz der Könige von Dallán. Es war König Callipos der Weise, der entschied, mit seinem Hof näher beim Volk sein zu wollen. So ließ er seinen gesamten Hofstaat nach Cor Amánthor umsiedeln. Eines Tages wurde Dungarvan der Herr dieser Burg. Seitdem trägt sie seinen Namen.«

»Callipos der Weise, Otherós der Gütige. Trägt jeder König in diesem Land einen Zusatz zu seinem Namen?«

Anajas nickte. »Es gab einen Krieger, einen Narren, einen Glücklichen und viele andere.«

»Welchen Zusatz wird dein Bruder tragen, wenn er auf dem Thron sitzt?«

»Ich weiß es nicht. Es ist das Volk, das diese Art von Titel vergibt. Womöglich wird man ihn den Dieb nennen.« Grinsend zuckte er die Schultern. »Wer weiß das schon.«

Langsam und holpernd arbeitete sich der Wagen die ansteigende Straße entlang nach oben. Von den Rädern aufgewirbelter Staub senkte sich auf Anajas' Kleidung und bedeckte sie mit einer dünnen, grauen Schicht.

Ein Stück vor dem Fallgitter zügelte Gavin die Pferde. »Das sieht nicht gut aus«, murmelte er. »Warum schließen sie das Gitter, wenn innerhalb ihrer Mauern ein verdammtes Fest stattfindet? Wie sollen wir jetzt hineinkommen?«

Wir schaffen das schon. Anajas lenkte seinen Braunen ein paar Schritte nach vorne und legte den Kopf in den Nacken. Auf den Zinnen über dem Torbogen erschien der Kopf einer Wache. Sein Helm reflektierte glitzernd das Sonnenlicht und blendete Anajas, sodass er Mühe hatte, überhaupt etwas zu erkennen. Blinzelnd schirmte er die Augen mit der Hand ab.

»Wer seid ihr und was ist euer Begehr?«, erklang die Stimme der Wache von oben.

Anajas' Pferd begann unruhig hin und her zu tänzeln. Er fasste den Zügel fester und rief: »Wir kommen zum Gauklerfest des edlen Herzogs Dungarvan.«

»Da kommt ihr zu spät!«

Anajas spürte, wie sein Mut sank. Sie hatten das Gauklerfest verpasst. Jetzt gab es keinen Weg mehr, der in die Burg führte. »Zu spät? Ist das Fest bereits vorüber?«

Eine weitere Wache erschien auf der Mauer. »Was ist hier los?«, fragte er seinen Kumpan.

»Diese Leute wollen zum Gauklerfest«, hörte Anajas den Ersten sagen, gerade laut genug, dass er die Worte verstehen konnte.

»Der Burghof ist voll. Verschwindet!«, rief die Wache, die soeben hinzugekommen war, Anajas zu.

Anajas hatte Mühe, sein Entsetzen zu verbergen. Er zwang sich zur Ruhe. *Alles hängt davon ab, dass wir in die verdammte Burg gelangen.* »Was? Wir sollen verschwinden? Das soll wohl ein Scherz sein! Ein Gauklerfest ohne die berühmte Silberzunge verdient diese Bezeichnung mitnichten!«

»Wer bei allen neun Höllen ist Silberzunge?«

»Das bin ich, wenn es recht ist!« Anajas wandte den Kopf in Whispers Richtung. Sie war aufgestanden und hatte die Hände in die Hüften gestemmt. Ihr glänzendes schwarzes Haar fiel in offenen Locken über ihre Schultern und umrahmte ihr Gesicht wie ein seidiger Schleier. Sie hatte es am Morgen so frisiert, um die Verletzung an ihrer Schläfe zu verdecken. Die leicht sonnengebräunte Haut ließ ihre blauen Augen nur umso heller strahlen. Sie trug dasselbe Kleid, das sie bereits bei ihrem Aufbruch in Cor Amánthor getragen hatte: ein schulterfreies tiefrotes Kleid, dessen wallende Röcke bei jeder Bewegung sanft um ihre Knöchel strichen. Das geschnürte Mieder war aus demselben Hellgrau wie das dreieckige Tuch, das sie um die Hüften geknotet hatte. Dezente silbergraue Stickereien in Form von spiralförmigen Mustern zierten Tuch und Mieder. »In welchem Loch hast du dich in den letzten Jahren verkrochen, dass du noch nie von mir gehört hast? Ich bin die Königin der Straße, die Herrin aller Barden und Gaukler!« In diesem Augenblick erkannte Anajas, dass sie nicht mehr Whisper die Diebin war. Sie *war* Silberzunge.

Oben über dem Torbogen wechselten die Wachen einen raschen Blick. Einer der beiden zuckte kurz die Schultern. Keiner von ihnen machte Anstalten, sie einzulassen. Whisper bemerkte es. »Wollt ihr etwa, dass ich ein Spottlied über die heldenhaften Wachen des Herrn von Dungarvan-Hall verfasse? Ein Lied über Männer, die so dumm waren, ihren Herrn um die größten Genüsse zu bringen?«

Anajas hatte Mühe, ein Grinsen zu unterdrücken. Es war gefährlich, einem Barden die Gastfreundschaft zu verwehren, denn durch seine Kunst besaß ein wirklich guter Barde große Macht. Das Spottlied eines verärgerten Barden hatte schon so manchen Adligen zum Gespött gemacht, ohne dass er etwas dagegen hätte tun können. Ein Barde war in seiner Stellung unantastbar, solange er einen guten Grund für sein Tun hatte.

Mit einem Mal hielt sie eine kleine Gitarre in Händen. Rote und graue Bänder zierten den Hals und flatterten leicht im Wind. Whisper schlug ein paar Saiten an. Sie begann zu dichten und sang:

Die Wachen beflissen, ihre Pflicht zu erfüllen,
glaubten, ihrem Herrn einen Dienst zu erweisen.
Es ist an der Zeit, ihre Dummheit zu enthüllen,
denn ihr Herr konnte nicht mit Silberzunge speisen.

Die Wachen des Herrn von Dungarvan,
die waren im Geiste schrecklich arm.

Anajas war überrascht. Als Whisper vorgeschlagen hatte, sich als Bardin auszugeben, war er davon ausgegangen, sie würde alte, weithin bekannte Lieder zum Besten geben. Er hatte nicht erwartet, dass sie in der Lage sein würde, aus dem Stegreif ein Spottlied zu verfassen. *Zugegeben, ein wenig holprig, doch sie hatte auch keine Zeit, lange darüber nachzudenken.*

Whisper ließ die Gitarre sinken und sah zu den Wachen empor. »Ja, ich denke, das ist ein ganz guter Ansatz. Daraus lässt sich etwas machen. Meinen Glückwunsch, ihr Herren. Schon bald werdet ihr euer eigenes Lied haben, das in jeder Schenke Dalláns zu hören sein wird.« Sie wandte sich an Gavin. »Wende den Wagen, treuer Gavin. Hier sind wir nicht willkommen.«

Anajas glaubte das Herz würde ihm stehen bleiben,

als er ihre Worte vernahm. *Ist sie verrückt? Wir müssen in die verdammte Festung!*

Auch Gavin zögerte einen Augenblick. Whisper setzte sich wieder. »Na los, worauf wartest du noch?«

Gavin nickte und griff nach den Zügeln. Unendlich langsam setzte sich der Wagen in Bewegung. Anajas hörte das nervtötende Geläute der unzähligen kleinen Glöckchen. Er beobachtete, wie Whisper erneut in die Saiten griff und die Melodie des Spottliedes anspielte. Sie wirkte gedankenverloren, so als konzentriere sie sich darauf, ihr Werk voranzutreiben. Halblaut, mehr für sich selbst, versuchte sie sich an einer weiteren Strophe.

»Wartet!«, rief eine der beiden Wachen von oben.

Anajas wendete seinen Braunen und hob den Blick. Schweigend wartete er ab.

»Gerade heute Morgen ist eine Truppe Gaukler abgereist. Das war uns völlig entfallen. Ihr könnt ihren Platz zum Lagern haben.«

Anajas nickte. Whisper hörte augenblicklich auf die Melodie des Spottliedes zu spielen. Stattdessen wechselte sie zu einer fröhlichen Weise. Der Wachmann brüllte einen Befehl. Schwere Ketten setzten sich rasselnd und klirrend in Bewegung. Langsam glitt das Fallgitter nach oben und gab den Weg ins Herz von Dungarvan-Hall frei.

Anajas' Blick glitt zu Whisper. Mit selbstzufriedenem Lächeln nickte sie den Männern auf der Mauer zu und gab Gavin ein Zeichen, den Wagen durch den Torbogen zu lenken.

Sie macht ein Schauspiel daraus. Und ganz gleich was sie behauptet – sie genießt es. Zu sehen, wie Whisper die Torwachen schlichtweg dazu erpresst hatte, sie einzulassen, ließ neue Zuversicht in ihm aufkommen. Whisper würde es schaffen. *Dieses Mädchen kann alles schaffen, was es nur will.*

Die Torwache hatte nicht übertrieben. Der Burghof war in der Tat völlig überfüllt. Der ganze Innenhof war ein einziges riesiges Durcheinander. Unzählige bunte Zelte schmiegten sich an daneben stehende Wagen. Whisper blickte auf ein Meer aus Farben und Stoffen. Hin und wieder entdeckte sie eine angepflockte Ziege oder einen Hund, der zwischen all den Menschen umherstreunte. Maultiere und Pferde waren in einem großen Pferch im hinteren Ende des Hofes untergebracht. Und nicht weit von ihrem Lagerplatz entfernt entdeckte sie einen Tanzbären. Ein altes, Mitleid erweckendes Tier mit struppigem Fell.

Der Bär war so ausgemergelt, dass sich jede einzelne Rippe unter dem ehemals dicken Fell abzeichnete. Seine Zähne waren schwarz und zum Teil abgebrochen oder ausgefallen. Die Klauen hatte man ihm gezogen. Sichtlich machten ihn die vielen Menschen nervös. Auf die Hinterbeine aufgerichtet erhob er sich über die Menge und brüllte lautstark. Niemand achtete auf das verängstigte Tier. Niemand fürchtete es. Hin und wieder blieben ein paar Menschen stehen, vorwiegend Kinder, und betrachteten den alten Bären. Sie lachten über seinen erbärmlichen Zustand, schnitten Grimassen und sprangen vor ihm auf und ab. Der Bär stürmte auf die Menschen zu, wollte angreifen, doch die schwere eiserne Kette um seinen Hals riss ihn zurück. Mit einem kläglich leisen Zischen zerteilten seine einst stolzen Pranken die Luft.

Whisper wandte den Blick ab und sah sich weiter um. Sie konnte sich nicht erinnern, jemals so viele Gaukler an einem Ort gesehen zu haben. Selbst in Akera an den hohen Feiertagen nicht.

Auch jetzt bei Tage brannten riesige Feuer in eigens errichteten Feuerstellen. Auf gewaltigen Spießen brieten zwei ganze Ochsen und eine Sau. Der Geruch von gebratenem Fleisch hing schwer in der Luft und mischte sich mit dem Aroma von Alkohol und Schweiß. Unzählige Menschen hatten sich um die Feuer versammelt. Sie tranken Bier aus großen Holzhumpen, Wein oder Branntwein aus Schläuchen und lauschten den Geschichten und Liedern der Barden, die sich gegenseitig zu übertönen versuchten. Gaukler liefen durch die schmalen Gassen, die zwischen den einzelnen Zelten entstanden waren. Sie jonglierten mit Äpfeln, Dolchen oder brennenden Fackeln. In jeder Ecke spielten Musikanten gegeneinander an. Viele Burgbewohner hatten sich unter das fahrende Volk gemischt, um ihren Geschichten zu lauschen oder ihnen bei ihren Kunststücken zuzusehen und sie durch lauten Beifall anzuspornen. Der Hof war erfüllt von Gelächter, Musik und grölenden Menschen. Ein ohrenbetäubender Lärm, der von den Mauern der Feste aufgefangen und vielfach zurückgeworfen wurde.

Sie wandte sich an Anajas und Gavin. »Ihr errichtet das Lager. Ich werde mich ein wenig umsehen.«

»Wie meine Herrin es befiehlt.« Anajas deutete lächelnd eine Verneigung an.

Erst da wurde ihr bewusst, dass sie dem Prinzen von Dallán ohne mit der Wimper zu zucken Befehle erteilte. *Das gehört zum Spiel. Ich bin die Herrin, sie sind mein Gefolge.*

Whisper winkte den beiden kurz zu, dann tauchte sie ein in das Gewirr von Farben, Gerüchen und Lärm, das sie umgab. Sie achtete kaum auf das, was um sie herum vorging. Lediglich darum bemüht, nicht ständig mit jemandem zusammenzustoßen, bahnte sie sich einen Weg durch die völlig überfüllten schmalen Gassen. Sie hielt direkt auf das Herz der Festung zu, dessen graue Mauern sich über den Feiernden erhoben und ihre Schatten auf den Hof warfen.

Sie fand einen Weg, der sie bis an die Mauer brachte, hinter der sich das Haupthaus befand. Hier war weniger Trubel und kein Gedränge. Abgesehen von vereinzelten Liebespärchen, die sich in schattige Nischen zurückgezogen hatten, begegnete sie kaum jemandem. Ihr Blick glitt nach oben, zur Spitze des Turms. Eine schattenhafte Figur ragte hoch oben über den Rand des Daches hinaus. Ein steinerner Wasserspeier. Whisper kniff die Augen zusammen um ihn genauer zu betrachten. Soweit sie es von ihrem Standort aus erkennen konnte, handelte es sich um das steinerne Abbild eines Drachen.

Nachdem sie der Mauer ein gutes Stück gefolgt war, erreichte sie einen Durchgang. Das Fallgitter war hochgezogen. Ein steter Strom aus kommenden und gehenden Menschen floss durch das Tor. Whisper mischte sich unter eine Gruppe von bunt gekleideten Hofdamen und wollte ihnen zum Hauptbau folgen.

Sie hatte den schattigen Durchgang noch nicht einmal richtig betreten, da vertrat ihr eine Wache den Weg. Wie die Torwachen trug auch er einen Metallhelm mit Nasenschutz. Sein gelber Wappenrock zeigte den blauen Eisvogel derer von Dungarvan. Darunter schimmerte ein Brustpanzer. Er hatte den Arm ein Stück zur Seite ausgestreckt und verwehrte ihr so mit seiner Hellebarde den Zutritt.

»Du bist nicht aus dem Palast. Bleib bei deinesgleichen.« Seine Stimme war voller Abscheu. Ihm war deutlich anzusehen, wie wenig ihm das bunte Treiben gefiel. Ob es daran lag, dass er Dienst hatte, während andere sich vergnügen durften, oder ob er eine generelle Abscheu vor Gauklern hatte, vermochte Whisper nicht zu sagen.

»Ich wollte mich nur ein wenig umsehen.« Ihr Blick glitt an dem Mann vorbei in den inneren Hof. Vom Portal des Haupthauses einmal abgesehen konnte sie von ihrem Standort aus nur wenig erkennen.

»Verschwinde!«, bellte der Wachmann. »Oder soll ich dir erst Beine machen?« Er trat mit geballter Faust auf sie zu. Whisper wich langsam vor ihm zurück, doch statt anzuhalten folgte er ihr.

»Hört zu, ich will keinen Ärger. Wenn Ihr sagt, ich soll gehen, so werde ich das tun.« Sie zog sich weiter zurück, bis sie aus dem Durchgang heraus war.

Die Hand des Wachmanns schoss vor, um sie am Arm zu packen. Ehe er sie zu fassen bekam, schloss sich eine behandschuhte Hand um sein Handgelenk. Einen Augenblick kämpften die beiden gegeneinander. Die Arme schwebten in der Luft und maßen ihre Kräfte. Schließlich ließ der Hauptmann den Arm sinken.

Whisper hob den Kopf und sah den Neuankömmling an, der sich langsam zwischen sie und die Wache schob. Er war ein gepflegter, glatt rasierter Mann, kaum älter als sie selbst. An beiden Seiten des Kopfes, jeweils über dem Ohr, hatte er eine Strähne seines glatten blonden Haars zurückgekämmt und auf dem Hinterkopf mit einem Band zusammengeflochten. Gekleidet war er in teure Gewänder in grellem Rot und Blau.

»Besten Dank, Hauptmann, dass Ihr Euch um meine

Dame gekümmert habt.« Seine Stimme hatte einen beruhigenden, angenehmen Klang, und während er sprach, sah er dem Wachmann in die Augen. Als dieser langsam nickte, packte der Mann Whisper beim Arm und zog sie weg, fort vom Durchgang. Sobald sie außer Sichtweite waren, gab er sie frei.

»Ein grässlicher Kerl«, bemerkte er.

Whisper nickte. »Vielen Dank für deine Hilfe.«

»Einer schönen Dame bin ich stets gern zu Diensten«, sagte er mit einer übertriebenen Verbeugung. »Alanderiel, der Meister der hohen Künste, überhört den Hilferuf einer Maid in Not nicht.«

»Du bist Alanderiel!« Sie hatte diesen Namen nie zuvor gehört, beschloss jedoch, dass es nicht schaden konnte, ihm ein wenig zu schmeicheln. »Bei allen Göttern, nie hätte ich zu hoffen gewagt dich hier anzutreffen!«

Ein breites Lächeln zeigte sich auf seinen Zügen und ließ seine grünen Augen strahlen. »Du hast von mir gehört?«

»Gehört? Das ist wohl untertrieben! Deine Werke waren es, die meine Liebe zur Kunst weckten.« *Übertreibe nicht, Whis!,* rief sie sich selbst zur Vernunft.

»Du bist eine Bardin?« Alanderiel musterte sie interessiert.

Whisper schenkte ihm ein bescheidenes Lächeln. »Längst nicht so begnadet wie du, doch ich kann behaupten, dass meine Kunst durchaus hoch geachtet und geschätzt wird.«

»Es würde mich freuen, wenn wir die Gelegenheit fänden, eines meiner Lieder gemeinsam zu singen.«

Oh, oh. »Ganz ehrlich, eines deiner Werke in deiner Gegenwart zu singen erschiene mir wie eine schändliche Verunglimpfung.«

Alanderiel lachte. »Wie ist dein Name, schöne Bardin?«

»Man nennt mich Silberzunge.«

»Erfreut deine Bekanntschaft zu machen, Silberzunge.« Erneut verneigte er sich in höchster Vollendung. »Wie lange weilst du schon hinter diesen erhabenen Mauern?«

»Wir kamen eben erst an. Ich wollte mich ein wenig umsehen, einen Blick auf Umgebung und Konkurrenz werfen, da prallte ich mit diesem rüden, ungehobelten Kerl zusammen. Zu meinem Glück traf ich auf einen galanten Retter.« *Ein paar Tage mit dieser hochtrabenden Sprache und ich werde wahnsinnig.*

Alanderiel reichte Whisper den Arm. »Wollen wir ein paar Schritte gehen?« Als sie sich bei ihm einhakte, setzte er sich in Bewegung. Seite an Seite schlenderten sie über den äußeren Hof. Er führte sie durch das Gedränge, sorgte geschickt dafür, dass sie nicht ständig angerempelt wurden, und gab ihr die Gelegenheit, sich weiter umzusehen. Der Schatten des Turmes war länger geworden und hüllte den Hof schon früh in Dämmerlicht. Der Lärm und das Gedränge hatten kaum erträgliche Ausmaße angenommen.

Ein leises Pochen hinter ihren Schläfen meldete die Rückkehr des Trommlers von letzter Nacht. Whisper hob verstohlen eine Hand und rieb sich den dröhnenden Kopf.

»Ganz schön erbärmlich, was?«, sagte ihr Begleiter nach einer Weile.

Whisper wusste nicht, wovon er sprach. »Was?« Geistesabwesend sah sie ihn an.

»Sieh dich um, Silberzunge. Nichts als mittelmäßige Künstler, die auf einem stinkenden Burghof um die Wette eifern.« Mit einer weit ausholenden Geste zeigte er auf die Umgebung. »Das nenne ich erbärmlich.«

Sie nickte. »Wie kannst du das nur ertragen?« Es fiel ihr schwer, jede Spur von Sarkasmus aus ihrer Stimme zu bannen. Dennoch gelang es ihr.

Alanderiel grinste. »Im Gegensatz zum gemeinen Gaukler, der niemals darüber hinauskommen wird, einfaches Gesinde mit seinen Kunststücken zu unterhalten, werde ich morgen in der großen Halle vor dem Herzog singen«, verkündete er voller Stolz.

Offensichtlich ist er wirklich ein Meister. »Die große Halle ist auch mein Ziel. Sag mir, an wen kann ich mich wenden?«

»Es gibt zwei Möglichkeiten, um in die große Halle zu gelangen«, erklärte Alanderiel. »Entweder du hast – wie ich – einen Namen, der weit über die Landesgrenzen hinaus bekannt ist, oder die Männer des Herzogs entdecken dein Talent, während du hier auf dem Hof spielst, und laden dich in die Halle ein.«

Wunderbar. Kaum ein Mensch kennt den Namen Silberzunge, und wenn ich hier anfange zu spielen, wird mich in der Masse wohl niemand bemerken. »Nun, wenn dem so ist, werden wir uns vermutlich bald in der großen Halle wiedersehen.«

»Würde mich freuen.«

Whisper neigte ein wenig das Haupt. Nachdenklich blickte sie Alanderiel an. »Es muss schwer für die Wachen sein, herauszufinden, wer in die große Halle geladen ist und wer nicht«, überlegte sie halblaut.

Alanderiel lachte. »Nicht im Mindesten. Jeder geladene Gast erhält ein Tuch mit dem Wappen des Herzogs. Dieses Tuch ist sein Passierschein. Siehst du?« Alanderiel griff in seinen Ärmel und förderte ein gelbes Tuch zutage. Darauf prangte ein Eisvogel, gestickt aus edelstem blauem Garn.

Ein Tuch also. Der Trommler in ihrem Kopf schlug so heftig und überraschend auf sein Instrument, dass sie einen Augenblick stehen bleiben musste.

»Was ist mit dir?« Alanderiel musterte sie besorgt.

»Ich habe Kopfschmerzen.« Sie sah sich mit schiefem Lächeln um. »Kein Wunder bei alldem Durcheinander.«

»Vielleicht solltest du dich ein wenig niederlegen. Ich bezweifle allerdings, dass du bei diesem Lärm viel Schlaf finden wirst.« Alanderiel verstaute das Tuch wieder in seinem Ärmel und ergriff erneut ihren Arm. »Komm, zeig mir den Weg und ich bringe dich zu deinem Zelt.«

Für einen Barden war Alanderiel eine angenehm unaufdringliche Gesellschaft. Er begleitete sie über den Hof bis zu jenem Platz, an dem Gavin und Anajas in der Zwischenzeit das Zelt aufgebaut hatten – eine ebenso schreiend bunte Geschmacklosigkeit wie der Planwagen. Bänder in allen Farben flatterten um den Eingang herum im Wind.

Die beiden saßen im Schneidersitz davor und beobachteten das bunte Treiben. Als Anajas Whisper und Alanderiel erblickte, erhob er sich und kam ihnen entgegen.

»Dein Gemahl?«, fragte Alanderiel, ehe Anajas sie erreichte.

Whisper schüttelte den Kopf. »Mein Leibwächter.«

Alanderiels Miene verzog sich zu einem amüsierten Schmunzeln. »Du solltest ihn das nächste Mal mitnehmen, wenn du in die Nähe des Tores gehst.«

Anajas kam vor ihnen zum Stehen. Sein Blick glitt von Alanderiel zu Whisper und wieder zurück.

»Gestattet mir, Euch Eure Schutzbefohlene zurückzubringen«, sagte Alanderiel mit einer höflichen Verneigung.

Warum ist er auf einmal so förmlich?

Anajas riss sie aus ihren Gedanken, als er sagte: »Ich

danke dir, Barde. Ich fing bereits an, mir Sorgen um das Wohlergehen meiner Herrin zu machen.«

Alanderiel wandte sich an Whisper. »Ruh dich ein wenig aus, Silberzunge. Womöglich werden wir uns schon bald wieder begegnen.« Mit einem letzten Blick auf Anajas machte er kehrt und verschwand in der Menge.

»Du warst verdammt lange weg. Ich habe mir tatsächlich langsam Sorgen gemacht.« Anajas nahm sie bei der Hand und zog sie ins Zelt. Gavin folgte ihnen.

Eine kleine Laterne sandte ihr anheimelndes Licht in alle Richtungen aus. Anajas und Gavin hatten ganze Arbeit geleistet. Das fest gestampfte Erdreich des Bodens war nicht mehr zu erkennen. Überall lagen bunte Teppiche. In einer Ecke entdeckte sie ihren Rucksack und ihre Satteltaschen. Daneben stapelten sich verschiedene Vorräte, Kochgeschirr, Wasser- und Weinschläuche und ein paar kleine Kisten. An zwei Stellen türmten sich Kissen zu bequemen, einladenden Lagern. Whisper sah sich um, suchte nach einer dritten Schlafstatt. Anajas bemerkte ihren Blick. »Gavin besteht darauf, im Wagen zu schlafen. Er hat Angst, jemand könnte uns etwas von all dem Plunder stehlen, den du hast kaufen lassen.«

Whisper nickte geistesabwesend. Anajas zog an einer Kordel und löste damit die Tierhäute, die über dem Eingang hingen. Kaum waren sie heruntergelassen, schwoll der Lärm zu einem dumpfen Dröhnen ab.

»Was hast du herausgefunden?«, fragte Anajas mit gedämpfter Stimme.

»Die Welt ist schlecht und ungerecht.« Whisper seufzte. »Aber das ist ja nichts Neues.« Als sie Anajas' verständnislosen Blick bemerkte, berichtete sie ihm von ihrem Zusammenstoß mit der Wache und von Alanderiels Hilfe.

»Wer nicht in die große Halle geladen wird, muss sich damit begnügen, im Hof vor dem Gesinde zu spielen, und wird das Innere der Burg nie zu Gesicht bekommen«, schloss sie ihren Bericht.

»Sieht ganz so aus, als müsstest du heute Nacht ein wenig Gesang üben«, bemerkte Gavin grinsend.

»Ich bin kein verdammter Barde!« Das entsprach nicht ganz der Wahrheit, dennoch hatte sie schon lange nichts mehr mit den Künsten der Barden zu schaffen gehabt.

»Wenn ich an das Spottlied von heute Nachmittag zurückdenke, könnte man auf den Gedanken kommen, dass du nie etwas anderes gemacht hast«, gab Gavin zurück.

Whisper konnte ein Lächeln nicht unterdrücken. In der Tat war sie mit dem spontanen Spottlied ausgesprochen zufrieden gewesen. *Ich bin ein wenig eingerostet, aber ich habe längst nicht alles verlernt.*

Anajas rieb sich über das Kinn. Eine Geste, die sie schon oft an ihm beobachtet hatte. Es war, als streiche er über seinen nicht mehr vorhandenen Bart. »Mein Vorschlag mag gewagt klingen: Aber warum versuchst du nicht zur Abwechslung einfach mal deinen Charme spielen zu lassen?«

Whisper kniff die Augen zusammen. »Und was glaubst du, was ich dann tun soll, weiser Mann? Die Torwache verführen, um an ihr vorbeizugelangen und schließlich an der Wache vor dem Haupthaus zu scheitern?«

Seine Miene verfinsterte sich schlagartig. »Du sollst niemanden verführen! Verdammt, Whisper, ich habe keine Ahnung, wie wir dort hineingelangen sollen!«

Der Trommler in ihrem Kopf schlug so heftig zu, dass ihr schwindlig wurde. Sie hob die Arme und presste die

Hände gegen die Schläfen in dem hoffnungslosen Unterfangen, den Trommler zum Schweigen zu bringen.

Gavin hielt ihr einen Schlauch entgegen. »Hier, trink das. Das Zeug kuriert alles.«

Whisper schüttelte vorsichtig den Kopf. »Ich kann mir nicht vorstellen, dass Branntwein gegen einen dröhnenden Schädel wirkt.«

Mit einem Schulterzucken zog Gavin den Schlauch zurück und nahm selbst einen tiefen Zug. Er wandte sich an Anajas. »Wenn Ihr nichts dagegen habt, werde ich mich ein wenig umsehen. Vielleicht finde ich ja etwas heraus, das für uns von Nutzen ist.«

Anajas nickte und Gavin verließ das Zelt. Für einen Augenblick flutete der Lärm herein, dann fiel die Tierhaut wieder zurück und verschloss den Eingang.

Plötzlich stand Anajas hinter ihr. Er strich ihr Haar zur Seite, legte seine Hände auf ihre Schultern und begann ihre verspannte Nackenmuskulatur zu massieren. Seine Hände fühlten sich angenehm warm und lebendig auf ihrer Haut an. Whisper schloss die Augen.

»Was glaubst du, wie deine Zukunft aussieht, Anajas?«

Was rede ich für einen Schwachsinn?

»Ich werde irgendwann einmal standesgemäß heiraten, einen Stall voller Kinder haben und meinem Bruder, dem König, zur Seite stehen.«

»Das klingt verdammt zuversichtlich. Was machst du, wenn wir den Ring nicht bekommen? Bisher ist es mir noch nicht einmal gelungen, einen Weg in die innere Festung zu finden.«

»Wir werden ihn bekommen. Falls du wirklich die Beste bist, wie du behauptest, gibt es daran keinen Zweifel.« Seine Finger strichen über ihre Schultern. »Was ist mit dir? Mit deiner Zukunft?«

»Wenn das alles vorbei ist, werde ich mein Gold nehmen und irgendwo eine Schenke eröffnen, an einem Ort, wo mich niemand kennt.« Lächelnd fuhr sie fort: »Ein sauberes Gasthaus mit einem gemütlichen Schankraum. Dort soll es gutes Bier und gutes Essen geben. Keinen Ärger und keinen Streit. Barden und Geschichtenerzähler werden sich dort jeden Abend aufhalten und …« Sie brach ab, als Anajas ihr Haar zur Seite strich und sich zu ihr herabbeugte um ihren Hals zu küssen. Ein wohliger Schauer lief über ihren Rücken. Anajas war gefährlich, das wusste sie – und es lag nicht an seinen Waffen. Er berührte einen Punkt tief in ihrem Innersten und weckte eine Sehnsucht in ihr, die sie bisher nicht gekannt hatte. Das war lächerlich. Er würde eines Tages eine Gräfin oder eine Fürstin, womöglich sogar eine Prinzessin heiraten. Und sie war nur eine einfache Diebin. *Es ist besser, ihn gar nicht erst an mich heranzulassen.* Sie wollte ihn von sich stoßen, fand jedoch nicht einmal die nötige Kraft, die Arme zu heben. Er drehte sie zu sich herum und zog sie an sich. Seine Lippen fanden die ihren und sein sanfter Kuss ließ sie all ihre Vorsätze vergessen.

Es war Anajas, der schließlich den Kuss als Erster beendete. »Du zitterst.«

»Es ist kalt«, sagte sie, obwohl es im Zelt heiß und stickig war.

Anajas nickte. Ein leises Lächeln ließ seine Mundwinkel zucken. *Wieder dieses verdammte Lächeln.*

»Womöglich sollte ich lieber doch als Gaukler auftreten.«

Whisper erinnerte sich noch zu lebhaft an seine kläglichen Versuche, mit Äpfeln zu jonglieren. »Auf keinen Fall!«

»Mir wäre aber wesentlich wohler, wenn ich in deiner Nähe sein könnte.«

Whispers Kopfschmerzen waren wie weggeblasen und endlich konnte sie wieder klar denken. »Du bist mein *Leibwächter!* Als solcher ist es deine Aufgabe, in meiner Nähe zu bleiben. Dafür musst du nun wirklich keine unschuldigen Äpfel misshandeln.«

Anajas grinste. »Irgendwie ist mir das wohl entfallen. Du hast wie immer Recht, Sonnenschein.«

Whisper senkte den Blick. Mit einem Mal fühlte sie sich in seiner Gegenwart befangen.

Anajas schien nichts davon zu bemerken. »Mir wäre es lieber, wenn du noch eine weitere Waffe als deinen Dolch bei dir hättest«, meinte er.

»Die habe ich.« Whisper nutzte die Gelegenheit, sich von ihm zu lösen. Sie ging zu ihren Satteltaschen hinüber, kramte einen Gegenstand daraus hervor und hielt ihn triumphierend in die Höhe.

»Was bei allen neun Höllen ist das?«

Whisper grinste. »Das ist Sir Hasenfuß.«

Anajas starrte ungläubig auf den Stab in ihren Händen, an dessen Ende ein Puppenkopf angebracht zu sein schien. »Das Ding trägt eine Narrenkappe!«

Whisper ließ den Stab in ihren Händen tanzen, bis die kleinen Schellen, die die Kappe des Narrengesichts zierten, leise klingelten. Mit dem Stab kehrte sie zu Anajas zurück. Vor seinen Augen zog sie an der Narrenkappe. Anajas brach in schallendes Gelächter aus, als er sah, wie sie in einer Hand die Kappe und das Gesicht aus Stoff hielt, während in ihrer anderen Hand ein Streitkolben lag.

»Du bist wirklich immer für eine Überraschung gut, Whis! Das ist unglaublich! Ein Wolf im Schafspelz!«

»Wohl eher im Narrenkostüm.« Zufrieden zog sie das Narrengesicht wieder über den Streitkolben und stellte ihn zurück neben ihr Gepäck. »Das Narrengesicht war der Kopf einer alten Puppe, die ich einmal hatte. Irgendwie konnte ich mich nie so recht davon trennen. Den Streitkolben hat Gavin für mich besorgt.«

Mit einem Seufzer ließ sie sich auf eines der Kissenlager fallen und schloss die Augen. »Und morgen werden wir einen Weg finden, ins Innere der Feste zu gelangen.«

»Whis, wach auf!« Eindringliche Worte, die sich in ihren Verstand bohrten. Schlagartig war sie hellwach. Sie öffnete die Augen und fuhr hoch, die Hand tastend nach ihrem Dolch ausgestreckt.

Finger schlossen sich um ihr Handgelenk und hinderten sie daran, nach der Waffe zu greifen. Anajas' Finger.

»Du sollst nur aufwachen, niemanden angreifen.«

Whisper entspannte sich. »Vielleicht könntest du dir dann angewöhnen, einen Menschen nicht so zu wecken, als müsste er in die Schlacht ziehen.« Gähnend setzte sie sich auf und schlug die Decke zur Seite. Sie unterdrückte einen Fluch, als sie sah, dass sie in ihrem Kleid eingeschlafen war. Rasch sprang sie auf und begann damit, den Stoff ihrer Röcke gerade zu streichen. Zu ihrem Glück ließen sich die Falten ohne weiteres herausziehen. »Hat Gavin gestern noch etwas herausgefunden?«, fragte sie Anajas, während sie sich mit ihrem Kleid beschäftigte.

Anajas schüttelte den Kopf. »Nein, leider nicht. Aber ich bin mir sicher, er hatte einen erfüllten Abend. Er liegt im Wagen und schläft seinen Rausch aus.«

»Rausch?« Whisper fuhr herum. »Das glaube ich ja nicht! Wie kann er sich in unserer Lage betrinken?«

»Glaube mir, das ist nicht sonderlich schwer.« Anajas lächelte. »Nachdem du gestern eingeschlafen warst, bin ich auch noch einmal losgezogen. Ich wollte mich umsehen und nach einem Weg in die große Halle suchen. Ganz gleich mit wem du sprichst, jeder drückt dir sofort einen Humpen in die Hand. Da ist es wirklich nicht leicht, nüchtern zu bleiben.«

»Hast *du* wenigstens etwas herausgefunden?«

Anajas verzog das Gesicht. »Die Menschen sind ausgesprochen gesprächig, dennoch weiß ich nicht mehr, als wir bereits wussten. Aber«, und augenblicklich hellte sich seine Miene wieder auf, »dein neuer Freund Alanderiel war heute Morgen hier um dir einen Besuch abzustatten.«

»Heute Morgen?« Sie betrachtete ihn aus zusammengekniffenen Augen. »Welche Tageszeit haben wir jetzt, Anajas?«

»Kurz nach Mittag.«

»Was! Warum hast du mich so lange schlafen lassen?«, fuhr sie ihn an.

»Du warst müde.«

Whisper hatte Mühe, nicht die Fassung zu verlieren. »Das glaube ich einfach nicht! Uns läuft die Zeit davon und du lässt mich den halben Tag verschlafen! Anajas, das ist nicht dein Ernst!«

Anajas strahlte immer noch. »Nur zum Teil. Sieh es einfach so: Bis zum Abend haben wir kaum etwas zu tun.« Mit einem breiten Grinsen griff er in sein Hemd. »Und heute Abend werden wir uns in der großen Halle umsehen.« Er zog zwei gelbe Tücher aus seinem Hemd und wedelte damit vor Whispers Nase herum. Ein blauer Eisvogel hüpfte aufgeregt vor ihren Augen auf und ab.

Es dauerte eine Weile, bis Whisper begriff, was sie da sah. »Das ist unser Passierschein. Wie hast du das geschafft?«

Er schüttelte den Kopf. »Nicht ich. Wie ich schon sagte, war der Barde heute Morgen hier. Er meinte, du würdest dich vermutlich darüber freuen.«

Whisper streckte zögernd die Finger aus und strich über das Tuch in Anajas' Händen. »Warum hat er das getan?«

Anajas zuckte die Schultern. »Vielleicht hat er ja was für dich übrig.«

Whisper schenkte seinen Worten keine Beachtung. Sie griff nach ihrer Bürste, kämmte ihr Haar und fasste es mit einem roten Samtband im Nacken zusammen.

Gefolgt von Anajas trat sie vor das Zelt. Nach dem gedämpften Licht im Innern war das Sonnenlicht strahlend hell. Mit zusammengekniffenen Augen sah sie sich um. Auf dem Hof herrschte dasselbe Durcheinander wie tags zuvor. Whisper setzte sich in Bewegung. Zielsicher bahnte sie sich einen Weg durch die Gassen und ließ dabei den Blick schweifen.

»Was hast du vor?« Anajas wich keinen Zoll von ihrer Seite.

Ich suche Alanderiel. »Wir werden noch eine Kleinigkeit essen, dann wird es ohnehin bald an der Zeit sein, in die große Halle zu gehen.« Es stimmte sie misstrauisch, dass der Barde ihr ein derart kostbares Geschenk gemacht hatte. *Warum sollte er das tun?* Sie fragte sich, wie er an die beiden Bänder gekommen war.

Ohne Anajas in ihre Gedanken einzuweihen streifte sie quer über den Hof, wanderte von Feuer zu Feuer und sah sich um. Von Alanderiel war keine Spur zu entdecken. Da sie nicht wusste, wo sich sein Zelt befand, blieb ihr nichts anderes übrig als abzuwarten. Er würde mit Sicherheit ebenfalls am Abend in der großen Halle sein.

Anajas besorgte für sie beide etwas Braten, frisches Brot und einen Schlauch Wein. Whisper kaute lustlos darauf herum ohne irgendeinen Geschmack wahrzunehmen und spülte alles mit einigen Schluck Wein hinunter. Hätte man sie gefragt, sie wäre nicht einmal in der Lage gewesen, zu sagen, ob der Wein süß oder sauer war. Ihre Gedanken waren weit entfernt. Sie versuchte sich auf den Abend vorzubereiten. Ein ausgesprochen schwieriges Unterfangen, da sie nicht im Entferntesten wusste, was sie in der großen Halle erwartete.

Anajas versuchte mehrmals sich mit ihr zu unterhalten. Whisper antwortete lediglich mit einem knappen Nicken oder Kopfschütteln. Schließlich gab er auf. Seite an Seite kehrten sie zum Zelt zurück und warteten auf den Abend.

Sie hockte neben Anajas auf dem Boden und starrte grübelnd ins Nichts. Es war später Nachmittag, als eine Stimme vom Zelteingang her zu hören war. »Ist jemand hier?« Einen Augenblick später steckte Alanderiel den Kopf herein.

Whisper war beinahe erleichtert ihn zu sehen. Sie wollte einige drängende Fragen beantwortet haben, ehe sie sich am Abend in die große Halle begab. Sie winkte ihn herein.

»Ich hoffe, mein kleines Geschenk hat dir gefallen, meine Schöne?«, fragte er lächelnd. Als er Anajas erblickte, verneigte er sich leicht.

»Du hättest mir kaum eine größere Freude bereiten können.« Whisper deutete auf eines der Kissen, die auf dem Boden lagen. »Nimm Platz, ich möchte mit dir sprechen.«

Alanderiel ließ sich im Schneidersitz nieder und blickte ihr mit einem verschmitzten Lächeln entgegen. »Was kann ich für dich tun? Möchtest du ein Lied hören?«

Whisper schüttelte den Kopf. »Nein. Erkläre mir nur, warum du das für mich getan hast.«

»Whis!« Anajas stieß sie in die Seite. »Wie kannst du so direkt sein?!«

Alanderiel winkte lachend ab. »Das macht mir nichts aus. Im Gegenteil: Ich finde es ausgesprochen erfrischend.« Sein Blick wanderte von Anajas zu Whisper und wieder zurück. »Du willst also wissen, warum ich dir die Tücher geschenkt habe.«

»Ganz recht. Für eine nahezu Unbekannte erscheint mir das doch ein ausgesprochen kostbares Geschenk zu sein – zumal sich jeder hier wünscht, in der großen Halle singen zu dürfen.« Whisper sah ihm tief in die Augen. »Warum, Alanderiel?«

Alanderiel lächelte noch immer. Er wich ihrem Blick nicht aus. »Ich kann nicht behaupten ein Bewunderer deiner Kunst zu sein, wenngleich mir der Name Silberzunge nicht gänzlich unbekannt ist.« Whisper schnappte nach Luft, Alanderiel ließ sie jedoch gar nicht erst zu Wort kommen. »Wie dem auch sei, nicht du warst es, die mich dazu bewogen hat, dir dieses Geschenk zu machen, sondern dein Leibwächter.«

»Was?«

»Er hat mich erkannt«, hörte sie Anajas neben sich sagen.

Alanderiel nickte. »Im letzten Sommer spielte ich in der Halle Eures Vaters, dort habe ich Euch gesehen,

Herr. Es war nicht ganz einfach, Euch ohne Bart wiederzuerkennen, dennoch ist es mir geglückt.«

Ich hätte von Anfang an allein arbeiten sollen. Whisper seufzte.

Alanderiel fuhr fort: »Ich weiß, welcher Tag bald bevorsteht, und wenn man die Dinge logisch betrachtet und eins und eins zusammenzählt, kommt man nur zu einem Ergebnis.«

Whisper hob den Kopf. »Ich wage kaum zu fragen.«

»Mach dir keine Sorgen, Mädchen. Ich bin kein Anhänger Dungarvans. Ich stamme nicht einmal aus Dallán, wenngleich ich mich hier sehr wohl fühle. Doch wenn ich eine Wahl hätte, würde ich lieber Euren Bruder auf dem Thron sehen, Anajas.«

Whisper starrte ihn an, unfähig etwas zu sagen.

Anajas hingegen schien nicht sonderlich überrascht zu sein. »Womöglich gibt es noch mehr, womit Ihr uns helfen könntet?«

»Das wäre durchaus denkbar. Wenn ihr Dungarvans Arbeitszimmer sucht, begebt euch in die erste Etage. Folgt dem Gang, der hinter der Galerie verläuft. Es ist die dritte Tür auf der rechten Seite. Seine Privatgemächer erreicht ihr über die Treppe am Ende dieses Ganges. Sie ist der einzige Zugang«, erklärte Alanderiel.

»Ich danke Euch, mein Freund«, Anajas nickte.

Whisper hatte ihre Sprache wieder gefunden. »Du dankst ihm? Wer sagt dir, dass uns Dungarvans Männer nicht schon erwarten, wenn wir dort erscheinen?« Anajas' Gutgläubigkeit machte sie fassungslos.

Alanderiel hob beschwichtigend die Hände. »Wenn es dich beruhigt, werde ich einfach so lange hier bleiben, bis ihr zurück seid. Euer Freund kann einstweilen auf mich Acht geben.«

Ja, und die Wache weiß längst von uns. Alles an Alanderiels Geschichte schrie danach, eine Falle zu sein, und doch – sie hatten kaum eine andere Wahl.

Anajas rief nach Gavin.

Als es endlich so weit war, überprüfte sie ein letztes Mal den Sitz ihres Kleides und ordnete ihre Frisur. Sie griff nach ihrer Gitarre und hängte sie sich über die Schulter. Das Tuch mit Dungarvans Wappen befestigte sie zwischen all den anderen Bändern, die den Hals des Instruments zierten. Ganz zum Schluss nahm sie Hasenfuß in die Hand. Die Waffe war ein verrückter Einfall gewesen. Gleichzeitig betrachtete Whisper sie als eine Art Glücksbringer. *Lass mich nicht im Stich.*

Anajas trat zu ihr. »Also gut, gehen wir.«

Whisper musterte ihn von oben bis unten. Er trug einfache dunkle Gewänder und ein Schwert an seiner Seite. Sie schüttelte den Kopf. »Lass das Schwert hier. Damit werden sie dich nicht in die Halle lassen.«

»Ich bin dein Leibwächter.«

»Muss ich dich wirklich erst daran erinnern, dass niemand in der Halle eines Adligen Waffen trägt – von *seinen* Männern einmal abgesehen?«

Anajas seufzte. »Nein, ich fürchte, du hast Recht.« Er löste die Schnalle seines Waffengürtels und warf ihn zur Seite.

Whisper schenkte ihm ein gehässiges Grinsen. »Du wirst mich wohl mit deinen Fäusten verteidigen müssen, großer Held.«

Seine finstere Miene sagte ihr deutlich, dass er genau das tun würde, sollte es nötig sein.

Nachdem Anajas Gavin angewiesen hatte, im Zelt auf ihre Rückkehr zu warten und Alanderiel nicht aus den Augen zu lassen, machten sie sich schließlich auf den Weg.

Der Hof war vom Licht unzähliger Fackeln und Lagerfeuer erhellt, deren Widerschein die bei Tage grauen Mauern in zuckende Ungeheuer aus schwarzen Schatten und orange züngelnden Flammen verwandelte. Ein wogendes Meer aus Licht und Schatten.

Wann immer sich ihnen eine Wache in den Weg stellte, hob Whisper ihre Gitarre und zeigte das Tuch. Sie verließen den äußeren Teil der Festungsanlage und erreichten schließlich den inneren, ruhigeren Hof. Hier waren weniger Menschen unterwegs. Whisper sah sich um. Allein an der Längsseite des Hauptgebäudes waren drei Eingänge. Der Haupteingang, ein großes Portal mit zwei Flügeln, vor dem sechs Wachen postiert waren, und zwei Nebeneingänge, jeweils von zwei Männern bewacht. Die Götter allein wussten, wie viele Eingänge es sonst noch geben mochte.

»Wenn du in der Halle bist, kann es gut sein, dass du singen musst. Was wirst du dann tun?«, raunte Anajas ihr zu.

Und wenn schon. Whisper lächelte entspannt. »Bei den vielen Menschen, von denen jeder nichts anderes im Sinn hat, als einmal vor dem Herzog zu singen? Unwahrscheinlich.«

Sie erreichten das Hauptportal.

»Euer Herr erwartet die großartige Silberzunge in seiner Halle«, sagte sie. Gleichzeitig wedelte sie mit dem gelben Tuch vor der Nase eines Wachmannes.

»Folge einfach dem Gang bis zum Ende, dann triffst du geradewegs auf die große Halle«, erklärte der Wachmann.

Ein anderer meinte grinsend: »Und mach dich darauf

gefasst, nicht die Einzige zu sein. Heute Abend ist wirklich alles vertreten: Silberzungen, Goldkehlchen. Die Götter allein wissen, wer noch alles.«

Umso besser. Whisper dankte mit einem Lächeln für die Auskunft und betrat mit Anajas an ihrer Seite das Hauptgebäude. Sofort gingen ihre Augen auf Wanderschaft. Unmittelbar hinter dem Portal tat sich eine gewaltige belebte Eingangshalle auf, in deren Zentrum eine breite Freitreppe nach oben führte. Whisper erkannte eine Galerie, die über der Eingangshalle von der Treppe wegführte. Dahinter lag die Welt im Dunkeln. *Das werde ich mir später genauer ansehen.* Ein breiter, mit Fackeln erhellter Gang führte links an der Treppe vorbei, von einem Ende des Hauses zum anderen. Die große Halle war bereits von weitem zu erkennen. Die Türen standen weit geöffnet und entließen den Schein des Feuers in den Gang. Menschen wanderten umher. Damen, die sich bei ihren Galanen untergehakt hatten, unterhielten sich miteinander oder kicherten verstohlen. Andere summten eine Melodie oder lachten über einen Scherz, den jemand gemacht hatte. Auf den Gängen und in der Eingangshalle herrschte lebhaftes Treiben.

»Ganz schön voll hier«, murmelte Anajas.

»Es könnte kaum besser sein«, gab Whisper leise zurück. »Je mehr Menschen hier sind, desto weniger wird man uns beachten. Falls wir getrennt werden, treffen wir uns im Zelt wieder.«

»Ich würde dich hier nur ausgesprochen ungern aus den Augen verlieren.«

Whisper unterdrückte einen Seufzer. »Anajas, du bist mein Leibwächter, damit du nicht als Gaukler auftreten musst. Ich brauche nicht wirklich Schutz«, erinnerte sie ihn.

Er nickte. »Hatte ich doch tatsächlich für einen Augenblick vergessen. Komm, sehen wir uns um.«

Whisper und Anajas betraten die große Halle. Zunächst wurde ihnen der Blick nach vorne von unzähligen Rücken verwehrt. Menschen drängten sich hinter dem Eingang, stellten sich auf die Zehenspitzen und versuchten einen Blick darauf zu erhaschen, was im Zentrum der Halle dargeboten wurde. Die Klänge einer Laute drangen an ihr Ohr, sie vernahm eine zarte Stimme, die dazu sang. Whisper sah die Gesichter andächtig lauschender Menschen. Dann verhallten die letzten Klänge der Melodie. Beifall brandete auf.

Aus den Tiefen der Halle vernahm sie die Stimme eines Mannes: »Wohl gesungen, Mädchen. Wir werden sicher noch Gelegenheit haben, uns zu unterhalten.« Sie vermutete, dass es der Herzog selbst war, der da gesprochen hatte.

Neugierig geworden reckte sie den Kopf, um über die breite Front aus Rücken hinwegzuspähen. Ein Stück weiter vorne erkannte sie hufeisenförmig angeordnete Tische. Das Holz war so dunkel, dass es im Fackelschein beinahe schwarz wirkte. Massiv, alt und schartig, ebenso wie die Bänke, die davor standen. Immer wieder wurde die Reihe der Tische und Bänke von gewaltigen Säulen aus Stein unterbrochen, auf denen die Last der Decke ruhte. Menschen drängten sich um die Säulen herum, um einen besseren Blick auf das Geschehen zu haben. An der offenen Seite des Hufeisens entdeckte sie ein Podest. Zwei Stufen führten zu der langen Tafel hinauf, die dort oben stand. Im Zentrum saß Herzog Aedh Dungarvan auf einem mächtigen Thron aus Holz und blickte auf ein Mädchen mit goldenen Locken herab, das sich tief vor ihm verneigte. Mit der Laute in der Hand zog es sich langsam zurück. Whisper achtete nicht weiter auf das Mädchen. Ihr Blick wanderte zu Dungarvan zurück, der auf dem Podest zwischen anderen hochrangigen Mitgliedern seines Haushalts saß. Der Herzog war völlig anders, als sie erwartet hatte. Ein böser Tyrann war in ihrer Vorstellung immer ein älterer Mann mit rabenschwarzem Haar, finsterer Miene und eng zusammenstehenden Augen gewesen. Der Herzog war etwa so alt wie Anajas. Sein Haar war golden, die Augen blau, und wenn er lachte, wie er es gerade tat, wirkte er keineswegs finster und bedrohlich. Er sah gut aus. Groß und von der schlanken, muskulösen Gestalt eines Kriegers. *Offensichtlich sollte ich meine Vorstellung von einem Bösewicht dringend ändern.*

Anajas bahnte sich einen Weg seitlich in die Halle hinein. Sie wollte ihm sagen, er solle in der Nähe der Tür bleiben, doch es war zu spät. Mit einem unterdrückten Fluch folgte sie ihm.

Eine gewaltige Hand legte sich auf ihre Schulter. So überraschend, dass sie Mühe hatte, nicht nach dem Mann zu schlagen, dem die Hand gehörte.

»Leonie Silberzunge!«, dröhnte eine tiefe Stimme hinter ihr.

Whisper erstarrte. Einen Augenblick lang war sie unfähig sich zu bewegen. *Wie lange habe ich diesen Namen nicht mehr gehört?*

Sie fuhr herum und blickte in das Gesicht eines Fremden. Doch es war nur auf den ersten Blick das Gesicht eines grimmigen Unbekannten. Der Kerl war ein Bär von einem Mann, nahezu zwei Meter groß und doppelt so breit wie sie. Nach und nach erkannte sie vertraute Züge. Ein schwarzer, von silbernen Strähnen durchzogener Bart verdeckte den größten Teil seines Gesichtes.

Die Haut war rau und zerfurcht wie altes Leder, von Wind und Wetter gegerbt.

»Du bist es wirklich, Mädchen!« Seine grauen Augen strahlten und auf einmal wirkte er alles andere als grimmig.

Alles, was sie herausbrachte, war: »Kalva Bärentöter!« Dann streckte der Riese seine Pranken nach ihr aus und verschlang sie in einer herzlichen Umarmung, die ihr die Luft abdrückte. Whisper spürte, wie sie den Boden unter den Füßen verlor, als er sie von den Beinen hob und wild im Kreis herumwirbelte.

Ein paar Menschen in ihrer Nähe hatten die stürmische Begrüßung bemerkt und beobachteten sie skeptisch. Wahrscheinlich weniger aus Neugierde als vielmehr aus Angst, der Bär könne ihnen auf die Füße treten. Nachdem Kalva Whisper wieder abgesetzt hatte, richteten die Zuseher ihre Aufmerksamkeit jedoch erneut nach vorne. Niemand achtete mehr auf die beiden – mit Ausnahme von Anajas, der stehen geblieben war und wirkte, als würde er jeden Augenblick angreifen.

»Kalva Bärentöter!«, wiederholte Whisper. Sie wusste nicht, was sie sagen sollte. Den Anführer der Gauklertruppe hier zu sehen überraschte sie. Das letzte Mal war sie ihm auf dem Kontinent in der Nähe von Kilshannon begegnet.

»Es ist lange her, Leonie.«

Sie nickte. »Ja, das ist es.« Plötzlich verspürte sie einen dicken Kloß im Hals.

Kalva lächelte. »Es freut mich, zu sehen, dass du noch immer ein Herz für die schönen Künste hast.«

Anajas rückte näher. »Belästigt dich dieser Kerl?«

Whisper spürte seine Anspannung und legte ihm zur Beruhigung eine Hand auf den Arm. »Nein, es ist alles in

Ordnung. Er ist ein alter Freund.« Es fiel ihr schwer, zu glauben, was sie da sagte, dennoch entsprach es der Wahrheit. Kalva Bärentöter war in der Tat ein alter Freund. Ein Freund, aus einer Zeit, in der sie Garian noch nicht gekannt und den bitteren Geschmack von Verrat noch nicht gekostet hatte. Und tatsächlich freute sie sich ihn zu sehen.

Anajas schien ebenfalls Schwierigkeiten zu haben, ihren Worten Glauben zu schenken. *Ein Freund?* Deutlich konnte sie die Frage in seinem misstrauischen Blick lesen. Whisper nickte.

Kalva achtete nicht weiter auf Anajas. Seine Feindseligkeit berührte den alten Bären offensichtlich nicht im Mindesten. »Bist du hier um zu singen?«

»Singen?«, echote sie. »Nicht direkt. Wohl eher um einen Blick auf die Konkurrenz zu werfen.«

In der Mitte der Halle verstummten die letzen Töne einer tragischen Melodie. Erneut brandete Beifall auf.

Kalva lachte. Ein heiseres Bellen, das die Luft zum Vibrieren brachte. »Du erscheinst in der Halle des Herzogs von Dungarvan und willst *nicht* singen? Ein guter Scherz.«

»Kein Scherz, Kalva. Es hat sich viel verändert. Ich habe seit Jahren nicht mehr ...«

Von irgendwoher hörte sie jemanden rufen: »Wer ist der Nächste?«

Ehe sie wusste, wie ihr geschah, packte Kalva sie bei der Hand und zerrte sie hinter sich her. Mit seiner bloßen Masse bahnte er sich mühelos einen Weg zwischen den Menschen hindurch, geradewegs auf den Thron des Herzogs zu. Sie hörte, wie Anajas nach ihr rief, doch er erreichte sie nicht mehr. Vor dem Podest angekommen verneigte Kalva sich vor dem Herzog. »Euer Gnaden, Ihr solltet es Euch nicht entgehen lassen, dieses Mädchen singen zu hören.«

Überdeutlich spürte sie den Blick des Herzogs auf sich ruhen. Sie musste erkennen, dass es kein Zurück mehr gab. *Es sei denn, der Herzog schickt mich fort.*

Der Herzog schickte sie nicht fort. »Wie ist dein Name, Mädchen?«, fragte er stattdessen.

Whisper verneigte sich tief. »Leonie Silberzunge, Herr.«

»Nun denn, Leonie Silberzunge, warum zeigst du uns nicht einfach, dass dein Freund hier nicht schamlos übertrieben hat?«

Kalva nickte ihr aufmunternd zu und zog sich zu den übrigen Zuschauern zurück. Plötzlich stand Whisper allein im Zentrum der Halle. Sie verspürte keine Angst und keine Nervosität. Einzig eine innere Aufregung machte sich in ihr breit. Ein Gefühl, das sie lange nicht mehr verspürt hatte. Vorfreude. Sie nickte. »Warum nicht«, murmelte sie und griff nach ihrer Gitarre. Sie schlug versuchsweise ein paar Saiten an, dann hob sie den Kopf und blickte in die Runde. Irgendwo sah sie Anajas, der sie erschrocken anstarrte. Sein entsetzter Gesichtsausdruck entlockte ihr ein Lächeln.

»Nun denn, ihr Leute!«, rief sie. »Kommt und lauscht der Geschichte von Leonie Silberzunge.«

Sie hob Sir Hasenfuß in die Höhe und rief mit verstellter Stimme: »Silberzunge? Vielleicht wenn du dir eine Münze in den Mund steckst!«

Vereinzeltes Gelächter wurde laut. Whisper fuhr fort: »Warum überlässt du es nicht einfach den Leuten, sich ein Urteil darüber zu bilden, Hasenfuß?«

Und mit verstellter Stimme ließ sie Hasenfuß sagen: »Ja, ja, so ist es immer. Du redest und ich soll den Mund halten!«

»Ganz recht, mein Freund.« Für einen Augenblick schloss sie die Augen. Wie lange war es her, dass sie das letzte Mal vor Publikum gesungen hatte? Whisper konnte sich nicht mehr daran erinnern. Sie wusste nicht, ob sie damals gut oder schlecht gewesen war. Alles, was sie wusste, war, dass sie jetzt ihr Bestes geben musste. Sie stimmte eine fröhliche Melodie an und begann zu singen:

Es war einmal ein Herzog und der war froh,
er hatte 'nen ganzen Beraterzoo.
Wann immer was anstand, was ihn nicht betraf,
so schickte er einfach ein anderes Schaf.

Der Herzog, er war ein ganz schlauer Fuchs,
gesegnet mit Augen und Ohren vom Luchs,
doch ein Fuchs unter Schafen
lässt keins der Viecher mehr schlafen.

Der Herzog war weise, lieh jedem sein Ohr,
doch so manches Wort kam seltsam ihm vor.
Er traf die Entscheidung, geschickt und bedacht,
mancher Berater blieb schlaflos bei Nacht.

Die Berater wollten Einfluss,
das war ihr Verdruss.
Der Herzog durchschaute rasch dieses Spiel,
die Macht zu behalten, das war sein Ziel.

Die Berater wollten sich seiner entledigen,
fassten einen Plan, der sollt's erledigen.
Sie schmiedeten Ränke, tagein und tagaus,
doch nun seht selbst, das kam dabei raus:

Geleitet von Ehrgeiz, zerfressen von Neid,
wollten sie Rache, noch heut tut's ihnen Leid.
Sie wollten gleich alles, zu viel auf einmal,
der Herzog bemerkte es, zu ihrer Qual.

Da sie nur die Schaf' sind und der Herzog nicht dumm,
ließ er sie scheren und wandert nun auf Schaffelltep-
pich' herum.
Und die Moral von der Ballade:
Berater sind Schafe – schade.

Sprachlos verfolgte Anajas, wie Kalva Bärentöter Whisper bei der Hand packte und vor Dungarvan zog. Er wollte einschreiten, doch da war es bereits zu spät. Zu seinem großen Erstaunen versuchte sie gar nicht erst sich aus der Affäre zu ziehen. Sie griff einfach nach ihrer Gitarre und begann ihren Vortrag. Ein ausgesprochen gekonnter Vortrag, wie er zugeben musste. Sie hatte einfach ein altes Lied genommen und den König, der darin vorkam, kurzerhand gegen den Herzog ausgetauscht. *Sie versucht ihm zu schmeicheln. Gerissenes, kleines Biest.*

Anajas lauschte ihrem Lied einige Takte lang. Der warme Klang ihrer Stimme hielt ihn sofort in Bann. Whisper besaß die Stimme einer ausgebildeten Bardin, davon war er überzeugt. Abgesehen davon war ihr Verhalten alles andere als scheu oder zurückhaltend. Jeder Mensch, der sich überraschend im Mittelpunkt des Interesses – noch dazu vor dem Herzog – wiedergefunden hätte, wäre vermutlich ins Stottern geraten. Nicht so Whisper. *Sichtlich gibt es einen Punkt in ihrer Vergangenheit, den sie mir bisher verschwiegen hat.*

Anajas seufzte. Ihm war bewusst, dass sich Whisper so schnell nicht mehr der allgemeinen Aufmerksamkeit würde entziehen können. Bereits jetzt forderte der Herzog ein weiteres Lied.

Sein Blick wanderte zur Tür. Menschen kamen und gingen noch immer in einem steten Strom. Anajas riss sich von Whispers Gesang und ihrem Anblick los und zog sich langsam zurück. Er bahnte sich einen Weg zur Tür und verließ die große Halle. Gemächlich schlenderte er auf die Treppe zu. Mit sicheren Schritten stieg er die Stufen bis zum ersten Stock empor und folgte der Galerie, bis er den Gang erreichte, von dem Alanderiel erzählt hatte.

Am hinteren Ende der Galerie entdeckte er einen Wachmann, der ihm den Rücken zugewandt hatte. Rasch schlüpfte Anajas um die Ecke und trat in den Gang. *Die dritte Tür auf der rechten Seite.* Anajas verdrängte die Frage, ob Whispers Misstrauen womöglich berechtigt gewesen war. Bald würde er wissen, ob Alanderiel ihnen eine Falle gestellt hatte.

Er hastete den Gang entlang, vorbei an brennenden Fackeln, deren zuckendes Licht die Umgebung in etwas Lebendiges zu verwandeln schien. Anajas spürte, wie die Aufregung seinen Herzschlag beschleunigte. Er war es gewohnt, in den Kampf zu ziehen. Mann gegen Mann, bis einer unterlag. Klammheimlich irgendwo einzubrechen gehörte nicht zu den Dingen, die ihm vertraut waren. Das alles kam ihm irgendwie unwirklich vor.

Seine Hände tasteten nach der Steinwand. Den kühlen, rauen Stein zu fühlen vermittelte ihm ein beruhigendes Gefühl. Dennoch wünschte er sich sehnlichst sein Schwert bei sich zu haben.

Mit den Fingern an der Wand folgte er dem Gang, zählte die Türen ab. Immer wieder warf er einen Blick zurück, um sich davon zu überzeugen, dass die Wache von der Galerie nicht auf einmal vor dem Gang stand und ihn erblickte. Er rechnete jeden Augenblick damit, einen lauten Alarmschrei zu hören. Es blieb jedoch still.

Vor der dritten Tür hielt er inne und lauschte. Kein Laut drang durch das dicke Holz nach außen. Zu seiner Erleichterung gab es kein Schloss. Vorsichtig drückte er die Klinke herunter und ließ die Tür aufschwingen. Alles war ruhig.

Anajas schlüpfte in das Arbeitszimmer des Herzogs und schloss die Tür hastig hinter sich. Erst dann sah er sich um. Die Vorhänge waren zurückgezogen und ließen den schwachen Widerschein der unzähligen Feuer im Hof herein. Es war nicht hell, doch das Licht reichte Anajas aus um sich zu orientieren.

Wie ein schwarzer Schatten ragte der Schreibtisch des Herzogs aus der grauen Dunkelheit empor. Ein mächtiges schwarzes Skelett aus Holz, hinter dem ein gewaltiger Lehnstuhl lauerte. Der Stuhl war nicht verlassen. Anajas' Herz setzte für einen Schlag aus. Dann erkannte er, dass er lediglich eine Robe des Herzogs gesehen hatte, die achtlos über die Stuhllehne geworfen worden war. Langsam ließ er den Blick weiterwandern. Er sah die Umrisse von Schränken und Regalen, erkannte einen großen Tisch, um den herum zwölf Stühle gruppiert waren, und einen Beistelltisch, auf dem eine Karaffe und einige Weinkelche standen. Vorsichtig setzte er sich in Bewegung, näherte sich dem Schreibtisch. Weiche Teppiche dämpften das Geräusch seiner Schritte, nahmen es auf und würden es nie wieder freigeben. Jeder Laut, jedes noch so geringe Zucken von Licht ließ ihn zusammenfahren und erschrocken in der Bewegung innehalten. *Dafür bin ich wahrlich nicht geschaffen.*

Es erschien ihm wie eine Ewigkeit, als er endlich den Schreibtisch erreichte. Darum bemüht, nicht gegen den Tisch zu stoßen, umrundete er ihn und begann sich umzusehen. Unzählige Papiere stapelten sich darauf und begruben die hölzerne Oberfläche unter sich. Anajas machte sich daran, jedes einzelne Pergament hochzuheben und darunter zu sehen. Sorgfältig darauf bedacht, nichts durcheinander zu bringen, legte er die Schriftstücke anschließend wieder so hin, wie er sie vorgefunden hatte. Er nahm sich Zeit für seine Aufgabe. Weder der Herzog noch einer seiner Schreiber würden mitten in der Nacht hierher kommen, so hoffte er zumindest. *Der Herzog ist in der großen Halle und lauscht den Barden. Seine Schreiber sind entweder ebenfalls dort oder sie schlummern selig in ihren Betten.* Das redete er sich immer wieder ein.

Nachdem seine Suche auf dem Schreibtisch nichts ergeben hatte, begann er damit, die Schubladen zu öffnen und zu durchsuchen. Ohne Erfolg. Sein Blick schweifte gerade zu einem der Schränke, als er von der Tür her ein Geräusch vernahm. Etwas, das wie ein leises Kratzen klang. Anajas schreckte auf. Er fand nicht mehr die nötige Zeit, die letzte Schublade zu schließen. Hastig zog er sich hinter die Tür zurück, wo ihn die Schatten verschlangen und vor neugierigen Blicken verbergen würden. So hoffte er zumindest.

Anajas wartete ab. Das Herz schlug ihm bis zum Halse, sodass er glaubte, es müsse selbst auf dem Gang noch zu hören sein. Die Tür lag ebenso im Schatten wie sein Versteck. Er musste jedoch nicht sehen, wie die Klinke heruntergedrückt wurde. Er konnte es deutlich hören. *Ich hätte den verdammten Riegel vorlegen sollen.*

Fieberhaft dachte er darüber nach, was er jetzt tun

sollte. Er kam zu dem Schluss, dass ihm nichts anderes übrig blieb, als den nächtlichen Besucher niederzuschlagen und die Flucht zu ergreifen, ehe er wieder zu sich kommen konnte. Dann hatte er einen anderen Gedanken. Was, wenn der unliebsame Gast wusste, wo sich der Ring befand? Wenn es ihm gelang, ihn zum Reden zu bringen, war sein Problem gelöst. Er könnte ihn fesseln und knebeln, sich den Ring holen und Dungarvan-Hall auf dem schnellsten Wege verlassen.

Die Tür schwang auf. Jemand betrat das Arbeitszimmer. Anajas wartete ab, bis der Eindringling die Tür wieder hinter sich geschlossen hatte, ehe er aus seinem Versteck sprang und angriff. Er sah kaum mehr als einen dunklen Umriss, der sich undeutlich von der Dunkelheit abhob. Seine Hand schoss vor, suchte nach dem Mund des unbekannten Besuchers und fand ihn. Kein Schrei entrang sich der Kehle seines Opfers. Mit der anderen Hand umschlang er es von hinten. Anajas' Griff war so hart, dass der andere seine Arme nicht mehr bewegen konnte. Das galt nicht für seine Beine. Ein harter Tritt traf Anajas am Schienbein. Er unterdrückte einen Schmerzenslaut und konzentrierte sich darauf, seinem Opfer den Mund weiter zuzuhalten. Zähne gruben sich in seinen Zeigefinger, dennoch ließ er nicht los. Er wich einem weiteren Tritt aus, dabei lockerte er seinen Griff ein wenig. Sein Gegner fuhr herum und schlug blind nach ihm. Anajas duckte sich unter dem Hieb hinweg, holte aus und schlug ebenfalls zu. Er streifte sein Gegenüber mit der Faust. Das geriet ins Taumeln, hielt sich jedoch noch immer auf den Beinen. Anajas warf sich nach vorne dem Angreifer entgegen. Von seinem Schwung mitgerissen gingen beide zu Boden. Mit dem Gewicht seines Körpers nagelte er den anderen auf dem Boden fest. Seine Hände tasteten nach seinem Mund um zu verhindern, dass er um Hilfe schreien konnte. Zu spät. Doch es war kein Schrei, der sich dem Mund seines Opfers entrang.

»Anajas, hör auf! Willst du mich umbringen?« Es dauerte einen Augenblick, bis er das leise Raunen als Whispers Stimme erkannte.

Verblüfft starrte er auf den dunklen Schatten vor sich. »Whis?«, fragte er leise.

»Wen hast du erwartet?«

Bei allen Göttern, ich habe sie niedergeschlagen! Hastig erhob er sich und reichte ihr die Hand, um ihr auf die Beine zu helfen. Er führte sie aus den Schatten heraus an einen Ort, an dem er ihr Gesicht besser erkennen konnte, und musterte sie eingehend. »Bist du verletzt?«

»Nur mein Stolz.«

Anajas wollte etwas erwidern, doch sie legte ihm einen Finger auf die Lippen und brachte ihn zum Schweigen. »Lass uns den Ring suchen.« Sie wandte sich ab und trat an den Schreibtisch heran.

Anajas folgte ihr. »Den habe ich bereits durchsucht.«

»Geheimfächer?«

Geheimfächer? »So weit war ich noch nicht.« Natürlich würde Dungarvan den Ring nicht einfach in einer Schublade verwahren, wo jeder ihn in die Finger bekommen konnte. Anajas schalt sich insgeheim einen Idioten. Einmal mehr wurde ihm bewusst, warum er Whisper für diesen Auftrag angeheuert hatte. Sie verstand ihr Handwerk. *Im Gegensatz zu mir.*

Mit sicherem Griff begann sie damit, eine Schublade nach der anderen herauszuziehen. Geschickt glitten ihre Finger über Rückwände und Boden, tasteten jeden Zollbreit ab und suchten nach einem doppelten Boden oder einem Riegel. Als sie nicht fündig wurde, kroch sie unter den Schreibtisch und machte sich am Holz zu schaffen. Anajas hörte ein leises Scharren. Immer wieder glitten seine Blicke zwischen Whisper und der Tür hin und her.

Nach einer Weile kam ihr Gesicht wieder unter dem Tisch zum Vorschein. Langsam schüttelte sie den Kopf. »Nichts.« Sie sprang auf. Mit Anajas' Hilfe brachte sie die ausgehängten Schubladen an ihren Platz zurück und ging dann zu den Schränken hinüber. Der Reihe nach begann sie die Schränke auf dieselbe Art zu untersuchen, wie sie es mit dem Schreibtisch getan hatte.

Anajas wollte ihr helfen. Whisper hielt ihn am Arm zurück. »Weißt du, wonach du suchen musst?«

»Nicht direkt.«

»Dann warte einfach und rühr nichts an.«

Anajas war sich selten so nutzlos vorgekommen wie in diesen scheinbar endlosen Minuten, in denen er darauf wartete, dass sie ihre Arbeit vollendete. Immer wieder hoffte er einen Ruf zu hören, der ihm signalisierte, sie hat den Ring gefunden. Der Ruf blieb aus.

Whisper nahm sich viel Zeit. Sie untersuchte jede noch so kleine Ritze – ohne Erfolg. Schließlich blieb sie mitten im Raum stehen und ließ ihren Blick schweifen. Nach einer halben Ewigkeit schüttelte sie den Kopf. »Hier ist er nicht. Lass uns gehen.«

Anajas spürte seine Zuversicht schwinden. Es war ihnen gelungen, in das Arbeitszimmer des Herzogs vorzudringen, und dennoch hatten sie nichts ausrichten können. Whisper riss ihn aus seinen finsteren Gedanken. Sie packte ihn bei der Hand und zog ihn mit sich zur Tür. Vorsichtig öffnete sie die schwere Tür einen Spaltbreit und steckte den Kopf nach draußen.

»Niemand zu sehen.« Sie trat auf den Gang hinaus.

Anajas folgte ihr und schloss die Tür hinter sich. Er blieb dicht hinter Whisper, die langsam auf die Galerie zuging. Noch immer hielt sie seine Hand. *Was machen wir, wenn uns jetzt eine Wache überrascht?* Schnell verdrängte er die quälende Frage, doch sie fand wieder und wieder einen Weg in seinen Geist. Er dachte noch darüber nach, als sie die Galerie erreichten und die Treppe hinuntergingen, selbst als sie sich völlig unbehelligt unter das Volk gemischt hatten.

Whisper kehrte der großen Halle den Rücken und führte Anajas hinaus auf den Hof. Sie verließen den inneren Teil der Anlage durch den gemauerten Durchgang und fanden sich kurz darauf im äußeren Hof wieder.

Hier draußen dachten die Menschen noch lange nicht daran, sich zur Ruhe zu begeben. Um die Feuer herum wurde gelacht, getanzt, gesungen und getrunken. Der Geruch von Alkohol und Gebratenem lag schwer in der Luft.

Anajas nahm kaum etwas von dem Getümmel wahr, durch das sie sich bewegten. Er folgte Whisper wie in Trance, erfüllt von einem einzigen Gedanken, der sich vehement in sein Gehirn gebrannt hatte, seit sie das Haupthaus verlassen hatten. *Wie soll es uns jemals gelingen, den verdammten Ring zu finden?*

Whisper führte ihn zum Zelt zurück, schlug die Tierhäute zur Seite und trat gefolgt von Anajas ein. Gavin und Alanderiel saßen sich auf dem Boden gegenüber und waren lachend in ein Würfelspiel vertieft. Als Whisper und Anajas im Zelt standen, unterbrachen sie ihr Spiel und sahen auf. Deutlich war Anajas sich der neugierigen Blicke bewusst, mit denen die beiden sie bedachten.

Er nestelte an den Tierhäuten herum und verhängte

den Eingang sorgfältig, um den Lärm von draußen zumindest ein wenig zu dämpfen. Tatsächlich war ihm der Lärm gleichgültig. Er hörte ihn nicht einmal. Alles, was er wollte, war Zeit zu gewinnen. Es fiel ihm nicht leicht, sich einzugestehen, dass sie versagt hatten.

»Hattet ihr Erfolg?«, vernahm er Gavins Stimme.

Whisper seufzte vernehmlich. »Nein. Um ehrlich zu sein habe ich auch nicht damit gerechnet.«

Anajas fuhr herum. »Wie kannst du das sagen?«

Whisper betrachtete ihn völlig ungerührt. »Hast du wirklich geglaubt, dass er einen derart wertvollen Gegenstand in seinem Arbeitszimmer aufbewahrt?« Sie ließ ihm keine Gelegenheit, zu antworten, und sagte: »Sicher nicht.«

Anajas starrte sie aus zusammengekniffenen Augen an. »Warum hast du dann dort gesucht?«

Whisper erwiderte seinen Blick gelassen. »Zwei Gründe. Zum einen will ich keine Möglichkeit auslassen und zum anderen war heute Abend nicht der geeignete Zeitpunkt, um sich in seinen Privatgemächern umzusehen. Ich kann mir zwar nicht vorstellen, dass der Herzog dazu neigt, früh zu Bett zu gehen, dennoch war es nach meinem Intermezzo in der Halle bereits zu spät.«

Gavin und Alanderiel wechselten einen raschen Blick und nickten einander zu. Sie schienen deutlich zu spüren, dass Ärger in der Luft lag. Gleichzeitig erhoben sie sich und gingen zum Ausgang. Ehe Gavin das Zelt verließ, wandte er sich noch einmal um. »Vorhin war so ein riesiger Kerl hier und brachte deine Sachen.« Er deutete in eine Ecke des Zeltes, wo ihre Gitarre und Hasenfuß standen. Als weder Anajas noch Whisper auf seine Worte reagierten, folgte er Alanderiel nach draußen.

Noch immer starrten sich Whisper und Anajas an.

Whispers Blick war von unverhohlener Wut erfüllt, als sie erneut das Wort ergriff: »Würdest du mir jetzt verraten, was du in seinem Arbeitszimmer zu suchen hattest?«

»Nachdem du auf einmal vor dem Herzog standest, dachte ich nicht, dass es dir so rasch gelingen würde, zu verschwinden. Ich wollte keine Zeit verschwenden, deshalb beschloss ich mich in der Zwischenzeit selbst ein wenig umzusehen.«

»Was hast du dir dabei gedacht?«, fuhr sie ihn an.

Anajas spürte, wie sich sein eigener Zorn regte. »Was ich mir gedacht habe? Wir suchen nach dem verdammten Ring! Was glaubst du wohl, was ich gedacht habe?«

Er hatte ihr Temperament inzwischen so oft zu spüren bekommen, dass er fest davon überzeugt war, sie würde ihn anschreien. Sie schrie nicht. Ruhig sagte sie: »Du hast mich beinahe zu Tode erschreckt. Ich dachte wirklich, es ist aus, als du mich angegriffen hast.«

Sofort legte sich seine Wut wieder. »Das war nicht meine Absicht.«

»Verdammt, das weiß ich selbst.« Sie stieß einen tiefen Seufzer aus. »Ich bin auch nicht sonderlich erfreut, dass wir heute keinen Erfolg hatten. Das bedeutet aber nicht zwangsläufig, dass uns morgen auch kein Erfolg beschert sein wird.«

Anajas ließ sich auf den Stapel Kissen fallen. »Wie geht es jetzt weiter, große Meisterin?«

Ein Lächeln stahl sich in ihre Züge und ließ ihre Augen leuchten. »Morgen werde ich mit dem Herzog speisen. Mal sehen, was ich aus ihm herausbekommen kann.«

Anajas setzte sich ruckartig auf. »Du wirst was?«

»Mein Gesang hat ihn offensichtlich so bezaubert, dass mir einer seiner Diener im Anschluss eine Einladung überbrachte.« Whisper zog eine verknitterte Pergamentrolle aus dem Ärmel und hielt sie ihm vor die Nase. Anajas riss ihr die Nachricht förmlich aus der Hand, entrollte das Pergament und überflog es.

In der Tat, eine Einladung des Herzogs. Er begann zu lachen. »Du überraschst mich wirklich stets von neuem.« Schließlich fragte er: »Wieso hast du mich erkannt, als ich dich angriff? Es war stockfinster. Ich konnte dich nicht erkennen.«

»Wem sollte sonst daran gelegen sein, mich zum Schweigen zu bringen? Du hast ständig versucht mir den Mund zuzuhalten. Ein Mann des Herzogs hätte wahrscheinlich einfach nach den Wachen gebrüllt. Da lag die Vermutung nahe.«

Kopfschüttelnd betrachtete er sie. Nach einer Weile fragte er: »Wo hast du gelernt so zu singen und wer war dieser Kalva Bärentöter, Whisper?«

Whisper ließ sich neben Anajas auf den Kissen nieder. »Als ich zwölf war, begegnete ich einer Gauklertruppe. Ich musste die Stadt, in der ich mich gerade befand, auf dem schnellsten Wege verlassen. Es gab einige Unstimmigkeiten wegen ungeklärter Besitzverhältnisse bei einem Beutel Gold. Die Gaukler waren ebenfalls dabei, ihre Zelte abzubrechen. Der Zufall wollte es, dass sie noch jemanden suchten, der sich um die Tiere kümmerte. Ich schloss mich ihnen an mit dem festen Vorsatz, sie wieder zu verlassen, sobald die Stadtgrenzen ein Stück hinter uns lagen. Verborgen in einem der Wagen ließ ich die Stadt hinter mir. Der Anführer dieser Truppe war ein Barde und Kalva Bärentöter war sein bester Freund.«

»Du willst mir doch jetzt nicht erzählen, dass du binnen weniger Stunden das Handwerk des Barden gelernt hast.«

»Nein. Jarleton, der Barde, hat nie ein Wort mit mir gewechselt. Jedenfalls nicht in den ersten Wochen. Ich bin dort irgendwie hängen geblieben. Diese Menschen waren die ersten in meinem Leben, die nicht durch mich hindurchsahen. Für sie gehörte ich von Anfang an zur Truppe. Zuerst kümmerte ich mich um die Tiere. Jeden Tag nahm ich mir vor am nächsten Morgen zu gehen. Wer weiß, womöglich hätte ich es auch getan, wenn sich die Dinge nicht geändert hätten.« Whisper zuckte die Schultern.

»Jeden Abend sang Jarleton am Lagerfeuer seine Weisen. Und wenn ich die Pferde versorgte, vertrieb ich mir die Zeit mit Gesang. Da ich kaum andere Lieder kannte, sang ich die Lieder des Barden. Eines Tages wandte ich mich um und da stand er vor mir. Jarleton. Ich weiß nicht, wie lange er schon zugehört hatte, vermutlich eine ganze Weile.«

Sie sah Jarleton deutlich vor sich. Sein langes silbergraues Haar, die unzähligen Fältchen, die sich wie ein feines Netz um Augen und Mund herum bildeten, wenn er lächelte. Für einen Augenblick glaubte sie seine warme Stimme zu hören. »*Ich habe noch keinen Lehrling.* Das waren die ersten Worte, die er zu mir gesagt hat.«

»Du warst der Lehrling eines Barden?« Anajas wirkte ehrlich überrascht.

Whisper nickte. »Vier Jahre lang.«

»Was ist geschehen?«

»Das Leben nahm seinen Lauf. Jarleton war nicht mehr jung. Er wurde krank und starb. Für mich kam der Tag, an dem ich mich entscheiden musste. Wollte ich bei der Truppe bleiben oder meinen eigenen Weg gehen? Innerhalb der Truppe hatte sich nach Jarletons Tod vieles verändert. Er war es gewesen, der die Menschen zusammengehalten hatte, und plötzlich waren sie nur noch ein bunt zusammengewürfelter Haufen, der nichts anderes zu tun hatte als sich von morgens bis abends zu streiten.« Bei der Erinnerung verzog sie gequält das Gesicht. »Natürlich war es nicht ganz so drastisch, doch nach Jarletons Tod kam es mir so vor, als versuchte jeder nur für sich das Beste herauszuschlagen. In dieser Zeit begegnete ich Garian und verließ die Truppe. Den Rest kennst du.«

Anajas betrachtete sie noch immer kopfschüttelnd. »Sagte ich dir schon, dass du voller Überraschungen steckst?«

Whisper lächelte. »Schon oft. Man könnte geradezu den Eindruck gewinnen, dir gehen allmählich die Worte aus.«

Anajas wurde wieder ernst. »Irgendwelche Vorschläge, wie es weitergehen soll?«

Whisper nickte. »Ich werde dir die Möglichkeit geben, deine Fähigkeiten als Einbrecher ein wenig zu erweitern.«

»Bei allen Göttern, bitte erspare mir das! Ich dachte bereits heute Nacht mehrmals, mir würde das Herz stehen bleiben.«

»Die Einladung des Herzogs ist eine hervorragende Gelegenheit, näher an ihn heranzukommen. Unter normalen Umständen würde ich versuchen, so viel wie möglich über ihn in Erfahrung zu bringen und mir dieses Wissen anschließend zu Nutze machen.« Sie seufzte. »Diese Zeit haben wir aber nicht. Selbst wenn es mir gelingen sollte, etwas Wichtiges herauszufinden, kostet es mich einen ganzen Abend. Wertvolle Zeit, die wir nicht einfach ungenutzt verstreichen lassen können.«

»Wie ist dein Plan?«

»Da ich nicht die Einzige bin, die der Herzog eingeladen hat mit ihm zu speisen, wird das Essen in einem der Säle nahe der großen Halle stattfinden. Für die Dauer des Essens wird der Herzog in jedem Fall seinen Privatgemächern fernbleiben.« Es gefiel ihr nicht, worum sie Anajas jetzt bitten musste. *Es wäre meine Aufgabe, das zu tun, nicht seine. Er ist kein Dieb.*

Anajas ließ sie gar nicht erst zu Wort kommen. »Eine Zeit, die ich für einen Spaziergang durch die Festung nutzen kann. Ich wollte schon immer mal die privaten Gemächer eines Herzogs sehen.«

Whisper verzog das Gesicht. »Ich würde lieber einen Abend abwarten und mein Glück dann selbst versuchen, aber ...«

»Aber wir dürfen nicht vergessen, dass vermutlich bereits eine Nachricht unseres Spions unterwegs ist, die Dungarvan vor unseren Machenschaften warnen soll«, beendete er ihren Satz.

Whisper nickte. Sie hatte den nächtlichen Angriff nicht vergessen. Und der Gedanke, dass der Herzog jederzeit eine Warnung erhalten könnte, bereitete ihr mehr Kopfzerbrechen, als sie zuzugeben bereit war. »Was ist, wenn sie dich erwischen?«

Anajas zuckte die Schultern. »Er wird mich für einige Tage festhalten – lange genug um sicherzugehen, dass niemand mehr seine Krönung verhindern kann – und mich anschließend wieder freilassen.«

»Bist du sicher? Was, wenn du dich irrst?«

»Mach dir keine Sorgen, Whis. Er wird nicht wagen

mich länger festzuhalten. Er kann keinen Krieg riskieren.«

Whisper betrachtete ihn mit gerunzelter Stirn. Anajas war kein begnadeter Lügner. Sie konnte ihm deutlich ansehen, dass er von seinen eigenen Worten längst nicht so überzeugt war, wie er vorgab. *Wenn Dungarvan erst König ist, hat er Drachmons Armeen nicht mehr zu fürchten.* Womöglich konnte er Anajas für immer in den Tiefen seines Kerkers verschwinden lassen, ohne dass es für ihn Konsequenzen nach sich zog. Allein eine Forderung nach Anajas' Auslieferung käme dem Eingeständnis gleich, dass Drachmon seinen Bruder geschickt hatte den Ring zu stehlen. *Würde Drachmon seinen Bruder im Stich lassen?* Whisper glaubte nicht daran. Und doch – vielleicht blieb ihm gar keine andere Wahl.

Sie unterließ es aber, Anajas darauf aufmerksam zu machen. Sein Gesicht zeigte ihr, dass er sich der Gefahr deutlich bewusst war. Stattdessen fragte sie: »Wie geht es weiter, wenn wir den Ring haben. Ich meine, dieser Tag der Verkündung. Der verdammte Ring könnte doch zu diesem Zeitpunkt an jedem Ort Dalláns sein. Wie will man ausgerechnet an diesem Tag herausfinden, wer der neue König ist?«

»Der Träger des Rings hat sich am Tage der Verkündung im Heiligen Hain der Könige einzufinden.«

»Der Heilige Hain?«

Anajas nickte. »Auch wenn viele Menschen Dalláns längst zu den neuen Göttern beten, manche Traditionen sind tief verwurzelt. Der Heilige Hain ist die Grabstätte der Könige Dalláns. Dort hat auch mein Vater seine letzte Ruhe gefunden.«

Zum ersten Mal wurde ihr wirklich bewusst, dass Anajas nicht nur seinen König, sondern zugleich seinen Vater verloren hatte. Nachdenklich kaute sie auf ihrer Unterlippe, unterbrach ihn jedoch nicht.

»Es ist ein Priester, der dem König die Krone aufs Haupt setzt, aber im Heiligen Hain erwartet ihn der oberste Druide, ganz wie es die Tradition verlangt.«

»Wo ist dieser Hain?«

»Vor den Toren Cor Amánthors.«

Im Stillen rechnete sie nach. Vor drei Tagen hatten sie Cor Amánthor verlassen. Wenn sie den Ring hatten, benötigten sie einen Tag um zum Heiligen Hain zu gelangen. *Wir werden den Ring frühestens morgen Abend in die Finger bekommen.* Dann blieben ihnen noch zwei Tage ihn zu Prinz Drachmon zu bringen. Sollte ihnen allerdings morgen Abend ebenfalls kein Glück beschert sein, würde die Zeit knapp werden. Sie stieß einen tiefen Seufzer aus.

Anajas schien ihre Gedanken erraten zu haben. Er griff nach ihrer Hand und drückte sie aufmunternd. »Wir schaffen das schon.«

Es ist seine Zukunft, die von unserem Erfolg abhängt. Er ist es, der eine Aufmunterung nötig hätte. Stattdessen tröstet er mich. Beinahe hätte sie verwundert den Kopf geschüttelt. Für sie stand eine Menge Gold auf dem Spiel, doch ihr Leben würde sich nicht drastisch ändern, falls es ihnen nicht gelingen sollte, den Ring in die Hände zu bekommen.

Den größten Teil des nächsten Tages verbrachten Whisper und Anajas mit Lehrstunden. Anajas erklärte ihr ausführlich, wie sie sich in Gegenwart des Herzogs zu benehmen hatte. Whisper konnte selbst kaum glauben, dass sie sich von einem Prinzen in die Geheimnisse höfischer Umgangsformen einweihen ließ. Sie musste sich jedoch bald eingestehen, dass sie ausgesprochen wenig Ahnung gehabt hatte, wie viele Dinge in Anwesenheit eines Adligen zu beachten waren. Anajas unterwies sie darin, welches Besteck sie wofür zu verwenden hatte, wann sie sich erheben, verneigen oder besser schweigen sollte. Er brachte ihr bei, wie sie den Herzog anzusprechen und wie ein perfekter Knicks auszusehen hatte.

Es bereitete Anajas sichtlich Freude, sie von morgens bis abends umherzuscheuchen, ihr Kommandos zuzurufen und Fragen zu stellen. Am meisten schien er es zu genießen, sie einen Hofknicks nach dem anderen machen zu lassen.

Er thronte gemütlich auf einem Stapel Kissen, rieb sich immer wieder mit der Hand über das Kinn und schüttelte den Kopf. »Nein, das ist es noch nicht. Du musst den Oberkörper weiter nach vorne beugen. Rücken gerade. Das linke Bein ein Stück nach vorne. Und jetzt in die Knie gehen. Vergiss nicht die Arme auszustrecken.«

Whisper gab auf. »Das reicht. Ich glaube nicht, dass ich mehr als ein- oder zweimal knicksen muss. Abgesehen davon werde ich das Gefühl nicht los, dass ich gar nicht so schlecht bin, wie du tust. Dir bereitet es nur Spaß, mich zu quälen.« Anajas' Grinsen machte jede Antwort überflüssig. »Es ist ohnehin an der Zeit, aufzubrechen.«

Anajas sprang auf. »Dann lass uns gehen.«

Sie schüttelte den Kopf. »Es ist besser, wenn wir nicht zusammen gesehen werden. Gib mir einen Vorsprung, ehe du dich auf den Weg machst.«

»Wieder einmal hast du Recht.« Mit einem scheinbar unbekümmerten Lächeln sagte er: »Wünsch mir Glück, Sonnenschein.«

»Viel Glück.« *Du wirst es brauchen.*

Ohne ein weiteres Wort griff sie nach ihrer Gitarre und verließ das Zelt. Wenig später fand sie sich am Eingang der großen Halle wieder. Die Halle des Herzogs war ebenso überfüllt wie am Abend zuvor, doch vom Herzog war – wie sie erwartet hatte – nichts zu entdecken.

Whisper achtete nicht weiter auf das Gedränge, das sie umgab. Sie hielt geradewegs auf einen der Diener zu, der neben der Tür stand.

»Der Herzog erwartet mich.« Whisper hielt ihm die Einladung entgegen.

»Folgt mir, Mylady«, sagte er, nachdem er das Papier überflogen hatte. Er machte kehrt und führte Whisper zurück in die große Eingangshalle.

Überrascht ging Whisper hinter ihm her. Sie hatte erwartet, dass er sie in einen der Speisesäle im Erdgeschoss geleiten würde. Stattdessen führte er sie die Treppe empor, hinauf ins erste Geschoss. Sie folgte dem Diener mit einem halben Schritt Abstand über die Galerie. Er bog in den Gang ein, in dem das Arbeitszimmer des Herzogs lag, und führte sie in ein Treppenhaus am Ende des Ganges. Sie passierten eine Wache, die dort postiert war, und stiegen die Treppe nach oben.

Whisper erinnerte sich deutlich an Alanderiels Worte. *Die Treppe am Ende des Ganges führt zu den Privatgemächern des Herzogs.*

Die ausgetretenen Steinstufen wanden sich steil nach oben. In regelmäßigen Abständen hingen Fackeln in metallenen Halterungen an den Wänden und hüllten das Treppenhaus in zuckendes orangerotes Licht.

Sie erreichten einen kurzen Flur, der auf der gegenüberliegenden Seite vor einem Fenster endete. Antike Teppiche von großer handwerklicher Kunst zierten die

Wände des Ganges. Sie zeigten unzählige Kriegsszenen, uralte Mahnmale längst vergangener Schlachten. Vor einer massiven Eichentür hielt der Diener inne. In Nischen rechts und links davon standen alte, blank polierte Vollrüstungen. Der Diener klopfte kurz an. Aus dem dahinter liegenden Gemach erklang die Aufforderung, einzutreten. Der Diener öffnete die Tür. Er kündigte die Bardin Leonie Silberzunge an und trat zur Seite um Whisper einzulassen.

Whisper dachte voller Schrecken an Anajas. *Was, wenn er nicht bemerkt, dass die Gemächer nicht verlassen sind? Er wird direkt in die Falle tappen.* Das musste sie verhindern.

Ehe sie den Salon des Herzogs betrat, stellte sie ihre Gitarre unbemerkt in die Nische neben der Tür. Sie konnte nur hoffen, dass Anajas die Warnung bemerkte. Mit einem zuckersüßen Lächeln auf den Lippen trat sie vor den Herzog und begrüßte ihn mit einem gekonnten Knicks.

Der Herzog erhob sich und kam ihr entgegen. »Es freut mich, dass du meiner Einladung gefolgt bist.«

Whisper schielte an ihm vorbei und blickte ihm über die Schulter. Auf dem Tisch waren nur zwei Gedecke aufgelegt. Sie fluchte stumm in sich hinein. »Wie könnte ich eine derart großzügige Einladung ausschlagen, Euer Gnaden.«

Dungarvan nahm ihren Arm und führte sie zur Tafel. Galant rückte er ihr den gepolsterten Lehnstuhl zurecht, ehe er ihr gegenüber Platz nahm. Ein Diener erschien und trug die Speisen auf. Wildpastete, Huhn, Fasan, frisches Brot, Käse und Gemüse. Ein weiterer Diener brachte den Wein. Whisper nutzte die Zeit sich umzusehen. In einem gemauerten Kamin brannte ein Feuer. Abgesehen von der langen Tafel, einigen Stühlen und einer großen Anrichte war der Raum nicht weiter möbliert. Dies war das Speisezimmer des Herzogs. *Er wird den Ring wohl kaum hier aufbewahren. Zwischen Kerzenleuchtern und Silberbesteck.*

Auf ein Zeichen des Herzogs hin verneigten sich die Diener und verließen den Raum.

»Du hast eine bemerkenswerte Stimme«, begann der Herzog das Gespräch und riss sie aus ihren Gedanken.

Whisper senkte das Haupt. »Vielen Dank, Euer Gnaden.«

Er schob sich ein Stück Fasan in den Mund.

Whisper war es noch immer nicht vollständig gelungen, ihre Überraschung zu überwinden. Sie saß da, die Hände im Schoß gefaltet und gab sich alle Mühe, den Herzog nicht ununterbrochen anzustarren. *Warum lädt er mich in seine Privatgemächer?*

Dungarvan spülte seinen Bissen mit einem kräftigen Schluck Wein hinunter. Während er erneut die Gabel in ein Stück Fleisch stieß, blickte er zu Whisper hinüber. »Du isst ja gar nichts. Schmeckt es dir nicht?«

Die Frage des Herzogs löste ihre Erstarrung. »Doch, natürlich. Wenngleich ich zugeben muss, dass die Fülle an Speisen mir die Auswahl erschwert.« Sie griff nach ihrer Gabel und machte sich daran, ein Stück Pastete zu zerteilen.

Der Herzog lachte und aß weiter. »Ich vergesse immer wieder, dass ihr einfachen Leute es nicht gewohnt seid, vor einem derart reichlich gefüllten Teller zu sitzen.« Whisper nickte. Es war ihr gleichgültig, was der Herzog dachte. Dungarvan fuhr fort: »Für dich könnte die Zeit des Hungerns jedoch bald ein Ende haben, Leonie Silberzunge.«

Whisper aß von der Pastete, ohne etwas von dem köstlichen Geschmack wahrzunehmen. »Was wollt Ihr damit sagen, Euer Gnaden?«

»Du bist hübsch anzusehen und du hast eine faszinierende Stimme.« Mit einem Stück Brot tunkte er die dicke Soße von seinem Teller auf und steckte es sich in den Mund. »Dieses ganze Gauklerfest hat nur einen Sinn«, sagte er kauend. »Ich bin auf der Suche nach einem neuen Barden für meinen Haushalt.«

Whisper ließ die Gabel sinken. »Und Ihr denkt dabei an mich?«

»Sagen wir, ich konnte nicht umhin zu bemerken, dass du über ein gewisses Talent verfügst.« Er schob seinen leeren Teller von sich und sah sie an. »Ich habe noch nicht viel von dir zu hören bekommen. Zu wenig um eine Entscheidung zu treffen. Womöglich gelingt es dir heute Abend, mich von deinen Qualitäten zu überzeugen.« Er lächelte und sein Lächeln hatte plötzlich etwas Schmieriges.

»Das ist eine große Ehre, Euer Gnaden. Ich weiß allerdings nicht, ob ich die Richtige für Euch bin.«

»Ich fürchte, diese Entscheidung wirst du schon mir überlassen müssen, mein Kind.« Er erhob sich und trat zu ihr. »Du musst wissen, ich bin ein Mann von großer Macht. Größerer Macht, als es im Augenblick für dich aussehen mag.« Er nahm ihr das Besteck aus der Hand und ließ es auf ihren Teller fallen. Mit einer Hand strich er ihr über die Wange. Whisper hatte Mühe, nicht zurückzuzucken.

»Komm.« Dungarvan reichte ihr den Arm und führte sie durch eine Verbindungstür in ein Nebenzimmer. Dicke Teppiche dämpften jeden Schritt. Auch hier brannte bereits ein Feuer im Kamin. Auf dem Sims darüber standen vier steinerne Figuren, nicht höher als ein Unterarm lang war. Abbilder von Kriegern.

Dungarvan hatte ihren Blick bemerkt. »Das sind die Statuen meiner Ahnen. Eines Tages werden sie in Lebensgröße meine Halle zieren.«

Ohne Zweifel die Halle des königlichen Palastes in Cor Amânthor. Er geleitete sie zu einer großen Sitzecke, die sich vor dem Fenster befand, und bedeutete ihr Platz zu nehmen. Whisper setzte sich und ließ ihren Blick weiterschweifen. An der gegenüberliegenden Wand stand ein Sekretär, auf dem sich unzählige Papiere türmten. Darüber hingen zwei gekreuzte Zierschwerter, rechts und links flankiert von Bannern mit Dungarvans Wappen. Ein Stück weiter links durchbrach eine weitere Tür das triste Grau der Wand. Dickes dunkelbraunes Holz mit kunstvoll geschmiedeten, eisernen Beschlägen versehen.

Dungarvan war gerade im Begriff, einen Platz ihr gegenüber einzunehmen, als ein Diener kurz anklopfte und seinen Kopf in den Salon steckte. »Euer Gnaden, Poryas ist da.«

Der Herzog erhob sich und blickte zu Whisper. »Entschuldige mich.« Ohne ein weiteres Wort verließ er den Salon und kehrte ins Speisezimmer zurück. Der Diener verneigte sich knapp in ihre Richtung und verließ ebenfalls den Raum. Die Tür war nur angelehnt. Whisper blieb allein zurück.

Wenn das nicht die Gelegenheit ist, auf die ich gewartet habe. Whisper erhob sich langsam, durchquerte den Salon und trat hinter den Sekretär. Sie nahm sich einen Augenblick Zeit, um zu lauschen. Dumpfes Gemurmel drang von draußen an ihr Ohr. Eine unbekannte Stimme. Das musste derjenige sein, den der Diener Poryas genannt hatte. Sie verstand die Worte nicht, dazu waren sie zu leise. Whisper achtete nicht weiter darauf. Alles, was für sie zählte, war, dass Dungarvan nicht auf einmal zurückkehrte und sie bei ihrem Tun überraschte. Sie lenkte ihre Aufmerksamkeit auf den Sekretär. Das kleine Tischchen hatte keine Schubladen und keine Fächer. Immer wieder glitt ihr Blick zur Tür, während sie hastig ein Schriftstück nach dem anderen anhob. Nichts. Geschickt glitten ihre Finger an der unteren Seite der Tischplatte entlang und tasteten das Holz ab. Ohne Erfolg. Sie warf einen Blick auf die Banner, die vor ihr an der Wand hingen. Vorsichtig streckte sie die Finger danach aus und untersuchte die Wand dahinter. Ihre Hoffnungen auf ein geheimes Fach in der Wand wurden enttäuscht. Hinter Dungarvans Bannern fand sie nichts weiter als kalten grauen Stein. Mit einem vorsichtigen Blick zur Tür setzte sie sich erneut in Bewegung. Der Herzog konnte jeden Augenblick zurückkehren. Abgesehen von den Figuren auf dem Kamin und der Sitzecke war in diesem Raum nichts mehr Interessantes. *Nichts, wo sich der Ring verstecken ließe.* Da sie nicht davon ausging, dass der Herzog das wertvolle Schmuckstück in die Polster hatte einnähen lassen, hielt sie sich nicht weiter mit der Sitzgarnitur auf.

»Du bekommst das Kästchen noch heute Nacht«, hörte sie Dungarvan mit gedämpfter Stimme sagen. »Natürlich wirst du auch das Gold erhalten, das ich dir für deinen Tempel versprochen habe.«

Die Antwort des anderen konnte sie nicht verstehen. Beruhigt angesichts der Tatsache, dass der Herzog noch immer in das Gespräch vertieft war, sah sie sich weiter um. Ihre Augen blieben an der zweiten Tür im Salon hängen. Whisper hätte bereitwillig ihre gesamte Habe darauf verwettet, dass dahinter die Schlafgemächer des Herzogs lagen. *Womöglich bewahrt er den Ring dort auf.* Sie unterdrückte einen Fluch, als ihr bewusst wurde, dass sie nicht einfach dort hineinspazieren und sich umsehen konnte. Nicht solange Dungarvan in der Nähe war.

Vor dem Kamin blieb sie schließlich stehen und betrachtete die kleinen Steinfiguren nachdenklich. Ihre Finger glitten über den Kaminsims. Eine raue Stelle in der ansonsten glatten Steinoberfläche des Simses erregte ihre Aufmerksamkeit. Zunächst konnte sie nichts weiter erkennen. Erst als sie ihre Position leicht veränderte, entdeckte sie neben einer der Figuren eine Reihe feiner Kratzer auf der Oberfläche. *Im Gegensatz zu den anderen wurde diese Figur bewegt.* Ein leises Lächeln stahl sich in ihre Züge. *Ich will nicht mehr Whisper heißen, wenn sich durch diese Figur nicht ein geheimer Mechanismus öffnen lässt.* Whisper warf einen nervösen Blick in Richtung Tür. Die Unterhaltung des Herzogs dauerte noch immer an. *Schon viel zu lange. Er kann jeden Augenblick zurückkehren.* Ungeachtet der Gefahr streckte sie die Hand nach der kleinen Statue aus. Sie brauchte einige Versuche, bis sich die Figur bewegen ließ, dann jedoch folgte sie dem Muster im Sims und glitt nahezu von selbst zur Seite. Whisper hörte ein leises, kaum vernehmbares Scharren aus dem Inneren des Kamins. *Ein Geheimfach.* Ihr Herz tat einen freudigen Sprung. Darin musste sich der Ring befinden. Es konnte gar nicht anders sein. Endlich war sie am Ziel. Alles, was sie jetzt noch benötigte, war ein wenig Zeit. Zeit, um das Fach zu finden und den Ring an sich zu nehmen. *Ihr Götter, seid mir gnädig.*

Die Götter erhörten sie nicht. In dem Augenblick, als

sie sich in den Kamin beugen wollte, bemerkte sie, wie still es auf einmal geworden war. Das Gespräch im Speisezimmer war verstummt. Whisper richtete sich kerzengerade auf und griff nach der kleinen Statue. Sie hörte, wie der Herzog den Salon betrat. Mit einer hastigen Bewegung schob sie die Figur die wenigen Zentimeter zurück und wandte sich um. Um ein Haar wäre sie erstarrt, als sie sich dem Herzog gegenübersah. Die dicken Teppiche hatten seine Schritte so sehr gedämpft, dass sie nicht gehört hatte, wie er hinter sie getreten war. Es gelang ihr nur mühsam, ihren Schrecken zu überspielen.

»Wirklich wunderschöne Kunstwerke«, presste sie hervor. Das Herz schlug ihr bis zum Hals. »Ausgesprochen schöne Kunstwerke.« Getrieben von dem Verlangen, ein wenig Abstand zu ihm zu gewinnen, wanderte sie betont gemächlich ein Stück in Richtung des Sekretärs. Bemüht die Unterhaltung weiter zu führen, fuhr sie fort: »Ebenso schön wie Euer Banner. Ihr scheint mir ein Mann zu sein, der ausgesprochen viel Wert auf die schönen Dinge des Lebens legt.«

Dungarvan folgte ihr schweigend. Langsam, beinahe bedächtig schritt er neben ihr her. »Während Ihr fort wart, Euer Gnaden, hatte ich Zeit, ein wenig über Eure Worte nachzudenken. Womöglich war meine ablehnende Haltung übereilt. Ich könnte mir kaum etwas Schöneres vorstellen, als die Mauern von Dungarvan-Hall mit den Klängen meiner Musik zu erfüllen.« Wenige Schritte vom Sekretär entfernt hielt sie inne und wandte sich dem Herzog zu. »Es wäre mir eine große Ehre, wenn Eure Wahl auf mich fiele, Herr.« Sie zwang sich zu einem Lächeln.

Dungarvan blieb ebenfalls stehen. Mit versteinerter Miene sah er sie an. Sein bloßer Anblick genügte, um

Fluchtgedanken in Whisper zu wecken. *Noch ist nichts geschehen. Wenn ich jetzt die Flucht ergreife, mache ich mich nur verdächtig.*

Dungarvan blickte sie lange Zeit an ohne ein Wort zu sagen. Die Stille war so beklemmend, dass sie Whisper in den Ohren zu dröhnen schien. Nie zuvor war Schweigen derart laut gewesen. Beinahe wünschte sie sich den Trommler zurück. *Irgendein Geräusch.* Alles war besser als diese bedrückende Stille. Whisper widerstand dem zunehmenden Drang, die Flucht zu ergreifen, und erwiderte den Blick des Herzogs stattdessen mit einem Lächeln.

Schließlich, als sie schon glaubte die Stille nicht länger ertragen zu können, sagte er: »Ich weiß, wonach du suchst.«

»Wohlstand, Glück und ewige Liebe. Suchen wir das nicht alle?«

»Versuch nicht mich für dumm zu verkaufen! Du willst den Ring!«

Whisper entschied, dass jetzt der Zeitpunkt gekommen war, zu fliehen. Dungarvan vertrat ihr jedoch den direkten Weg zur Tür. Sie setzte zu einem Sprung nach rechts an, und als er ihrer Bewegung folgte, sprang sie nach links. Der Herzog jedoch war schneller, als sie angenommen hatte. Sie hatte nicht ausreichend Abstand, um an ihm vorbeizukommen. Whisper schlug einen Haken, der sie hinter den Sekretär brachte. Dungarvan war ihr dicht auf den Fersen. In dem Augenblick, als er den Sekretär erreichte, machte sie auf dem Absatz kehrt und lief in die Richtung zurück, aus der sie soeben gekommen war. Ein metallenes Schaben erfüllte die Luft. Whisper musste sich nicht umsehen um zu wissen, dass er eines der Zierschwerter ergriffen hatte. Sie erreichte die

Tür, riss sie auf und stürzte ins Speisezimmer. Das Klappern ihrer Absätze erweckte den kahlen Raum zum Leben. Eilends umrundete sie den Esstisch und rannte auf die Tür zu. Dungarvan holte mit jedem Schritt auf. Whisper war jetzt bei der Tür, die auf den Gang hinausführte. Sie sah sich um. Dungarvan hatte sie fast erreicht. Ihre Finger tasteten nach dem Türgriff und verfehlten ihn. Hastig wandte sie den Blick von Dungarvan ab und lenkte ihre Aufmerksamkeit nach vorne. Sie packte den Griff und riss die Tür auf.

Dungarvan bekam sie am Genick zu fassen. Mit einem heftigen Ruck zerrte er sie in den Raum zurück und warf sie herum. Whisper glaubte ihr Genick müsse brechen. Sie stieß einen lauten Schmerzensschrei aus und prallte mit dem Rücken gegen eine Anrichte. Weinkelche stießen klappernd gegeneinander, einige kippten um. Die Karaffe fiel zu Boden und gab den Rotwein frei, der sich über den Steinboden ergoss, dunkelrot wie Blut.

Bemüht darum, Dungarvan zu entgehen, wich Whisper zur Seite aus, den Blick auf die offene Tür geheftet. Dungarvan trat vor sie und versperrte ihr jeden Fluchtweg. Er holte aus und schlug ihr mit dem Handrücken so hart ins Gesicht, dass ihr schwarz vor Augen wurde. Der Schlag riss sie von den Beinen. Vergeblich versuchte sie den Sturz abzufangen. Sie kam mit dem Rücken auf dem Steinboden auf. Dumpfer Schmerz breitete sich in ihr aus. Als sich ihre Sicht wieder klärte, stand Dungarvan über ihr, die Spitze seines Schwertes auf ihre Kehle gerichtet. *Er wird mich umbringen.* Whisper fühlte sich benommen. Es fiel ihr nicht leicht, einen klaren Gedanken zu fassen.

Überdeutlich war sie sich der Tatsache bewusst, dass ihr Leben an einem seidenen Faden hing. *Ich muss etwas sagen, um ihn daran zu hindern, mich sofort umzubringen.* »Wenn der Preis stimmt, werde ich dafür sorgen, dass niemand mehr versucht den Ring an sich zu bringen.«

Sie spürte den kalten Stahl des Schwertes an ihrer Kehle, als er den Druck der Klinge ein wenig verstärkte. »Warum soll ich dir Gold geben, wenn ich dich mühelos töten kann?«

Whisper wusste, dass sie sich auf dünnem Eis bewegte. Ihr blieb jedoch keine andere Wahl. Sie beherrschte dieses Spiel. Sie hatte es schon unzählige Male gespielt, wenngleich es nie zuvor wirklich um ihr Leben gegangen war. Mühsam drängte sie ihre Angst zurück. Sie zwang sich ruhig zu bleiben. »Wenn Ihr mich jetzt tötet, bringt Euch das keinen Schritt weiter. Glaubt Ihr im Ernst, dass ich allein hier bin?« Sie schüttelte den Kopf, soweit sie es mit der Klinge an ihrer Kehle wagte. »Ich habe noch andere Verbündete. Menschen, die nicht mit mir ankamen. Sie alle wollen den Ring. Ihr wisst nicht, wer sie sind, und Euch bleibt keine Zeit, es herauszufinden. Mein Tod löst Eure Probleme nicht. Gold hingegen schon.« Schweiß sammelte sich in ihrem Nacken. Der bittere Geschmack von Angst breitete sich auf ihrer Zunge aus. *Zeige dem Raubtier niemals deine Angst, sonst verschlingt es dich.* Das hatte Kalva Bärentöter stets zu sagen gepflegt, wenn sie sich zu den wilden Tieren in den Käfig gewagt hatte. Dungarvan war nichts anderes. Ein Raubtier. »Ihr könnt mich nicht einfach töten. Ich bin Eure wichtigste Verbündete!«

»Nenne mir deinen Preis.«

»Vierzigtausend.« Sie sah, wie sich Dungarvans Miene vor Wut verzerrte. Erneut verstärkte sich der Druck der Klinge. Sie spürte, wie er die Haut an ihrer Kehle ritzte.

Ein dünner Strom warmen Blutes rann ihren Hals entlang. Dennoch korrigierte sie die Summe nicht. Setzte sie den Preis zu niedrig an, würde er ihr niemals glauben, dass sie die Macht hatte, ihm zu helfen. »Die Hälfte des Goldes sofort, den Rest nach der Krönung. Dann werde ich dafür sorgen, dass diese Menschen aufhören nach dem Ring zu suchen.«

Seine Miene entspannte sich ein wenig. »Ach, und wie willst du das anstellen?«

»Ich werde behaupten den Ring zu haben und Dungarvan-Hall verlassen, um ihn zu seinem Bestimmungsort zu bringen. Niemand wird mein Wort anzweifeln.«

»Sie werden den Ring sehen wollen«, gab der Herzog zu bedenken.

»Ich werde ihnen lediglich eine Nachricht zukommen lassen und vorgeben bereits unterwegs zu sein.« Whisper sah ihm in die Augen. »Wenn Ihr mich tötet, habt Ihr es mit einem unbekannten Gegner zu tun. Im Augenblick könnte Euch kaum etwas Schlimmeres passieren«, rief sie ihm ins Gedächtnis.

Dungarvan blickte sie schweigend an. *Er denkt darüber nach. Ich habe ihn beinahe am Haken.* Immer noch ragte er über ihr auf, das Schwert auf sie gerichtet, bereit jederzeit zuzustoßen. Whisper konnte ihr Zittern kaum mehr unterdrücken. Ihr war eiskalt. Gleichzeitig glaubte sie vor Hitze zu zerfließen. Niemals zuvor hatte sie derartige Angst verspürt.

Die Zeit schien endlos langsam zu verstreichen. Schließlich nahm er die Klinge zurück. Dungarvan packte sie am Arm und zerrte sie auf die Beine. Er gab ihren Arm nicht frei. Stattdessen verstärkte er seinen Griff und zog sie ganz nahe an sich heran. Seine Nase berührte beinahe die ihre, als er sagte: »Also gut. Vierzigtausend. Die Hälfte bekommst du morgen und den Rest, sobald ich König bin.« Noch einmal verstärkte er seinen Griff. Seine Finger bohrten sich schmerzhaft in Whispers Arm. »Und glaube ja nicht, du könntest mich reinlegen. Wenn du das versuchst, werde ich dich eigenhändig töten.« Mit einem Ruck gab er sie frei.

Whisper wartete nicht darauf, dass er sie aufforderte zu gehen. Sie wandte sich um und verließ die Gemächer des Herzogs ohne ein weiteres Wort. *Ich darf jetzt nicht rennen.* Sie zwang sich dazu, langsam einen Fuß vor den anderen zu setzen. Mit erhobenem Haupt ließ sie Dungarvan hinter sich. Whisper nahm kaum etwas von ihrer Umgebung wahr. Die Steinwände des Treppenhauses erschienen ihr wie undurchdringlicher Nebel, kalt und grau. Gemessenen Schrittes erreichte sie schließlich die Eingangshalle. Kaum hatte sie die Wachen an der Tür hinter sich gelassen, begann sie zu rennen. Es war lächerlich, denn im Augenblick befand sie sich nicht in Gefahr. Dennoch wollte sie so viel Abstand wie möglich zwischen sich und Dungarvan bringen. Mit gerafften Röcken rannte sie über den inneren Hof, durch den Durchgang und hinaus in den belebten äußeren Hof. Sie achtete nicht auf die Blicke der Menschen, die ihr hinterherstarrten. Whisper rannte und rannte, bis ihre Lungen brannten und sie das Gefühl hatte, ihr Herz würde in der Brust zerspringen. Immer wieder war sie gezwungen wilde Haken zu schlagen, um den Menschen auszuweichen, die überall im Weg zu stehen schienen. Mehr als einmal prallte sie mit jemandem zusammen. Sie ignorierte die wütenden Rufe und rannte weiter. Völlig außer Atem erreichte sie das Zelt. Sie riss die Haut am Eingang zur Seite und stürmte ins Innere.

Sie hatte gehofft allein zu sein. Sie benötigte dringend

Zeit, um sich wieder unter Kontrolle zu bekommen. Ihre Hoffnungen wurden jedoch an diesem Abend einmal mehr enttäuscht. Gavin und Anajas saßen auf den Kissen und blickten ihr entgegen.

»Was ist mit dir?«, fragte Gavin.

Whisper konnte sich ungefähr vorstellen, welchen Anblick sie bot. Jetzt, nachdem die Gefahr hinter ihr lag, begannen ihre Knie unkontrolliert zu zittern. Während sie noch darüber nachdachte, wo sie beginnen sollte, ließ sie sich auf ein Kissen fallen, ehe ihre Beine vollends unter ihr nachgeben konnten. »Ich …«

Anajas ließ ihr keine Zeit für Erklärungen. »Du machst es deinem Leibwächter nicht leicht, dich im Auge zu behalten, wenn du nie dort bist, wo man dich erwartet, zum Beispiel im Speisesaal bei den Gästen des Herzogs.«

Whisper war nicht in der Stimmung für Anajas' Scherze. Es war nicht seine Aufgabe, auf sie zu achten. *Er hätte stattdessen Dungarvans Privatgemächer durchsuchen sollen.* Sichtlich hatte er das nicht getan, andernfalls hätte er gewusst, wo sie gewesen war. Whisper schloss für einen Augenblick erleichtert die Augen. So war er zumindest nicht Gefahr gelaufen, auf den Herzog zu stoßen. »Bestehst du aus Sorge um mich darauf, mein Leibwächter zu sein, oder misstraust du mir?«

»Womöglich beides. Wer sagt mir, dass du den Ring nicht an den Meistbietenden verhökerst?«

»Niemand. Für nichts im Leben gibt es eine Garantie. Du wirst wohl abwarten müssen, ob mein Wort etwas wert ist«, erwiderte sie schärfer als beabsichtigt. Ihre Antwort war wie von selbst gekommen, ohne dass sie die Bedeutung von Anajas' Worten oder seine ernste Miene auch nur im Entferntesten wahrgenommen hätte. Sie empfand seine Scherze im Augenblick mehr als nur unpassend.

Anajas' Reaktion auf ihren scharfen Ton kam völlig überraschend. Plötzlich sprang er auf und verließ das Zelt grußlos.

Whisper vergrub das Gesicht in den Händen und schloss die Augen. Sie wusste nicht, was in Anajas gefahren war, und es interessierte sie im Augenblick auch nicht. Sie brauchte dringend ein wenig Zeit, um ihre verworrenen Gedanken neu zu ordnen.

»Was zur Hölle sollte das!«

Whisper sah erschrocken auf. Sie hatte Gavin völlig vergessen. Er saß noch immer an seinem Platz und starrte sie wütend an.

»Bei allen Göttern!« Seine wutverzerrten Züge entspannten sich. »Du bist ja leichenblass! Was ist geschehen, Whisper?« Sein Blick blieb an ihrem Hals hängen. »Ist das Blut?«

Whispers Finger glitten an ihre Kehle. Es war nur ein kleiner Kratzer, es tat nicht einmal weh. Die Erinnerung daran, wie knapp sie dem Tode entronnen war, ließ sie jedoch schaudern. Noch immer zitterte sie am ganzen Leib. »Hast du noch etwas von dem Schnaps, den du mir gestern angeboten hast?«

Gavin griff hinter sich, zog einen kleinen Schlauch hervor und reichte ihn Whisper. Sie brauchte zwei Anläufe um den Korken zu entfernen. Sobald der Schlauch offen war, setzte sie ihn an die Lippen und nahm einen tiefen Zug. Sie spürte, wie der starke Schnaps brennend ihre Kehle hinabrann, sie von innen wärmte und die eisige Kälte der Angst langsam vertrieb. Whisper nahm noch einen zweiten Schluck, ehe sie Gavin den Schlauch zurückgab. Er verschloss ihn und legte ihn zur Seite.

»Was ist geschehen?«, wiederholte er.

»Ich hatte Schwierigkeiten.« Whisper fühlte sich wieder ein wenig besser. Gavins Gegenwart verlieh ihr ein Gefühl von Sicherheit. Sie berichtete ihm in allen Einzelheiten, was geschehen war.

»Bei allen Göttern, Whisper!«, entfuhr es ihm, kaum dass sie mit ihrer Geschichte geendet hatte. »Bist du völlig übergeschnappt? Den Herzog zu erpressen!«

»Hätte ich kein Gold gefordert, wäre ich wohl kaum glaubwürdig gewesen. Er hätte gedacht, ich würde nur versuchen um mein Leben zu reden.« *Nichts anderes habe ich getan.* »Die Forderung nach Gold unterstreicht die Tatsache, dass ich ihm etwas von Wert anzubieten habe.« Sie schenkte Gavin ein schiefes Lächeln. »Mal ganz ehrlich, wer wäre schon so dreist Gold zu fordern, wenn er nur seinen Kopf aus der Schlinge ziehen will?«

Gavin starrte sie fassungslos an. »Von dir einmal abgesehen vermutlich niemand.« Er seufzte. »Ich bin wirklich froh, dass du immer zu wissen scheinst, was du tust. Nichtsdestotrotz, das geht zu weit. Es war nie vorgesehen, dass du dein Leben für uns riskierst.«

Deutlich erinnerte sie sich an jene Nacht, in der sie überfallen worden waren. »Diese Unterhaltung hatte ich bereits mit Anajas, Gavin.«

»Ich weiß. Und er hatte Recht.«

Whisper ging nicht darauf ein. »Hör zu, ich weiß wo der verdammte Ring ist.« Ausführlich beschrieb sie ihm die kleine Statue, die den Mechanismus in Bewegung setzte, und wie er funktionierte. »Das Geheimfach ist irgendwo auf der Innenseite des Kamins. Links würde ich sagen, wenn ich mich nicht verhört habe.«

»Weiß der Herzog, dass du das Fach gefunden hast?«

»Ich glaube nicht. Er hat mich dabei überrascht, als ich

die Statue an ihren Platz zurückschob.« *Er wird den verdammten Ring vermutlich ohnehin an einen anderen Ort in Sicherheit bringen.* »Merke dir gut, wo das Fach ist und wie es sich öffnen lässt. Du musst es unbedingt auch Anajas erzählen.«

»Das kannst du selbst machen.«

Nicht wenn mir etwas zustößt. Sie sprach es jedoch nicht laut aus.

Das war auch nicht nötig. Gavin schien ihre Gedanken zu erahnen. »Der Herzog wird alles daransetzen, dir das Gold nicht zahlen zu müssen. Ich hoffe, du weißt das.«

Whisper nickte. *Sobald für ihn keine Gefahr mehr besteht, wird er versuchen mich umzubringen.*

»Du hättest Dungarvan-Hall auf dem schnellsten Weg verlassen sollen anstatt hierher zurückzukehren. Was, wenn er bereits nach dir sucht?«

Whisper zuckte die Schultern. »Ich kann euch wohl kaum ins offene Messer rennen lassen.«

»Wir sind nicht in Gefahr. Nach *uns* sucht der Herzog sicher nicht.«

»Nein, aber womöglich wird er den Ring als Köder benutzen, um jene, die nach ihm suchen, in eine Falle laufen zu lassen. Immerhin ist er jetzt gewarnt.« *Und das ist meine Schuld.*

Aedh Dungarvan knüllte die Schriftrolle zusammen und warf sie auf seinen Schreibtisch. Er lehnte sich in seinem Stuhl zurück, faltete die Hände über dem Bauch und schloss die Augen. Ein zufriedenes Lächeln breitete sich auf seinen Zügen aus.

Bis vor wenigen Augenblicken noch hatte er seinen Herrschaftsanspruch in Gefahr gesehen. Zu viele Menschen schienen es auf seinen Ring abgesehen zu haben. Menschen, deren Gesichter und Namen er nicht kannte. Die Nachricht jedoch hatte alles geändert. Jetzt wusste er, dass sie nur zu dritt waren. *Und einer von ihnen ist Prinz Anajas persönlich.*

Die Bardin hatte ihn angelogen, doch das war jetzt nicht mehr von Belang. Er würde sie finden. Und sobald sie den Zweck erfüllt hatte, den er ihr zudachte, würde er das verlogene Miststück eigenhändig töten.

Es ist an der Zeit, Drachmon meine Macht zu beweisen. Drachmon mochte der Herrscher sein, doch Prinz Anajas war sein Schwertarm. Schlau und gefährlich. Dungarvan war jedoch davon überzeugt, dass er ihn in der Hand hatte. Anajas war nicht nur ein Krieger, er war auch ein Mann von Ehre. Sicher würde er nicht zulassen, dass dem Mädchen etwas zustieß.

Dungarvan rief einen Diener und ließ nach dem Hauptmann seiner Leibwache schicken.

»Findet das Mädchen und werft es in den Kerker«, wies er den Mann an, kaum dass dieser das Arbeitszimmer betreten hatte. Der Soldat salutierte und machte sich daran, seinen Befehl auszuführen.

Bereits gestern Abend hatte er dafür gesorgt, dass seine Männer sie verfolgten. Sie hatte es ihnen nicht leicht gemacht und sie durch ihren wilden Zickzacklauf beinahe abgehängt. Dennoch war es den Männern gelungen, ihr zu ihrem Zelt zu folgen. Bisher hatte er sie nicht festnehmen lassen, da er hoffte, sie würde ihn womöglich zu den anderen führen. Inzwischen hatten sich die Dinge geändert. Von Prinz Anajas und seinem Hauptmann einmal abgesehen gab es keine anderen.

Dungarvan lächelte. Natürlich hätte er die beiden ebenfalls festnehmen lassen können, doch das war nicht der Sinn seines Spiels. Dungarvan wollte die Gelegenheit nutzen, seine Macht und seine Überlegenheit zu demonstrieren. *Ich werde Anajas nicht töten. Stattdessen werde ich ihn zum Boten degradieren. Er soll seinem verdammten Bruder ausrichten, dass sein Plan gescheitert ist. Wenn ich erst einmal das Mädchen habe, habe ich ihn in der Hand.* Das verdammte Mädchen! Noch immer ärgerte er sich über seine Dreistigkeit, Gold von ihm zu fordern! Die angebliche Bardin hatte ihn von Anfang an belogen und ihre Lüge noch mit einer unverschämt hohen Forderung untermauert. Er war auf sie hereingefallen. Nicht dass er vorgehabt hatte ihr das Gold tatsächlich zu geben, trotzdem ärgerte ihn die bloße Forderung. Dafür würde er sie teuer bezahlen lassen.

Dungarvan öffnete die Augen. Sein Blick fiel auf die zerknüllte Schriftrolle, die vor ihm auf dem Schreibtisch lag, in goldenes Sonnenlicht gehüllt, das durch das Fenster hereinfiel. Sein Lächeln wurde breiter. Einmal mehr hatte es sich gelohnt, einen Mann in Drachmons Palast sitzen zu haben.

Vor ihm lag ein wundervoller Tag. *Und diesem Tag werden noch viele weitere folgen, wenn ich erst König bin. Im Gegensatz zu meinem Vater werde ich meinem Sohn einmal einen Thron zu vererben haben.*

Als Anajas am Mittag des nächsten Tages zum Zelt zurückkehrte, fand er es verlassen vor. Er warf einen Blick in den Wagen – auch dort war niemand. Mit einem erleichterten Seufzer ließ er sich auf die Kissen sinken.

In der letzten Nacht hatte er nur wenig Schlaf gefunden. Nachdem er gestern Abend das Zelt verlassen hatte, war er über den belebten Hof gestampft, vorbei an unzähligen Feuern. Er war den Menschen, die sich darum versammelt hatten, aus dem Weg gegangen und hatte sich schließlich an den Rand des Hofes zurückgezogen. Mit grimmigem Blick war er an der Mauer entlanggewandert, bis er zufällig auf Alanderiel gestoßen war. Anajas hatte versucht dem Barden auszuweichen, doch der hatte ihn bereits entdeckt. Kurz darauf hatte er sich in Alanderiels Wagen wiedergefunden. Anajas war der Sinn nicht nach Reden gestanden. Das war auch nicht nötig gewesen. Der Barde hatte den größten Teil des Gespräches allein bestritten. Ihm war Anajas' Verärgerung offensichtlich nicht entgangen. Ohne weitere Fragen zu stellen hatte er ihm angeboten die Nacht in seinem Wagen zu verbringen. Ein Angebot, das Anajas dankbar angenommen hatte.

Wäre er gestern Nacht in sein eigenes Zelt zurückgekehrt und dort auf Whisper getroffen – er wusste nicht, was er getan hätte. Er wusste allerdings genauso wenig, was er tun würde, wenn er jetzt wieder auf sie träfe. Glücklicherweise war ihm die Entscheidung abgenommen worden. Whisper war nicht hier.

Whisper. Anajas unterdrückte einen wütenden Fluch. Wie vereinbart hatte er sich letzte Nacht auf den Weg zu Dungarvans Gemächern gemacht. Als er dort angekommen war, hatte er als Erstes ihre Gitarre entdeckt, in einer Nische neben der Tür. Er hatte es für eine Warnung gehalten. Tatsächlich jedoch war die Gitarre dazu gedacht gewesen, ihn abzuschrecken. Er sollte auf keinen Fall Dungarvans Gemächer betreten. Anajas hatte einen vorsichtigen Blick durch die offen stehende Tür gewagt und Dungarvan erblickt. Der Herzog hatte Whisper eng an sich gezogen. Whisper hatte keinerlei Anstalten gemacht, sich gegen ihn zur Wehr zu setzen. *Sie hat es zugelassen.* Im ersten Augenblick hatte er nichts weiter als rasende Eifersucht verspürt. Dann jedoch waren Dungarvans Worte an sein Ohr gedrungen. *Vierzigtausend,* hatte er gesagt. *Die Hälfte bekommst du morgen und den Rest, sobald ich König bin.*

Das hatte Anajas genügt. Er hatte auf dem Absatz kehrtgemacht und war zum Zelt zurückgekehrt. Whisper hatte ihn nicht einfach nur verraten. Sie hatte ihn *verkauft.* Sie war um keinen Deut besser als dieser Garian, den sie angeblich so sehr verabscheute.

Obwohl Drachmon daran appelliert hatte, dass sie ihm ihr Wort gegeben hatte, wusste Anajas, dass sein Bruder ihr nicht vertraute. Drachmon war nicht dumm. Er wusste ganz genau, wie viel das Wort einer Diebin wert war. Das hatte er Anajas auch deutlich gesagt, ehe er aufgebrochen war. Anajas hingegen war davon überzeugt gewesen, dass Whisper durchaus ihren eigenen Ehrenkodex besaß. Er war sich so sicher gewesen, dass sie ihn niemals verraten würde. Jetzt erst begriff er, wie sehr er sich in ihr getäuscht hatte. Er war geradewegs in ihre Falle getappt. Er hatte sich von ihrem hübschen Gesicht und ihrer verborgenen Verletzlichkeit einwickeln lassen. *Wahrscheinlich zählt sie gerade irgendwo ihr Gold und lacht über den verliebten Narren, der auf sie hereingefallen ist.*

Sie hatte nicht nur seinen Stolz verletzt. Was sie ihm angetan hatte, ging weit darüber hinaus. Anajas war nie ein Kind von Traurigkeit gewesen. Er war in seinem Leben bereits vielen Frauen begegnet. Keine von ihnen hatte er je wirklich geliebt und keine von ihnen hatte je eine derartige Anziehungskraft auf ihn ausgeübt, wie sie es tat. Er hätte alles getan, solange sie nur bei ihm war.

Anajas zwang sich dazu, seine Gedanken an Whisper, all seinen Zorn und seine Enttäuschung zur Seite zu schieben. Vor ihm lag eine wichtige Aufgabe, die es zu erledigen galt. Jetzt war es an ihm, den Ring zu finden und zu Drachmon zu bringen.

Bei Anbruch der Dunkelheit wollte er sich auf den Weg zum Haupthaus machen. Mit ein wenig Glück war der Herzog heute Abend wieder in seiner Halle um den Barden zu lauschen. Das war seine einzige Chance. Anajas schloss die Augen und versuchte ein wenig zu schlafen. Ein hoffnungsloses Unterfangen. Seine Gedanken kreisten ständig um Whisper.

Am späten Nachmittag schreckte er hoch, als die Tierhäute vom Eingang zurückgerissen wurden.

»Whisper? Bist du hier?«

Schlaftrunken fuhr Anajas auf und starrte Gavin entgegen, der sich suchend im Zelt umsah.

»Den Göttern sei Dank, Herr, Ihr seid hier!« Gavin verhängte den Eingang hinter sich. »Whisper ist verschwunden. Ich habe den ganzen Tag nach ihr gesucht. Ohne Erfolg.«

Warum überrascht mich das nicht? Vermutlich hat sie ihre zwanzigtausend Goldstücke genommen und sich damit aus dem Staub gemacht. Anajas stieß einen heftigen Fluch aus. »Ich bin ein verdammter Narr gewesen! Ich habe ihr vertraut! Wie konnte ich nur?« Mit einem Mal entlud sich all seine Wut. »Ich wusste doch, wer sie ist. Alles sprach gegen sie. Ich Narr musste ihr ...«

»Herr! Herr!«, unterbrach Gavin Anajas' Tirade. »Gestattet mir frei zu sprechen.« Anajas nickte und Gavin fuhr fort: »Ihr seid ein Narr. Aber das seid Ihr, weil Ihr an Eurem Glauben und an Eurem Herzen zweifelt. Whisper hat Euch nicht verraten. Im Gegenteil tat sie alles in ihrer Macht Stehende um Euch zu schützen. Dabei ist sie so weit gegangen, ihr eigenes Leben aufs Spiel zu setzen. Für Euch.«

Anajas war verwirrt. »Wovon redest du?«

Endlich erfuhr Anajas, was sich letzte Nacht wirklich zwischen Whisper und Dungarvan abgespielt hatte. Je weiter Gavins Bericht voranschritt, desto größer wurde Anajas' Entsetzen. »Warum hast du mir das nicht *gestern* gesagt? Warum hat sie es mir nicht gesagt?«

»Mit Verlaub, bis gerade eben hatte ich keine Ahnung, dass Ihr an Whisper zweifelt. Ich denke, es erging ihr nicht anders. Sie war gestern so verwirrt und verängstigt, dass ihr Euer merkwürdiges Benehmen nicht einmal aufgefallen ist. Ich hingegen hielt es für einen Eurer Scherze – wenngleich einen weniger gelungenen.«

Anajas sprang auf. »Wir müssen sie suchen.« Rasch schritt er zum Ausgang und schlug die Tierhäute zur Seite. Um ein Haar wäre er mit dem Mann zusammengeprallt, der soeben im Begriff war, das Zelt zu betreten. Der Mann trug einen gelben Wappenrock mit Dungarvans Wappen. Darunter schimmerte ein silbernes Kettenhemd. Seine Hand lag auf dem Griff seines Schwertes. Anajas' Blick glitt an dem Mann vorbei. Hinter ihm standen noch fünf weitere uniformierte Männer. *Dungarvans Wachen.*

»Mein Herr wünscht Euch zu sprechen«, sagte der Mann ohne sich mit einer Begrüßung aufzuhalten.

Anajas nickte. »Bringt mich zum ihm.«

»Herr!«

Anajas wandte sich noch einmal zu Gavin um. »Du wartest hier auf mich.« Abgesehen davon dass ihm angesichts der Übermacht der Wachen ohnehin kaum eine andere Wahl blieb, als ihnen zu folgen, *wollte* er Dungarvan gegenübertreten. Er musste wissen, was mit Whisper geschehen war, und er war davon überzeugt, dass der Herzog die Antwort auf diese Frage kannte.

Die Wachen geleiteten Anajas über den Hof, durch den Durchgang und hinüber ins Haupthaus. Wenig später fand er sich in Dungarvans Arbeitszimmer im ersten Stock wieder. Der Herzog saß hinter seinem Schreibtisch, einem wahrhaften Ungetüm voller Schriftrollen und Pergamente. Bisher hatte Anajas den Raum nur im Dunkeln gesehen. Obwohl jetzt die untergehende Sonne durch das Fenster hereinschien und den Raum in goldenes Licht tauchte, kam es ihm nicht heller vor als in jener Nacht, in der er zum ersten Mal hier gewesen war.

»Wie schön, dass mein bescheidenes Fest selbst einen so erlauchten Gast wie Euch zu erfreuen scheint, Hoheit«, begrüßte Dungarvan ihn mit einem Lächeln.

Anajas schwieg. Er starrte dem Herzog nur hasserfüllt entgegen. Dungarvan fuhr im Plauderton fort. »Ich möchte, dass Ihr Eurem Bruder etwas von mir bestellt, Anajas. Sagt ihm, dass er verloren hat.«

Anajas erwiderte Dungarvans Blick aus zusammengekniffenen Augen. »Noch ist nichts verloren«, sagte er kalt.

Dungarvans Lächeln wurde breiter. »Ihr scheint es noch nicht begriffen zu haben. Ich weiß, dass Ihr hier seid. Ihr und Euer Hauptmann. Was wollt Ihr noch unternehmen, wenn ich Euch von morgens bis abends unter Bewachung stelle?« Dungarvan erhob sich und umrundete langsam seinen Schreibtisch. »Denkt Ihr jetzt an die Bardin? Daran, dass sie Euch noch helfen kann?« Dungarvan wartete nicht auf eine Antwort. »Ich fürchte, das kann sie nicht.«

Anajas gelang es nicht mehr, seinen Zorn in Zaum zu halten. »Wenn Ihr dem Mädchen etwas zu Leide tut, töte ich Euch.« Er stand so ruhig da, als wäre er aus Stein gemeißelt. Hätte er sich jetzt auch nur einen Zoll bewegt, er hätte die Kontrolle über sich verloren. Die Hände zu Fäusten geballt starrte er den Herzog an.

»Ach, daher weht der Wind!« Dungarvan schien zu begreifen, dass er einen Trumpf in Händen hielt. »Im Augenblick ist sie in meinem Verlies zu Gast. Wenn Ihr jedoch noch einmal etwas gegen mich unternehmt, werde ich sie töten lassen. Dessen könnt Ihr Euch gewiss sein, Hoheit.« Dungarvan trat noch einen Schritt näher an Anajas heran. »Ich schlage vor, Ihr packt nun Eure Sachen und verlasst Dungarvan-Hall um Eurem Bruder mitzuteilen, dass Ihr versagt habt.«

»Was ist mit dem Mädchen?«

»Solange Ihr tut, was ich Euch sage, wird ihm nichts geschehen.« Er wandte sich ab und kehrte hinter seinen Schreibtisch zurück. »Und jetzt geht, ehe ich es mir anders überlege.«

Anajas befand sich bereits auf dem Weg zur Tür, als Dungarvan sagte: »Und glaubt ja nicht, Ihr könntet unbemerkt in Dungarvan-Hall bleiben. Meine Männer behalten Euch im Auge.«

Mit einer wütenden Bewegung riss Anajas die Tür auf und stürmte auf den Gang hinaus. Er achtete weder auf die Menschen, die seinen Weg kreuzten, noch auf die Wachen des Herzogs, die ihm in gebührendem Abstand folgten. Mit weit ausgreifenden Schritten kehrte er zum Zelt zurück. Gavin sprang auf, als Anajas eintrat.

»Sattle die Pferde, wir müssen weg!«, befahl er.

»Was ist mit Whisper? Wir können sie doch nicht einfach zurücklassen!«

»Wenn wir bleiben, ist sie des Todes.« *Und wenn wir gehen, wird er sie ebenfalls früher oder später töten.* Anajas machte sich daran, einige Sachen in seinen Rucksack zu stopfen. Ohne ein weiteres Wort verließ Gavin das Zelt um Anajas' Order auszuführen.

Unter den Blicken von Dungarvans Wachen verließen sie kurz darauf Dungarvan-Hall. Anajas führte sein Pferd über den völlig überfüllten Hof, vorbei an singenden und tanzenden Menschen. Ohne auch nur eines dieser Gesichter weiter zu beachten, suchte er die Menge ab. Es dauerte eine Weile, bis er ihn fand. Alanderiel stand inmitten einer Traube Menschen auf einem kleinen Schemel und spielte eine fröhliche Melodie. Für einen Augenblick kreuzten sich ihre Blicke. Der Barde hörte nicht auf zu spielen und schien seine Aufmerksamkeit lediglich dem Publikum zu schenken. Dennoch nickte er Anajas kurz zu. *War es ein Abschiedsgruß oder hat er begriffen, was vor sich geht?* Anajas blieb keine Gelegenheit, sich darüber klar zu werden. Bereits einen Augenblick später hatte er den Barden aus den Augen verloren. Sie erreichten das Tor und saßen auf. Er sprengte den Hügel hinab ohne sich darum zu kümmern, ob Gavin mit seinem Tempo mithalten konnte. Voller Wut trieb er das Tier weiter und weiter. Selbst die hereinbrechende Dämmerung ließ ihn nicht innehalten. Immer wieder hörte er, wie Gavin hinter ihm etwas rief, doch Anajas achtete nicht auf seine Worte.

Es war längst dunkel, als Anajas endlich sein Pferd zügelte. Sie hatten eine kleine Baumgruppe erreicht, den einzigen Ort, der ihnen in der Grassteppe von Galantar Schutz bieten konnte. Einer Reihe stummer Soldaten gleich ragten die Bäume im silbernen Mondlicht zum Himmel empor.

Anajas sprang vom Pferd und schlang die Zügel mit einer schwungvollen Bewegung um einen Ast. Gavin tat es ihm nach.

»Wie soll es jetzt weitergehen, Hoheit? Wie sollen wir je wieder in die Nähe des Ringes gelangen?«

»Wenn wir auch nur einen Fuß nach Dungarvan-Hall setzen, wird er sie umbringen.« Anajas fühlte sich wie betäubt. Während er außerhalb der Mauern in Sicherheit war, schwebte Whisper in Lebensgefahr. Sie hatte versucht den Herzog zu erpressen. Das würde er nicht ungestraft lassen.

»Wir brauchen diesen Ring, Hoheit«, sagte Gavin eindringlich.

»Verstehst du nicht? Er wird Whisper töten!«

Gavins Miene drückte Unbehagen aus, als er seinen Herrn anblickte. »Ihr wisst, was Euer Bruder jetzt sagen würde, Anajas.«

Natürlich wusste er das. Drachmon würde sagen, dass sie den Ring brauchten. Ganz gleich welche persönlichen Konsequenzen es für die einzelnen Beteiligten hatte. Damit mochte er Recht haben, das bedeutete jedoch nicht, dass Anajas dem zustimmte.

Er holte aus und drosch mit der Faust gegen einen Baumstamm. Der Schmerz, der gleich darauf in seiner Hand explodierte, ließ ihn wieder zur Besinnung kommen.

Anajas rieb sich die schmerzenden Finger. Eine leichte Brise kühlte sein erhitztes Gesicht ein wenig. »Ich weiß, was mein Bruder sagen würde. Und ich werde ihm den verdammten Ring bringen.« Er sah Gavin an. »Ich werde jedoch auch nichts unversucht lassen Whisper zu retten.« Ihm war klar, dass die Erfolgsaussichten verschwindend gering waren, dennoch wollte er es wagen. *Ich werde sie nicht verlieren. Das wird nicht geschehen.* »Wir müssen einen Weg finden, wie wir nach Dungarvan-Hall zurückkommen. Lass uns ein paar Stunden ruhen, ehe wir einen Plan fassen.« Anajas gab sich alle Mühe, optimistisch zu klingen. Er wusste, dass er selbst keinen Schlaf finden würde, wollte jedoch Gavin die Erholung gönnen. Der Krieger sollte ausgeruht sein, wenn sie erneut aufbrachen.

Mit dem Rücken an einen Baum gelehnt ließ sich Anajas nieder. Er beobachtete, wie Gavin sich unter seiner Decke auf dem Boden zusammenrollte und beinahe sofort einschlief. Eine Gabe, um die Anajas ihn in diesem Augenblick beneidete. Er hätte einiges darum gegeben, selbst ein wenig schlafen zu können. Stattdessen zerbrach er sich den Kopf darüber, wie es ihnen gelingen sollte, nach Dungarvan-Hall zurückzukehren. Die Torwachen waren inzwischen sicher längst angehalten niemanden mehr einzulassen. Vermutlich wäre es am einfachsten, zu warten, bis Dungarvan seinen Unterschlupf verließ um zum Heiligen Hain zu reiten. *Wenn wir ihm auf dem Weg dorthin einen Hinterhalt legen würden, könnten wir den Ring noch rechtzeitig an uns bringen.* Abgesehen davon dass Anajas nicht genügend Männer für einen Hinterhalt hatte, bedeutete dieser Plan, Whisper aufzugeben. Er beschloss erst wieder über einen Hinterhalt nachzudenken, wenn alle anderen Möglichkeiten vertan waren.

Wie sollen wir nur jemals wieder in die verdammte Burg kommen? Das Land um Dungarvan-Hall herum war meilenweit einsehbar. Kein Baum, kein noch so kleiner Strauch konnte ihnen Deckung bieten um sich an die Burg heranzupirschen.

Anajas' Gedanken begannen sich im Kreis zu drehen.

Langsam fiel er in einen unruhigen Schlaf voll von düsteren Albträumen. Immer wieder sah er Dungarvan vor sich, wie er ihn verlachte. Er sah Whisper. Sie hing leblos in eisernen Ketten. Schwarzes Herzblut rann aus einer tödlichen Wunde in ihrer Brust. Dennoch hob sie ihr bleiches Haupt und sah ihn aus blutunterlaufenen Augen vorwurfsvoll an. »Ich habe mein Leben riskiert um dich zu schützen und du hast mich im Stich gelassen. Dafür wirst du auf ewig in der neunten Hölle schmoren!« Sie stieß ein irres Lachen aus. Ihr Leib begann zu zucken. Sie wand sich im Todeskampf, bäumte sich ein letztes Mal auf und schrie ihren Schmerz hinaus. Anajas fuhr hoch. Noch immer hallte ihr Todesschrei in seinem Geiste wider. Verwirrt sah er sich um. Er war weder im Kerker noch in der neunten Hölle. Er befand sich noch immer auf der Lichtung, auf der sie in der Nacht ihr Lager aufgeschlagen hatten. Doch das Schwarz der Nacht war einem grauen Tag gewichen. Dicke Gewitterwolken türmten sich am Himmel und verdunkelten die Sonne. Die Luft roch nach Regen.

Anajas litt immer noch unter den Nachwirkungen seines Traumes. Alles hatte so real gewirkt. Ihm war, als hätte er sie wirklich sterben gesehen.

Er stand auf und ging zu seinem Rucksack hinüber. Er packte seinen Wasserschlauch, entkorkte ihn und schüttete sich einen Teil des Wassers über den Kopf, ehe er trank. Danach fühlte er sich ein wenig frischer. Das Gefühl, in einem unwirklichen Traum gefangen zu sein, blieb jedoch.

Er ließ sich neben Gavin in die Hocke sinken und rüttelte ihn an der Schulter. Der Krieger war sofort wach und setzte sich auf. Sie teilten ein karges Mahl aus den Resten, die sie noch in ihrem Gepäck fanden. Schweigend saßen sie einander gegenüber, ein jeder in seine eigenen finsteren Gedanken vertieft.

Anajas spülte den letzten Bissen alten, harten Brotes mit einem Schluck Wasser hinunter und wandte sich an Gavin. »Wir brauchen einen Plan, wie wir zurück in die Burg gelangen können.«

»Ich weiß nicht, wie wir das bewerkstelligen sollen, Herr. Dungarvan-Hall ist ringsherum von Ödland umgeben. Wir können nicht einfach heranschleichen und im Geheimen die Mauern erklimmen. Man würde uns bereits von weitem sehen.«

»Verdammt, das weiß ich selbst! Denk lieber nach, wie wir es schaffen können, statt aufzuzählen, wie unmöglich es ist!«, fuhr Anajas ihn ungehalten an. Seine unwirsche Antwort tat ihm noch im selben Augenblick Leid. »Entschuldige. Ich wollte nicht …« Er brach ab und schüttelte den Kopf.

Gavin zuckte ungerührt die Schultern. »Schon gut, Herr. Ich verstehe, was in Euch vorgeht.«

In den kommenden Stunden diskutierten sie alle Möglichkeiten, die ihnen in den Sinn kamen, ganz gleich wie unsinnig sie auch waren. Aber es schien keinen Weg zu geben, der sie schnell und unbemerkt nach Dungarvan-Hall führen würde. Kurz nach Mittag hatte es den Anschein, als wären all ihre Bemühungen umsonst gewesen.

»Wir müssen wohl doch auf den Hinterhalt zurückgreifen«, seufzte Gavin.

Anajas fuhr sich müde mit der Hand über die Augen. Die endlosen Diskussionen und die halb durchwachte Nacht waren nicht spurlos an ihm vorübergegangen. »Es muss einen anderen Weg geben. Es muss ihn einfach geben.« Er schloss die Augen und dachte nach. Das Problem blieb immer dasselbe. *Wie kommen wir unbemerkt an die Burg heran?* Anajas spürte, wie seine Gedanken langsam abschweiften. Er dachte an seine erste Begegnung mit Whisper, in jener Nacht, in der er sich als Stadtwache ausgegeben hatte um ihr zu helfen. Wieder sah er ihr entsetztes Gesicht vor sich, als sie gegen ihn geprallt war. Lächelnd erinnerte er sich daran, wie sie sich gegen seine Hilfe gesträubt hatte, als er ihr später in dieser Nacht ein zweites Mal zur Seite gestanden hatte.

Ein Geräusch ließ ihn aufschrecken. Anajas riss die Augen auf. Erschrocken wurde ihm bewusst, dass er im Begriff gewesen war einzuschlafen. »Was war das?«

»Hört sich nach einem Fuhrwerk an.« Gavin sprang als Erster auf die Beine. Anajas folgte ihm. Nahezu lautlos bewegten sie sich im Schatten der Bäume vorwärts, in die Richtung, aus der das Geräusch zu hören war. Zunächst sah Anajas nichts weiter als eine dicke Staubwolke, die sich auf der Straße näherte. Mit jedem zurückgelegten Meter jedoch erkannte Anajas ein wenig mehr. Die groben Umrisse eines schreiend bunten Planwagens, wenig später konnte er einen Kutscher auf dem Kutschbock ausmachen. *Das ist unser Planwagen!* Und irgendwann erkannte er den Mann, der dort oben die Peitsche schwang und die Pferde antrieb. »Bei allen Göttern! Das ist Alanderiel!«

Anajas trat zwischen den Bäumen hervor und winkte den Barden zu sich herüber. Alanderiel lenkte die Pferde in seine Richtung. Kurz darauf kam das Fuhrwerk unter lautem Knarren zwischen den Bäumen zum Stehen.

»Da ich selbst über kein derartiges Gefährt verfüge, war ich so frei mir Eures zu leihen«, rief Alanderiel zur Begrüßung.

»Ich kann Euch gar nicht sagen, wie sehr es mich freut, Euch zu sehen, Alanderiel!«

Der Barde befestigte die Zügel am Kutschbock und sprang ab. »Euer Blick beim Verlassen der Burg sagte mir, dass Ihr womöglich meine bescheidene Hilfe benötigt«, meinte er grinsend, während er sich den Staub von den Gewändern klopfte. »Wo ist die kleine Schönheit?«

»Sie ist Dungarvans Gefangene«, erwiderte Gavin, als Anajas nicht sofort antwortete.

In wenigen Sätzen weihten sie Alanderiel in die Ereignisse ein, die dazu geführt hatten, dass Whisper eingekerkert worden war und sie selbst Dungarvan-Hall hatten verlassen müssen.

»Was haben wir also jetzt vor?«, wollte Alanderiel wissen, nachdem die beiden geendet hatten.

»Wir müssen einen Weg zurück in die Burg finden.«

»Stets zu Diensten.« Alanderiel verneigte sich leicht. »Mein bescheidenes Gefährt steht Euch zur Verfügung, Hoheit.«

Anajas schüttelte den Kopf. »Ihr werdet ebensowenig in die Burg zurückkommen wie wir. Dungarvan hat seine Wachen sicher angewiesen keine Fremden mehr einzulassen.«

Der Barde grinste. »Der große Alanderiel ist schon lange kein Fremder mehr in Dungarvan-Hall. Seid versichert, Hoheit, man wird mich einlassen, wenn ich erneut an das Tor klopfe. Abgesehen davon«, er deutete auf den Wagen, »zog ich nur los um neue Weinvorräte zu besorgen.«

Tatsächlich erspähte Anajas im Inneren des Wagens einige kleine Fässchen.

»Du warst einkaufen?« Gavin blinzelte ihn verwirrt an.

»Natürlich nicht. Die Fässer hatte ich schon im Wagen, als ich Dungarvan-Hall verließ. Das wissen die Wachen jedoch nicht. Es hat allerdings eine ganze Weile in Anspruch genommen, Eurer Spur zu folgen.« Alanderiel warf einen Blick zum wolkenverhangenen Himmel. »Es ist schon bald Abend. Das Fuhrwerk ist unsere beste Tarnung. Gleichzeitig jedoch hält es uns auf. Bis wir zurück in Dungarvan-Hall sind, wird es spät in der Nacht sein. So spät, dass es selbst auf dem äußeren Hof ruhig sein dürfte. Zu ruhig für unser Vorhaben.«

»Das heißt, wir müssen bis zum Anbruch des Tages warten, wenn die Festung zu neuem Leben erwacht«, überlegte Anajas laut. Ausnahmsweise war das Tageslicht ihr Verbündeter. Spät in der Nacht war die Festung wie ausgestorben. Dann konnte sich dort niemand unbemerkt fortbewegen. Bei Tag jedoch sollte es mit ein wenig Vorsicht möglich sein, in der Menge der feiernden Menschen unterzutauchen. *Wenn wir den Ring morgen nicht bekommen, ist es vorbei. Selbst wenn wir ihn bekommen, bleibt mir nur eine Nacht ihn zu Drachmon in den Heiligen Hain zu bringen.* Anajas sah zu Alanderiel. »Wie wollt Ihr uns also in die Burg einschleusen?«

Alanderiel grinste. »Den größten Teil des Weges werdet ihr im Schutz des Planwagens reisen. Kurz vor der Burg jedoch müsst ihr einen weniger bequemen Platz einnehmen. Ich werde die Pferde anhalten und so tun, als würde ich das Geschirr neu befestigen. Diese Zeit müsst Ihr nutzen, um den Wagen zu verlassen und darunter zu klettern. Die Achse ist nicht sonderlich gemütlich, es sollte jedoch machbar sein.«

»Also gut.« Anajas nickte. »Lasst uns aufbrechen.«

Whisper kam zu sich.

Entfernte Geräusche drangen an ihr Ohr. Zunächst vernahm sie nichts weiter als eine einzelne leise Melodie. Jemand spielte auf einer Laute und sang dazu. Mit ihren Sinnen erwachte die Welt schlagartig zu neuem Leben. Zu der einsamen Melodie gesellten sich andere Weisen. Dudelsäcke spielten gegen Lauten, Gitarren und Flöten an. Laute Musik und unterschiedliche Gesänge aus unzähligen Kehlen begleitet von Gelächter und Geschrei schwollen zu einem alles übertönenden Chor an, der sie mit sich zu reißen drohte und endgültig erwachen ließ.

Whisper schlug die Augen auf. Dunkelheit hüllte sie ein und verschlang sie. Es dauerte eine Weile, bis sie begriff, dass es nicht völlig finster war. Vereinzelte graue Schatten mischten sich mit dem sanften Orange eines entfernten Lichtscheins. Whisper lag auf dem Boden. Statt der weichen Kissen, die sie erwartet hatte, spürte sie nur kalten, harten Stein unter sich. Verwirrt blinzelnd setzte sie sich auf. Ein stechender Schmerz zuckte durch ihren Hinterkopf und ließ sie zusammenfahren. Sie hob die Hand und tastete nach der schmerzenden Stelle. Einen Moment lang glaubte sie, der Trommler spiele erneut sein Lied, dann jedoch trafen ihre Finger auf etwas Warmes, Feuchtes. *Blut.*

Mit dem Schmerz kehrte schlagartig die Erinnerung zurück. Anajas war die ganze Nacht über fortgeblieben. Whisper fühlte sich von ihm im Stich gelassen. Sie hätte seiner Nähe und seines Trostes bedurft, doch er hatte es vorgezogen, einfach zu verschwinden. Lange Zeit war sie viel zu sehr mit ihrer eigenen Angst beschäftigt gewesen, um sich über sein merkwürdiges Benehmen Gedanken zu machen. Als er jedoch am darauf folgenden Morgen noch immer nicht zurückgekehrt war, begann sie sich Sorgen zu machen. Bewaffnet mit Hasenfuß, der ihr ein trügerisches Gefühl von Sicherheit vermittelt hatte, war sie schließlich losgezogen um nach Anajas zu suchen. Sie war an jedem Zelt, jedem Lagerfeuer vorübergekommen ohne ihn zu finden. Das Letzte, woran sie sich erinnerte, war, dass sie in der Nähe der Mauer umhergestreift war. Sie hatte leise Schritte hinter sich vernommen. Ein verstohlenes Geräusch, sie war erschrocken. Etwas Hartes hatte sie am Hinterkopf getroffen, ehe sie sich umwenden konnte. Sie war zu Boden gestürzt. Dann war da nichts mehr.

Es fiel ihr nicht schwer, zu erraten, was geschehen war. Sichtlich hatte sich Dungarvan doch dazu entschlossen, sie in den Kerker werfen zu lassen. Unwillkürlich tasteten ihre Finger nach dem Dolch, der sich an ihrem Gürtel befunden hatte. Die Waffe war nicht mehr da. Auch von Hasenfuß war nichts zu sehen. Selbst ihre Stiefel hatten sie ihr genommen. Ihr war kalt.

Whisper hob den Kopf. Durch einen Lichteinlass, keine vier Meter über dem Boden, fiel Licht. *Der Schein der Lagerfeuer des äußeren Hofes.* Das flackernde Orange drängte die Dunkelheit in die Ecken des Raumes zurück, wo sich unzählige zuckende Schatten türmten. Finster und lauernd. Fröstelnd erhob sie sich und sah sich weiter um. Altes, fauliges Stroh raschelte bei jeder Bewegung unter ihren nackten Füßen. Zu ihrer Linken entdeckte sie eine breite Tür. Das mit Eisen beschlagene Eichenholz wirkte beinahe schwarz. Zögernd trat sie auf die Tür zu und lauschte daran. Falls es auf der anderen Seite Geräusche gab, wurden sie vom Lärm übertönt, der vom Hof zu ihr heraufdrang. Whisper hob die Hand und hämmerte mit den Fäusten gegen die Tür.

»He da!«, brüllte sie. »Hört mich jemand? Ich muss den Herzog sprechen!« Immer wieder schlug sie gegen das harte Holz und schrie nach den Wachen. Niemand kam. Und niemand antwortete.

Schließlich gab sie auf. Geistesabwesend rieb sie sich die schmerzenden Hände. Etwas musste geschehen sein. Etwas, das den Herzog veranlasst hatte, sie in den Kerker werfen zu lassen. Es fiel Whisper nicht schwer, sich auszumalen, was das war. *Der Spion hat seine Nachricht geschickt.* Das bedeutete, dass Dungarvan von Anajas wusste. Whisper wurde eiskalt. Sie betete inständig zu allen Göttern, die sie kannte, dass Anajas und Gavin dem Herzog entkommen waren.

Ihr Blick wanderte nach oben und blieb schließlich am Lichteinlass hängen. Sie musste nicht erst nach draußen blicken um zu wissen, wo sie sich befand. Ihr Gefängnis war der Turm, der sich hoch über Dungarvan-Hall erhob.

Wenn der Herzog von Anajas wusste, würde er alles daransetzen, ihn in die Finger zu bekommen. Sie musste ihn warnen. *Falls es nicht längst zu spät ist.*

Mit einem unterdrückten Seufzer nahm sie die Wand unter dem Lichteinlass näher in Augenschein. Der Stein fühlte sich kalt und rau unter ihren Fingern an. Die Feuchtigkeit unzähliger Jahre hatte den Putz zwischen den einzelnen Steinen brüchig werden lassen. Es gab zahllose Spalten und Ritzen, in denen ihre Finger Halt finden konnten.

Vorsichtig machte sich Whisper daran, die Mauer zu erklimmen. Zoll um Zoll arbeitete sie sich nach oben, bis ihre Finger auf die Kante des Lichteinlasses trafen. Sie suchte einen sicheren Halt und zog sich hinauf. Obwohl der Lichteinlass nicht sonderlich groß war, gelang es ihr beinahe mühelos, sich hindurchzuzwängen.

Sie streckte den Kopf nach draußen und sah sich um. Unter ihr fielen die senkrechten Mauern des Turmes mehr als dreißig Meter in die Tiefe. Sie sah die schattenhaften Umrisse menschlicher Gestalten, die sich um die Feuer herum versammelt hatten. Manche tanzten, andere saßen still da und lauschten den Geschichtenerzählern. Wieder andere hielten einander im Arm und genossen ihre Zweisamkeit inmitten des Trubels. Niemand hob den Kopf und bemerkte sie. Whisper ließ ihren Blick weiterwandern. Sie war nicht so naiv zu glauben, sie könne an der Außenwand des Turmes in den Hof hinabklettern. Die raue Oberfläche mochte gute Griffmöglichkeiten bieten, dennoch wusste Whisper, dass sie es nicht riskieren konnte, dreißig Meter ungesichert in die Tiefe zu klettern. Ein winziger Fehler nur würde genügen, um sie in den Tod zu reißen. Eines wusste sie schon jetzt: Wohin auch immer ihr Weg führen mochte, er führte nicht nach unten.

Etwa auf halber Höhe des Turmes, ein Stück zu ihrer Linken entdeckte sie eine Mauer mit einem Wehrgang, die in gerader Linie vom Turm wegführte. Es war jene Mauer, die den inneren vom äußeren Hof trennte. Eine einzelne Wache patrouillierte auf der Mauer, einen Speer in Händen haltend. Whisper nahm sich die Zeit, den Mann eine Weile zu beobachten. Seine bloße Haltung verriet, dass er sich langweilte. Immer wieder hielt er inne, um auf den Hof hinabzublicken und die Menschen zu beobachten, die sich dort amüsierten. Nicht ein einziges Mal wandte er den Blick nach oben. Sie konnte nur hoffen, dass das so blieb.

Whisper schob sich ein Stück aus dem Durchbruch heraus und blickte nach oben. Kantige Zinnen hoben sich etwa fünf Meter über ihr schwarz gegen den nächtlichen Himmel ab. *Nur fünf Meter bis zum sicheren Dach*. Fünf Meter, die über Leben und Tod entschieden.

Sie rückte so weit nach draußen, wie sie es nur wagte, und blickte aus zusammengekniffenen Augen wieder nach oben. Sie wartete ab. Als nach längerer Zeit noch immer keine Wache zu sehen war, beschloss sie, dass es an der Zeit war, zu handeln. Sie musste darauf vertrauen, dass keine Wache auf dem Turmdach postiert war.

Whisper ließ ihren Blick nach allen Seiten schweifen und überzeugte sich ein letztes Mal, dass niemand zu ihr heraufsah. Alles war ruhig. Schließlich nahm sie ihren ganzen Mut zusammen und schob sich mit dem Oberkörper voran nach draußen. Sie achtete nicht mehr darauf, was um sie herum geschah. Ihre ganze Konzentration war auf den Stein gerichtet, den es zu bezwingen galt. Sie reckte die Arme nach oben und tastete nach einem sicheren Halt. Sobald ihre Finger einen Spalt gefunden hatten, der ihnen genug Platz bot, hielt sie einen Augenblick inne, um ein letztes Mal Kraft zu schöpfen. *Wenn ich das überlebe, werde ich Anajas eigenhändig erwürgen. Er hat mir diese ganze Sache eingebrockt.*

Whisper schloss die Augen und konzentrierte sich ganz auf ihre Hände. Ihre Finger klammerten sich um den Stein. Stück für Stück schob sie sich weiter aus dem Lichteinlass hinaus. Die Muskeln ihrer Oberarme spannten sich, als ihr Gewicht für einen Augenblick nur von ihren Armen getragen wurde. Ihre Beine hingen in der Luft. Tastend streckte sie einen Fuß aus, darum bemüht, nicht zu heftig zu zappeln. Vorsichtig schob sie die nackte Fußsohle über das raue Mauerwerk, bis sie eine Spalte unter ihren Füßen spürte. Dort stellte sie den Fuß ab. Sie verstärkte den Griff ihrer Hände und begann damit, nach einem sicheren Halt für ihr anderes Bein zu suchen. Einen Moment später hatte sie ihn gefunden.

Unendlich langsam löste sie eine Hand von der Mauer und tastete sich weiter voran. Sie fand einen Halt, schob die zweite Hand hinterher und schließlich folgten die Beine. Stück für Stück arbeitete sie sich nach oben, dabei an nichts anderes denkend als den jeweils nächsten Griff. Auf der Suche nach Spalten und Ritzen im Mauerwerk geriet sie immer weiter nach links, zu der dem Hof abgewandten Seite. Die hier herrschende Dunkelheit zwang sie dazu, noch langsamer vorzugehen. Sie schob ihren linken Fuß zum nächsten Vorsprung und trat ins Nichts. Was sie für einen Spalt gehalten hatte, entpuppte sich als Schatten. Ihr Fuß glitt ab und prallte mit dem Knöchel hart gegen die Mauer. Whisper unterdrückte einen Schmerzensschrei. Vom plötzlichen Schwung mitgerissen glitt auch ihr rechter Fuß ab. Sie spürte, wie ihre Fußsohle unaufhaltsam über das Mauerwerk rutschte. Ihre Finger klammerten sich um den Stein. Krampfhaft bemüht den Halt nicht zu verlieren, verlagerte sie ihr Gewicht vollends auf die Arme und schob den rechten Fuß in die Nische zurück. Unendlich vorsichtig bewegte sie das linke Bein tastend über den rauen Stein. Endlich fand sie einen sicheren Tritt. Eine Weile hing sie regungslos in der Mauer und wartete darauf, dass sich ihr rasender Herzschlag wieder beruhigte. Sie schwitzte. Vorsichtig löste sie eine Hand und wischte die schweißnasse Handfläche an der Wand ab. Dann tat sie das Gleiche mit der anderen Hand.

Zu gerne hätte sie noch ein wenig an Ort und Stelle verharrt nur um sicherzugehen, dass sie wieder ruhig genug war ihren Weg fortzusetzen. Sie wagte es jedoch nicht. Mit jedem Zentimeter, den die Turmzinnen näher rückten, wuchs die Angst, dass ihre Kräfte sie verlassen würden, ehe sie die rettende Plattform erreichen konnte.

Niemals zuvor in ihrem Leben waren ihr fünf Meter derart unüberwindbar erschienen.

Whisper kletterte weiter. Die Anstrengung ließ ihre Arme taub werden. Jede noch so winzige Bewegung bereitete ihr Schmerzen, trotzdem arbeitete sie sich Stück für Stück voran. Sie verlor jegliches Zeitgefühl, und als ihre Finger endlich den Boden zwischen zwei Zinnen erreichten, war sie davon überzeugt, mehrere Stunden geklettert zu sein. Mit letzter Kraft zog sie sich nach oben, ohne erst einen Blick auf das vor ihr liegende Dach zu werfen. Selbst wenn sich dort eine Wache befunden hätte, sie hätte keine Kraft mehr gehabt, noch länger in der Wand auszuharren. Sie rollte sich über die Mauer und ließ sich auf das Dach fallen. Keuchend und völlig erschöpft lag sie auf dem Boden und rang nach Atem. Ihre Arme und Beine zitterten vor Anstrengung. Eine kühle Brise strich über ihren schweißgebadeten Körper und ließ sie frösteln.

Obwohl sie sich erbärmlich fühlte, verspürte sie ein Gefühl von Triumph. Sie war aus Dungarvans Kerker entkommen. Beflügelt von dem Gedanken, dass es vermutlich lange dauern würde, bis jemand ihr Verschwinden bemerkte, kämpfte sie sich auf die Beine. Taumelnd näherte sie sich einer Luke im Dach. Der einzige Weg, der nach unten führte. Vor der Luke angekommen hielt sie inne um erneut ein wenig Kraft zu schöpfen. Als sie davon überzeugt war, dass sie sich in den nächsten Stunden kaum besser fühlen würde, griff sie nach dem rostigen Eisenring und zog daran. Unter lautem Knarren schwang die Luke auf. Whisper hielt die Luft an und wartete, ob jemand den Lärm gehört hatte. Alles blieb ruhig. Sie zählte bis zwanzig. Nichts rührte sich. Vorsichtig spähte sie durch die Öffnung, die sich vor ihren

Füßen auftat. Eine Steintreppe ohne Geländer führte ins Innere des Turmes. Unten war alles dunkel. Einzig das fahle Mondlicht, das durch die geöffnete Luke fiel, erhellte die Dunkelheit unter ihr ein wenig.

Etwa zehn Schritte von der Treppe entfernt entdeckte sie weitere Stufen, die sich an der Außenmauer des Turmes entlang nach unten wanden. Whisper hatte genug gesehen. Sie setzte einen Fuß auf die oberste Stufe und stieg langsam hinab, bis sie die Luke hinter sich schließen konnte. Schlagartig verstummten die Geräusche des Festes, die bis dahin noch an ihr Ohr gedrungen waren. Whisper hatte den Lärm der singenden und feiernden Menschen kaum wahrgenommen. Erst durch die plötzliche Stille fiel ihr auf, wie laut es noch bis vor einem Augenblick gewesen war. Jetzt hörte sie nur noch das leise Tappen ihrer nackten Füße auf der steinernen Treppe.

Schritt für Schritt tastete sie sich voran. Sie glaubte in etwa zu wissen, wo die andere Treppe begann, die weiter nach unten führte. Als ihr Fuß jedoch plötzlich ins Leere trat, wurde ihr klar, dass sie sich mehr Zeit hätte nehmen müssen, um sich die Umgebung einzuprägen. Mit einem hastigen Schwung warf sie sich nach hinten, ehe sie in die Tiefe stürzen konnte. Sie landete hart auf dem Rücken. Der stechende Schmerz erinnerte sie einmal mehr daran, dass sie Anajas bei der nächsten Gelegenheit erwürgen wollte. Langsam kam sie wieder auf die Beine und setzte ihren Weg mit zitternden Knien fort. Diesmal bedächtiger.

Ihr Fuß ertastete die erste Stufe. Sie schob sich bis zur Turmmauer, ehe sie sich daranmachte, vorsichtig eine Stufe nach der anderen hinabzusteigen, die Hände Halt suchend nach der Mauer ausgestreckt. Nach zwanzig Stufen endete die Treppe. Whisper unterdrückte einen

Fluch. Womöglich fiel das Treppenhaus irgendwo vor ihr in die Tiefe, ohne dass sie sehen konnte, in welcher Gefahr sie schwebte. Unendlich langsam tastete sie sich voran. Es dauerte eine Weile, bis ihr bewusst wurde, dass es nicht gänzlich finster war. Ein schmaler, hoher Lichtdurchlass zu ihrer Linken verwandelte die Schwärze der Nacht in ein Gewirr aus grauen Schatten. Hell genug für Whisper um ihre Umgebung zu erkennen. Sie befand sich auf einer ebenen Etage. Kein offenes Treppenhaus, durch das sie jeden Augenblick stürzen konnte. Einzig eine weitere Luke im Boden war zu sehen. Whisper ließ sich neben ihr auf die Knie fallen, beugte sich nach vorne und lauschte.

Da nichts zu hören war, öffnete sie die Luke behutsam einen Spaltbreit, darauf bedacht, so wenig Lärm wie möglich zu verursachen. Warmes zuckendes Licht quoll ihr entgegen. Whisper spähte durch den Spalt. Eine einzelne Fackel an der Wand erhellte diesen Teil des Treppenhauses. Eine einfache Leiter überbrückte die zwei Meter zwischen der Luke und dem darunter liegenden Boden. Von dort führte eine steile Steintreppe im Zickzack weiter in die Tiefe. Keine Menschenseele war zu sehen. Whisper schob die Luke weit genug zurück, dass sie die Leiter erklimmen konnte, und kletterte darauf hinab. Sie hielt kurz inne um die Luke hinter sich zu schließen, ehe sie ihren Weg fortsetzte. Vorsichtig schob sie sich an die steinerne Treppe heran und blickte nach unten. So weit ihr Auge reichte, erkannte sie nichts weiter als ein verlassenes Treppenhaus, jedes Zwischengeschoss von einer Fackel erhellt. Auf jeder Etage erblickte sie eine Tür. Dunkles Eichenholz, versehen mit eisernen Beschlägen. Kerkerzellen. Alles war still. Whisper vermutete, dass sie der einzige Gast in diesem Kerker war.

Sie erblickte weder eine Wache noch hörte sie die Rufe von weiteren Gefangenen. *Womöglich hat sich Dungarvan diesen Kerker für besondere Gefangene aufgehoben.* Whisper war sicher, dass es weitere Gefangene gab. Vermutlich saßen sie irgendwo tief unter Dungarvan-Hall in Zellen, die niemals vom Licht des Tages erreicht wurden. *So gesehen habe ich noch Glück gehabt.*

Sie machte sich daran, die Stufen hinabzusteigen. Als sie an der ersten Tür vorüberkam, entdeckte sie in einer Nische daneben einen Tisch. Sie erkannte die Umrisse von einigen Gegenständen, die darauf lagen. Vorsichtig trat sie näher heran. Hasenfuß' Narrengesicht grinste ihr vom Tisch entgegen. Dahinter befand sich ihr Dolch. Ihre Stiefel standen auf dem Boden. Beinahe hätte sie laut gejubelt. Sofort schlüpfte sie in die Stiefel, verstaute den Dolch am Gürtel und nahm Hasenfuß an sich.

Für einen Augenblick hatte sie mit dem Gedanken gespielt, den Dolch in der Hand zu behalten. Sie kam jedoch zu dem Schluss, dass Hasenfuß die unauffälligere Waffe war. Ihre Finger um den hölzernen Griff der Waffe geklammert setzte sie ihren Weg fort. Etage um Etage arbeitete sie sich nach unten, während die Wärme langsam in ihre Füße zurückkehrte. Kein Mensch und kein Tier stellten sich ihr in den Weg um sie aufzuhalten. Unendlich erleichtert erreichte sie schließlich eine Tür am Fuße des Turmes. Bei ihren früheren Rundgängen hatte sie keine Tür gesehen, die in den äußeren Hof geführt hätte. *Sobald ich den Turm verlasse, befinde ich mich im Herzen von Dungarvan-Hall.* Sie wusste nicht recht, ob sie sich darüber freuen oder sich davor fürchten sollte. Trotzdem war sie sich darüber im Klaren, dass ihr Ziel ohnehin dort lag. Es war noch immer ihre Aufgabe, den Ring zu finden.

Whisper drückte sich an die Wand und öffnete die Tür einen Spaltbreit. Überrascht stellte sie fest, dass sich dahinter nicht der innere Hof befand, wie sie erwartet hatte, sondern ein langer Gang, der nach wenigen Metern in einen anderen Gang mündete. Als sie auch nach einer Weile nichts Verdächtiges entdeckte, öffnete sie die Tür vollends und trat hindurch. Sie folgte dem schwach beleuchteten Gang bis zur Kreuzung. Die Tür hatte sie nur angelehnt für den Fall, dass sie schnell ein Versteck benötigen würde. Kurz vor der Ecke hielt Whisper inne und spähte vorsichtig nach allen Seiten. Zu ihrer Rechten endete der Gang nach nur zwei Metern an einer Wand. Links jedoch erstreckte sich eine schier nicht enden wollende Flucht von Türen. Keine Menschenseele war zu sehen. Da ihr keine andere Wahl blieb, setzte sie sich in Bewegung. Es war sinnlos, hier auf Zehenspitzen entlangzuschleichen. Sollte sie jemandem begegnen, gab es keinen Ort, an dem sie sich verstecken konnte. Mit festen Schritten folgte sie dem langen Gang. Als sie sich etwa auf halber Strecke zum anderen Ende befand, öffnete sich hinter ihr eine Tür. Whisper fuhr erschrocken herum. Hasenfuß fest am Griff gepackt war sie bereit anzugreifen. Sie hielt mitten in der Bewegung inne, als sie ein einfach gekleidetes Mädchen erkannte, das einen Stapel Wäsche auf den Armen balancierte. Sein braunes Haar hing ihm in wirren Strähnen ins Gesicht. Erschrocken starrte es auf Whisper. Whisper war davon überzeugt, dass das Mädchen jeden Moment laut um Hilfe schreien würde. Noch immer klammerten sich ihre Finger um Hasenfuß' Griff, unentschlossen, ob sie zuschlagen oder abwarten sollte.

Das Mädchen überwand seinen Schrecken rasch. »Verzeiht, Mylady, ich hatte nicht damit gerechnet, zu dieser

Zeit hier auf jemanden zu treffen.« Behindert von ihrer Last versuchte sie sich an einem unbeholfen wirkenden Knicks.

»Tatsächlich habe ich selbst nicht damit gerechnet, zu dieser Zeit hier zu sein«, gab Whisper zurück. »Streng genommen bin ich auf der Suche nach der großen Halle. Wir verließen die Halle gemeinsam um ein wenig Luft zu schnappen und wurden im Getümmel getrennt. Unglücklicherweise habe ich irgendwo eine falsche Abzweigung eingeschlagen und nun finde ich nicht mehr zurück.«

Das Mädchen nickte. »Ihr seid weit von Eurem Weg abgekommen. Ich würde Euch führen, doch wenn ich die Wäsche nicht bis morgen früh fertig habe, bekomme ich Ärger.«

»Aber du kannst mir den Weg beschreiben, nicht wahr?«

Wieder nickte das Mädchen. »Folgt diesem Gang bis zu seinem Ende, dort trefft Ihr auf ein Treppenhaus. Ihr müsst in den ersten Stock hinauf, folgt dort dem Gang nach links und Ihr stoßt direkt auf die große Treppe, die zur Eingangshalle hinabführt.«

Whisper bedankte sich. Sie ließ das Mädchen stehen und setzte ihren Weg fort. Sie hörte noch, wie das Mädchen einen anderen Raum betrat und die Tür hinter ihm ins Schloss fiel.

Hin und wieder begegnete sie vereinzelten Menschen, die geschäftig über die Gänge hasteten. Whispers Kleid war schmutzig und an einigen Stellen zerrissen. Sie selbst konnte kaum einen besseren Anblick bieten. Dennoch schenkte ihr niemand Beachtung.

Tatsächlich erreichte sie wenig später die Kreuzung, von der das Mädchen gesprochen hatte. Sie wusste sofort, wo sie sich befand. Es war die Galerie, die über der Eingangshalle lag. Wenn sie der nächsten Abzweigung nach links folgte, kam sie an Dungarvans Arbeitszimmer vorbei und würde schließlich auf das Treppenhaus stoßen, das zu seinen Privatgemächern führte.

Obwohl sie sicher war, dass er den Ring längst an einen anderen Ort gebracht hatte, musste sie sich zumindest davon überzeugen, ob dem tatsächlich so war. *Ich gab Prinz Drachmon mein Wort. Und ich werde nichts unversucht lassen.* Whisper hasste sich selbst dafür, dass sie sich so sehr an ihr Wort gebunden fühlte. Das war Anajas' Schuld. Aus irgendeinem Grund wollte sie nicht, dass er sie für wortbrüchig hielt. Sie wollte ihm beweisen, dass selbst das Wort einer Diebin seinen Wert hatte. Whisper verfluchte sich im Stillen. Sie hätte die große Halle verlassen und sich für den Rest der Nacht irgendwo ein Versteck suchen sollen, um am nächsten Tag Dungarvan-Hall für immer den Rücken zu kehren. Sie brachte es jedoch nicht über sich. *Nur um Anajas etwas zu beweisen laufe ich mit offenen Augen in mein Verderben.*

Im Gegensatz zu jener Nacht, als sie Anajas zum Arbeitszimmer des Herzogs gefolgt war, patrouillierte heute keine Wache auf der Galerie. Whisper spähte vorsichtig nach unten in die Eingangshalle. Rechts und links der breiten Treppe waren je zwei Wachen postiert. Offensichtlich hatte der Herzog eingesehen, dass eine auf der Galerie patrouillierende Wache leicht zu umgehen war. Sie grinste schadenfroh. Damit hatte er ihr die Aufgabe nur leichter gemacht.

Whisper bog um die Ecke und folgte dem Gang, der zur Treppe zu Dungarvans Privatgemächern führte. Aus dem Arbeitszimmer drangen gedämpfte Stimmen an ihr

Ohr, zu leise, als dass sie die Worte hätte verstehen können. Whisper erstarrte, als die Tür geöffnet wurde. Mit einem hastigen Satz flüchtete sie sich in eine Nische und presste sich hinter einer Ritterrüstung in die Schatten an der Wand. Es war kein gutes Versteck, doch es war alles, was sie hatte. Ihr Herz begann wild zu schlagen, als sie die Stimme des Herzogs erkannte. Seine bloße Nähe ließ Panik in ihr aufkommen. *Wenn er mich hier entdeckt, wird er mich töten.*

Ihre linke Hand klammerte sich um den Stiel des Streitkolbens, während die Rechte auf dem Dolchgriff lag. Schweiß bildete sich in ihrem Nacken und rann ihren Rücken hinab. Gleichzeitig fror sie. Krampfhaft darum bemüht, ihr Zittern unter Kontrolle zu halten, drückte sie sich fester gegen die Wand.

»Mit dem ersten Licht des Tages brechen wir auf«, hörte sie Dungarvan sagen.

»Ja, Euer Gnaden.« Whisper erkannte die Stimme des Mannes. Es war derselbe, der den Herzog an jenem Abend aufgesucht hatte, als sie das Versteck des Ringes entdeckt hatte. Poryas.

»Ist mit dem Kästchen, das ich dir gegeben habe, alles in Ordnung?«

»Natürlich, Euer Gnaden.« Whisper konnte hören, wie der Mann lächelte. »Niemand wird auf den Gedanken kommen, dass Ihr den größten Schatz des Königreiches einem alten Priester anvertraut habt. Euer Kästchen ist sicher bei mir.«

Der größte Schatz des Königreiches? Der Ring. Der alte Priester hat ihn. Beinahe hätte Whisper laut aufgeatmet, als ihr bewusst wurde, dass sie nicht mehr in Dungarvans Privatgemächer musste.

»Gut. Du bürgst mir mit deinem Leben dafür.« Einen

Augenblick war es still, dann sagte der Herzog: »Übermorgen ist endlich der große Tag gekommen. Niemand wird mir mehr streitig machen, was von Rechts wegen mein ist.«

Übermorgen? Der Tag der Verkündung ist übermorgen? Whisper traute ihren Ohren nicht. Wenn das stimmte, hatte sie eineinhalb Tage ohne Bewusstsein im Turm gelegen. Die Götter allein wussten, was in der Zwischenzeit mit Anajas und Gavin geschehen war.

»Und jetzt geh«, sagte der Herzog.

»Wie es Euch beliebt, Euer Gnaden.« Gewänder raschelten, dann erklangen Schritte. Jemand trat auf den Gang. Whisper hielt den Atem an. Ein alter Mann in einer wallenden dunkelgrünen Robe eilte an ihrem Versteck vorbei.

Whisper verharrte noch einen Augenblick reglos, ehe sie sich vorsichtig nach vorne schob und um die Ecke spähte. Die Tür zum Arbeitszimmer war wieder geschlossen. Von Dungarvan war nichts zu sehen. Auf der anderen Seite bog der Priester um die Ecke und verschwand aus ihrem Blick. Whisper trat auf den Gang hinaus und folgte ihm.

Wie Alanderiel behauptet hatte, war es für ihn ein Kinderspiel gewesen, wieder nach Dungarvan-Hall zu gelangen. Er hatte den Torwachen einen Schlauch Wein zugeworfen und sie dazu eingeladen, jederzeit seinen Weisen zu lauschen. Die Wachen hatten ihr Bedauern darüber geäußert, dass ihr Dienst es nicht zuließe, und den Durchgang freigegeben.

Alanderiel hatte den Wagen durch das Tor gelenkt und

weitab ihres ursprünglichen Lagerplatzes abgestellt. Im Schutze der Dunkelheit waren Anajas und Gavin unter dem Wagen hervorgekrochen und nach drinnen geklettert. Wie Alanderiel vorhergesagt hatte, war es spät in der Nacht. So spät, dass selbst die hartgesottensten Feiernden bereits schliefen.

»Uns bleiben nur wenige Stunden, bis es wieder hell wird. Eine Zeit, die wir unbedingt nutzen sollten um einen Plan zu fassen«, sagte Alanderiel. Er griff nach einem verschnürten Bündel, öffnete es und breitete Brot, Schinken und Käse zwischen ihnen auf dem Wagenboden aus. »Greift zu.«

Anajas nahm sich ein Stück Brot und etwas Käse. Lustlos kaute er darauf herum. »Gavin, traust du es dir zu, in die Privatgemächer des Herzogs vorzudringen?«

Gavin nickte. »Natürlich. Ich werde alles tun, was nötig ist«, sagte er kauend.

»Gut. Ich werde Whisper suchen.« *Wenn ich nur wüsste, wo ich mit meiner Suche beginnen soll.* »Alanderiel, wie gut kennt Ihr Euch in Dungarvan-Hall aus?«

Alanderiel zuckte die Schultern. »Ein wenig.«

»Wo könnte der Herzog Whisper gefangen halten?«

»Es gibt Verliese tief unter dem Herrenhaus. Ich glaube allerdings nicht, dass sie sich dort befindet.«

»Warum nicht?«

Alanderiel spülte die Reste seines Mahls mit einem Schluck Wein hinunter. »Dort würdet Ihr zuerst nach ihr suchen. Vermutlich hat er sie im Turm eingekerkert.«

»Der Turm also.« Anajas nickte.

Gavin legte das letzte Stück Brot zur Seite und blickte Anajas nachdenklich an. Schließlich sagte er: »Anajas, Ihr wisst, dass Dungarvan heute aufbrechen wird. Wenn wir den Ring nicht finden, bevor er Dungarvan-Hall verlässt, bleibt uns keine andere Wahl mehr, als ihn in einen Hinterhalt zu locken. Wenn sich die Dinge nicht so entwickeln, wie wir es uns erhoffen … Wie lange warten wir, bis wir ihm folgen?«

Anajas wusste, dass Gavin Recht hatte. Womöglich würden sie weder Whisper noch den Ring finden. Er wog seine Entscheidung sorgfältig ab und nahm sich viel Zeit, ehe er antwortete. »Dungarvan ist eitel. Er will Überlegenheit demonstrieren. Er wird mit einem großen Tross reisen, der nur langsam vorankommen wird.« Anajas atmete tief durch. »Wenn wir bis zum Nachmittag keinen Erfolg hatten, werden wir Dungarvan-Hall verlassen und ihm folgen.« Er hob den Kopf und sah zu Alanderiel. »Werdet Ihr uns ein weiteres Mal helfen?«

Alanderiel nickte. »Natürlich.«

»Gut. Ihr werdet uns mit dem Wagen hinausbringen. Wie schnell können wir damit das kleine Wäldchen erreichen?«

»Wenn wir am Nachmittag von hier aufbrechen und den Pferden alles abverlangen, können wir es noch vor Einbruch der Dunkelheit schaffen.«

»Das muss genügen.« Anajas blickte von Gavin zu Alanderiel. »Gibt es noch Fragen?«

Beide schüttelten den Kopf und Anajas sagte: »Dann lasst uns noch ein wenig schlafen.«

Gavin und Alanderiel zogen sich zurück. Anajas griff nach einer Decke und legte sich nieder. Er hatte geglaubt, dass er auch jetzt keinen Schlaf finden würde, zu groß war seine Sorge um Whisper. Sobald sein Kopf jedoch den Boden des Wagens berührte, war er eingeschlafen.

Er erwachte kurz nach Tagesanbruch, als Alanderiel ihn an der Schulter rüttelte. »Es ist so weit«, sagte der

Barde, als Anajas die Augen aufschlug. »Gavin ist bereits unterwegs.«

Ruckartig setzte er sich auf. Tatsächlich war der Hof zu Leben erwacht. Musik und Gelächter drangen an sein Ohr. Anajas schlug die Decke zur Seite und erhob sich. Er verstaute einen Dolch in seinem Ärmel und einen weiteren im linken Stiefel. Sein Schwert ließ er zurück. Nur am Rande bemerkte er, wie Alanderiel ihm ein Tuch in die Hand drückte. Sein Passierschein in den inneren Hof.

»Ich erwarte Euch hier, Hoheit, jederzeit zum Aufbruch bereit.«

Anajas nickte. Er schlug die Plane zur Seite und blickte nach draußen. Helles Sonnenlicht blendete ihn und zwang ihn die Augen zusammenzukneifen. Ein weiterer heißer Sommertag. *Ein schöner Tag zum Sterben.* Erschrocken wischte er den Gedanken beiseite. Niemand würde sterben. Whisper schon gar nicht. *Bei allen Göttern, wenn sie wüsste, was ich denke, würde sie mir einen Vortrag darüber halten, dass ich die Dinge viel zu schwarz sehe.* Anajas sprang von der Ladekante auf den Hof und sah sich um. Niemand schenkte ihm Beachtung. Er hatte mit dem Gedanken gespielt, einen Umhang mit Kapuze überzuwerfen um nicht erkannt zu werden. Jetzt jedoch, wo er sah, dass niemand derart geheimnisvoll gekleidet war, wurde ihm bewusst, wie dumm diese Idee gewesen war.

Er setzte sich in Bewegung. Ohne zu zögern bahnte er sich einen Weg zu dem Durchgang, der den äußeren mit dem inneren Hof verband. Sobald Dungarvans Mann, der dort Wache hielt, das Tuch gesehen hatte, winkte er ihn hindurch. Im inneren Hof glitt sein Blick sofort zum Turm hinüber, wo er Whisper vermutete. Er konnte keine Tür entdecken. Anajas blickte zum Haupthaus. Es würde ihm nichts bringen, durch das Hauptportal zu gehen. Er musste einen anderen Eingang nehmen. Einen, der ihn in die Nähe des Turmes brachte.

Niemand achtete auf ihn, als er sich einfach in den Strom der Bediensteten einreihte, die durch einen Nebeneingang ein und aus gingen. Anajas betrat das Gebäude. Hier war von der Hitze des Tages nichts zu spüren. Um nicht aufzufallen wandte er sich ohne innezuhalten nach links und folgte einem langen Gang, der sich vor ihm auftat. Die Richtung stimmte. Mit etwas Glück würde er bald einen Zugang zum Turm finden.

Hin und wieder begegnete er einer Magd oder einem Pagen. Die Bediensteten setzten ihren Weg fort, ohne sich um ihn zu kümmern. Schließlich erreichte er eine Kreuzung. Geradeaus endete der Gang nach zwei Metern vor einer Mauer. Zu seiner Linken befand sich eine Tür. *Wenn ich mich nicht irre, ist das der Zugang zum Turm.* Anajas war soeben im Begriff, auf die Tür zuzugehen, als er von der anderen Seite etwas hörte. Schwere Schritte, gepaart mit dem leisen Klirren eines Kettenhemdes. Wachen. Die Bediensteten mochten ihn ignorieren, sollte er jedoch einer Wache begegnen, würde er wahrscheinlich nicht so einfach davonkommen. Anajas sah sich hektisch um. Die Schritte kamen näher. Er flüchtete sich zurück in den langen Gang. Um die Ecke wurde die Tür geöffnet.

»Wie lange soll sie noch ohne Essen ausharren?«, hörte Anajas einen Mann sagen.

»Der Herzog hat gesagt, wir sollen sie zwei oder drei Tage schmoren lassen. Ist ja auch egal, er wird sie ohnehin hinrichten lassen«, entgegnete ein anderer. Die Stimmen näherten sich.

Anajas brauchte ein Versteck. Hier gab es keine Nischen. Lediglich eine Tür befand sich in Reichweite. Er wusste nicht, was ihn dahinter erwartete, dennoch griff er nach dem Riegel, öffnete die Tür und schlüpfte in den dahinter liegenden Raum, ehe er sie hastig wieder schloss. Dunkelheit umfing ihn. Anajas blinzelte einige Male, bis ihm bewusst wurde, dass ein schwerer Vorhang das Fenster verdunkelte. Schattenhafte Umrisse wuchsen wie Pilze aus dem Boden empor. Der Geruch von frischer Wäsche stieg ihm in die Nase. Er glaubte Regale und Kommoden zu sehen. Ein großer Tisch, auf dem etwas lag, das er auf den zweiten Blick als sauber gefaltete Tücher erkannte. In einer Ecke standen ein paar Körbe und auf dem Boden stapelten sich Tücher und Laken. Eine Wäschekammer. Erleichtert stellte er fest, dass der Raum verlassen war.

Er presste das Ohr gegen das raue Holz der Tür und lauschte. Dumpfes Gemurmel, der Klang schwerer Schritte, die an seiner Kammer vorübergingen. Die Wachen waren vorbei. Anajas lehnte sich mit dem Rücken an die Tür und atmete tief durch. In Gedanken versuchte er abzuschätzen, wie lange die Männer brauchen würden, den Gang zu durchqueren und außer Sicht zu gelangen.

Ein Geräusch ließ ihn aufschrecken. Es kam aus der Kammer. Anajas spähte aus zusammengekniffenen Augen ins Halbdunkel. Irgendwo raschelte ein Stapel Laken. *Eine Ratte.* Dennoch stieß er sich leise von der Tür ab und ging vorsichtig in den Raum hinein. Sein Blick glitt wachsam von links nach rechts. Alles war ruhig. Er hörte nur das dumpfe Pochen seines Herzens. Anajas hielt inne und lauschte. Nichts. Langsam machte er auf dem Absatz kehrt. Er wollte seine Aufmerksamkeit erneut der Tür zuwenden, als er aus dem Augenwinkel eine Bewegung wahrnahm. Da wusste er, dass er nicht allein war. Er fuhr herum und stürzte sich auf den Unbekannten. Ein unterdrückter Schrei erklang. Anajas hatte den anderen bei den Schultern erwischt und rang ihn zu Boden. Heftige Tritte trafen ihn unterhalb des Knies. Er warf sich im letzten Augenblick zur Seite und entging so einem Tritt zwischen die Beine. Seinen Gegner hielt er noch immer gepackt und riss ihn mit sich. Ineinander verkeilt rollten sie über den Boden, tiefer hinein in den Wäschestapel. Anajas war stärker und gewann rasch wieder die Oberhand. Er nagelte den Unbekannten mit dem Gewicht seines Körpers auf den Boden und sorgte dafür, dass er – halb von Laken bedeckt – bewegungsunfähig war.

»Ich will dir nichts tun«, zischte er. »Hör auf gegen mich zu kämpfen!«

»Anajas!«

»Whis?« Anajas packte das Laken, das ihr Gesicht zur Hälfte verdeckte, und zog es zur Seite. Es fiel ihm nicht leicht, ihr Gesicht in den Schatten auszumachen; je länger er sich jedoch darauf konzentrierte, desto deutlicher sah er sie vor sich. »Bei allen Göttern, Whisper! Ich bin so froh, dich am Leben zu sehen!« Er spürte, wie sie sich entspannte.

Anajas streckte die Hand nach ihr aus. Mit den Fingerspitzen strich er sanft ihre Kinnlinie entlang. »Du lebst«, murmelte er noch einmal.

»Natürlich lebe ich!« Sie versuchte sich aus seinen Armen zu lösen. Nur widerwillig gab er sie frei und erhob sich.

»Wie bist du entkommen?«

Whisper schüttelte den Kopf. »Das willst du nicht wissen.«

Anajas packte sie bei der Hand und half ihr auf die Beine. »Dann würde ich wohl kaum fragen.«

Whisper blickte ihm forschend ins Gesicht. Schließlich nickte sie. »Ich bin aus dem Fenster geklettert.«

»Was? Du warst im Turm gefangen!«

»Glaub mir, daran musst du mich wirklich nicht erinnern.«

Anajas schloss für einen Moment die Augen. »Ich bin so froh, dass dir nichts geschehen ist.«

»Was ganz sicher nicht dein Verdienst ist.«

Die Bitterkeit in ihrer Stimme ließ ihn aufhorchen. »Was? Aber ich …«

»Spar dir die Worte. Lass uns lieber sehen, dass wir einen Weg hinausfinden.« Sie trat an ihm vorbei auf die Tür zu.

Anajas hielt sie am Arm zurück. »Erst will ich wissen, was das zu bedeuten hat.«

»Was es bedeutet?« Die Hände in die Hüften gestemmt stand sie da und sah ihn an. »Ich habe dir einmal gesagt, du sollst nichts versprechen, was du nicht halten kannst. Erinnerst du dich?«

Ich habe ihr gesagt, dass ich sie niemals im Stich lassen würde. Anajas nickte. Er wusste nicht, worauf sie hinauswollte. In der Hoffnung, zu verstehen, wovon sie sprach, suchte er ihren Blick. Mühsam unterdrückte Wut funkelte in ihren Augen. Und noch etwas anderes. Enttäuschung.

Sie versuchte seine Hand abzustreifen, doch dieses Mal war er nicht bereit sie freizugeben. »Ich erinnere mich deutlich an das Versprechen. Deshalb bin ich hier. Ich wollte dich aus dem verdammten Turm befreien. Ich habe dich nicht im Stich gelassen.«

»Doch, das hast du. An jenem Abend, als ich dich mehr denn je gebraucht hätte, bist du einfach davongegangen. Du hast mich allein gelassen mit meiner Angst und …« Sie brach ab und kaute auf ihrer Unterlippe. Ihre Stimme klang merkwürdig dünn, als sie noch einmal sagte: »Du hast mich einfach allein gelassen.«

»Lass mich es dir erklären.«

»Nein!« Sie hatte ihre Stimme wieder unter Kontrolle. »Es gibt nichts zu erklären.« Erneut versuchte sie sich aus seinem Griff zu befreien. Statt sie jedoch loszulassen verstärkte er seinen Griff.

»Wir werden diese Kammer nicht verlassen, ohne dass ich Gelegenheit hatte, dir ein paar Dinge zu erklären. Wenn du nicht vorhast, den Palast zusammenzubrüllen und uns beide in den Kerker zu bringen, hältst du jetzt besser den Mund und hörst mir zu!«

Whisper starrte ihn überrascht an. Sie öffnete den Mund und schloss ihn sogleich wieder.

»Gut.« Anajas nickte und lockerte seinen Griff ein wenig. »Glaube mir, wenn ich an jenem Abend auch nur geahnt hätte, was wirklich geschehen ist, ich wäre nicht davongegangen. Niemals.« In wenigen Worten berichtete er von jenem Teil ihres Gespräches mit Dungarvan, dessen Zeuge er geworden war, und wie er erst am nächsten Tag von Gavin die Wahrheit erfahren hatte.

»Du hast wirklich geglaubt, ich hätte euch verraten?«

»In diesem Augenblick sprach alles gegen dich. Ich blieb nicht lange genug um die Wahrheit zu erfahren.« Zum ersten Mal, seit er sie kannte, konnte er ihr deutlich ihre Gefühle vom Gesicht ablesen. Sein Misstrauen hatte sie verletzt. »Whisper, ich … Es tut mir Leid. Was hätte ich denn glauben sollen?«

Sie hob abwehrend die Hand. »Genug davon. Was ist unser Plan?«

Anajas wollte ihr noch so vieles sagen. Ihm war jedoch bewusst, dass dies weder der rechte Ort noch der rechte Zeitpunkt war. »Alanderiel erwartet uns im Hof. Er wird uns mit dem Wagen aus der Burg bringen.« Er zog die Hand von ihrem Arm zurück und trat auf die Tür zu. Nachdem er kurz gelauscht hatte, öffnete er sie einen Spaltbreit und spähte auf den Gang hinaus. Alles war ruhig. Er zog die Tür vollends auf und trat aus der Wäschekammer. Whisper folgte ihm. Sie hasteten den langen Gang entlang. Kurz vor einer Biegung hielten sie inne und lauschten. Schritte erklangen und kamen rasch näher. Schwere Stiefel. Anajas schob Whisper zurück und deutete auf eine Tür. Sie nickte. Hastig wandte sie sich um und eilte auf die Tür zu. Ihre Hände griffen nach dem eisernen Ring und zogen daran. Vergebens. Die Tür war verschlossen. Eine Wache bog um die Ecke, bewaffnet mit einem Speer.

»Ihr da!«, rief der Wachmann, als er Anajas und Whisper entdeckte. »Was habt ihr hier zu suchen?« Seine Augen wurden schmal. »Ihr seid Prinz Anajas!« Ohne zu zögern hob er den Speer und setzte zum Wurf an.

Anajas blieb kaum eine Möglichkeit, dem Angriff auszuweichen. Der Gang war zu eng. Er spürte, wie er gepackt und herumgerissen wurde. Irgendwo neben ihm fiel der Speer klappernd zu Boden. Er verlor das Gleichgewicht und stürzte zu Boden. Der Aufprall presste ihm alle Luft aus den Lungen. Für einen Moment schloss er die Augen. Er spürte ein Gewicht auf seiner Brust, und als er die Augen wieder öffnete, sah er, dass Whisper auf ihm lag. Sie hatte ihn gepackt und zu Boden geworfen. Hinter ihr zog die Wache ihr Schwert und kam näher.

»Mein Dolch!«, keuchte Whisper atemlos. »Nimm meinen Dolch.«

Anajas entdeckte die silberne Klinge an ihrem Gürtel. Ohne zu zögern ergriff er die Waffe, zielte und warf. Die

Klinge drang in die Kehle des Wachmanns ein. Mit einem gurgelnden Laut sank er zu Boden.

Anajas schob Whisper zur Seite und sprang auf die Beine. Nachdem er sich davon überzeugt hatte, dass der Wachmann keine Gefahr mehr darstellte, packte er die Leiche und zerrte sie in eine offen stehende Kammer, wo er sie unter einem Stapel Wäsche verbarg. Zum Schluss packte er den Speer und warf ihn ebenfalls in die Kammer.

Whisper erwartete ihn auf dem Gang. Sie war überraschend bleich und lehnte mit dem Rücken an der Wand.

»Geht es dir gut?«

Als sie nickte, packte er ihre Hand und wollte sich in Bewegung setzen. Mitten im Schritt hielt er inne. Seine Finger hatten eine warme, klebrige Flüssigkeit berührt. Er sah auf ihre Hand hinab und erschrak. »Das ist Blut!«

»Es ist alles in Ordnung, Anajas. Lass uns verschwinden.« Ihre gepresste Stimme strafte sie Lügen.

»Was ist geschehen, Whisper?«

»Der Speer.« Anajas' Blick wanderte über ihren Körper und blieb an ihrer Seite hängen, wo der Speer ihr Kleid zerrissen und eine heftig blutende Wunde hinterlassen hatte. »Hör auf mich so erschrocken anzustarren. Wir müssen hier weg!«

Whisper stieß sich von der Wand ab und setzte sich in Bewegung. Sie geriet ins Taumeln und wäre gestürzt, wenn er sie nicht aufgefangen hätte. Er hob sie auf seine Arme und trug sie.

»Anajas, ich …«

»Psst. Nicht sprechen, Sonnenschein.« Er fühlte sich wie betäubt. Zu sehen, wie sehr sie die Verletzung binnen weniger Augenblicke geschwächt hatte, erschreckte ihn.

»Der Ring …« Sie hob den Kopf und sah ihm in die Augen. »Ich …« Ehe sie den Satz beenden konnte, sank sie bewusstlos gegen seine Brust. Anajas hätte vor Verzweiflung und Sorge laut schreien können. Stattdessen fasste er sie fester und hastete den Gang entlang. Es war ihm gleichgültig, ob ihn ein Diener sah oder ob er einer weiteren Wache begegnete. Alles auf der Welt verlor an Bedeutung bei dem Gedanken, dass Whisper womöglich sterben würde.

Anajas wählte denselben Weg, den er gekommen war, um den inneren Teil der Festung zu verlassen. Als er den Durchgang passierte, machte er der Wache gegenüber eine Bemerkung über Frauen und Alkohol – dann war er draußen. Mit jedem Meter, den er zurücklegte, wurde er schneller. Schließlich rannte er. Völlig außer Atem erreichte er den Wagen.

Alanderiel und Gavin, die neben dem Wagen auf ihn gewartet hatten, eilten ihm entgegen und halfen ihm Whisper ins Innere zu schaffen. Während Anajas Whisper auf einen Stapel Decken bettete, schloss Gavin die Plane im hinteren Teil des Wagens. Alanderiel sprang auf den Kutschbock und lenkte den Wagen in Richtung Tor.

Anajas kümmerte sich nicht weiter darum, ob es Alanderiel gelang, die Burg zu verlassen. Er konnte nichts weiter tun als auf die Fähigkeiten des Barden zu vertrauen. Seine ganze Aufmerksamkeit galt Whisper. Mit Gavins Hilfe machte er sich daran, ihre Wunde zu versorgen. Gavin reichte ihm einen Wasserschlauch und begann damit, Verbände zusammenzusuchen. Anajas legte den Wasserschlauch zur Seite, packte ein paar saubere Tücher und presste sie auf die Wunde um die Blutung zu stillen. Das zunächst sanfte Schaukeln des Wagens wurde zunehmend heftiger.

Alanderiel steckte den Kopf herein und rief: »Dungarvan-Hall liegt hinter uns. Haltet euch fest, meine Herren, jetzt wird es ein wenig rütteln!« Dann wandte er sich wieder der Straße zu und trieb die Pferde an.

Anajas wurde hin und her geworfen, dennoch dachte er keinen Augenblick daran, sich festzuhalten. Immer noch presste er die Tücher auf Whispers Wunde. Als er schließlich sicher wusste, dass die Blutung gestoppt war, wusch er die Wunde aus und verband sie. Mit einem müden Seufzer ließ er sich neben Whisper nieder und nahm ihre Hand in seine. Mehr konnte er im Augenblick nicht für sie tun.

»Ich habe den Ring nicht gefunden, Herr.« Gavins Stimme drang von weither an sein Ohr.

»Sie hat mir das Leben gerettet«, sagte Anajas ohne auf Gavins Worte einzugehen.

»Anajas, der Ring. Dungarvan ist bereits im Morgengrauen aufgebrochen, das habe ich von einer Magd gehört. Im Morgengrauen! Er hat einen gewaltigen Vorsprung.«

Anajas sah auf. »Wir werden ihn uns holen, Gavin. Das werden wir.«

Bei Einbruch der Dunkelheit zügelte Alanderiel die Pferde. Gavin schlug die Plane zur Seite und blickte hinaus. Anajas sah die Bäume, die sie umgaben. Sie hatten das Wäldchen erreicht.

»Wie geht es ihr?« Alanderiel kletterte über den Kutschbock hinweg ins Wageninnere.

»Ich weiß es nicht. Sie ist noch immer nicht erwacht.«

Der Barde kniete neben ihr nieder und legte eine Hand an ihren Hals. »Das Leben in ihr ist stark«, sagte er nach einer Weile. »Sie ist nicht länger bewusstlos. Sie schläft.«

Anajas wusste nicht, ob ihn die Nachricht des Barden

freuen sollte. *Schlaf ist nur ein anderes Wort für nicht bei Bewusstsein.* Womöglich wollte Alanderiel ihn nur beruhigen.

»Wir müssen aufbrechen, Hoheit.«

Anajas hob den Kopf und blickte Gavin entgegen. Er fühlte sich plötzlich schrecklich allein. Gavins förmliche Anrede verstärkte dieses Gefühl noch. »Hör auf mich Hoheit zu nennen, Gavin. Wir kämpfen Seite an Seite. Wir sind Kampfgefährten und Freunde, nicht Herr und Diener.« Sein Blick wanderte zu Alanderiel. »Dasselbe gilt für dich, Barde. Wir sind Freunde.«

Alanderiel schien zu verstehen, was in ihm vorging. Er nickte. »Also gut, mein Freund. Ihr beide solltet eure Pferde satteln und aufbrechen. Die Zeit drängt.«

Anajas' Blick glitt zu Whisper. »Ich kann sie nicht allein lassen.«

»Sie ist nicht allein. Ich bin bei ihr. Und ich versichere dir, ich werde alles in meiner Macht Stehende tun um ihr zu helfen.« Alanderiel sah Anajas in die Augen. »Darauf gebe ich dir mein Ehrenwort.«

Anajas nickte. Er wusste, dass er aufbrechen musste, obwohl sein Herz schrie, er solle bleiben. Mit einem letzten Blick auf Whisper griff er nach seinem Waffengürtel, legte ihn an und sprang von der Ladefläche hinunter. Er zäumte sein Pferd auf und schwang sich in den Sattel. Gefolgt von Gavin preschte er davon.

Als Whisper die Augen aufschlug, war es finster.

Nicht schon wieder, dachte sie und wollte sich aufsetzen. Ein stechender Schmerz fuhr durch ihre Seite. Keuchend kämpfte sie sich in eine aufrechte Position.

»Whisper?« Es überraschte sie, Alanderiels Stimme zu hören.

»Im Augenblick wünschte ich, ich wäre jemand anderes«, gab sie gepresst zurück. Der Schmerz ließ rote und schwarze Punkte in der Dunkelheit vor ihren Augen aufflammen.

Alanderiel entzündete eine Laterne und hängte sie an den Haken, der sich unterhalb des Wagendaches befand.

Der Wagen. Whisper sah sich um. »Sind wir noch in Dungarvan-Hall?«

Alanderiel tauchte neben ihr auf. »Nein, das liegt schon lange hinter uns.« Er musterte sie besorgt. »Wie fühlst du dich?«

»Als hätte mich ein Fuhrwerk überrollt.«

»Du solltest dich wieder hinlegen.«

Gerne wäre sie seinem Rat gefolgt. Doch etwas hielt sie davon ab. »Ich muss mit Anajas sprechen«, sagte sie.

Alanderiel lächelte. »Da wirst du dich eine Weile gedulden müssen. Er ist mit Gavin aufgebrochen um Dungarvan den Ring abzujagen.«

»Was!« Alanderiels Worte ließen sie auffahren. Eine Bewegung, die sie augenblicklich bereute. Brüllender Schmerz flammte in ihrer Seite auf. Sie legte die Hand auf ihre Wunde und biss die Zähne zusammen.

»Du solltest dich wirklich wieder hinlegen. Ich sehe doch, dass es dir nicht gut geht.«

»Was du nicht sagst.« Whisper schluckte eine weitere Bemerkung hinunter und fragte: »Wie lange sind sie schon weg? Wie bin ich überhaupt hierher gekommen?«

Alanderiel setzte sie darüber ins Bild, was geschehen war, nachdem sie das Bewusstsein verloren hatte, und was Gavin und Anajas planten.

»Bei allen Göttern! Wir müssen sie aufhalten!«

»Bist du übergeschnappt?« Alanderiel betrachtete sie mit einem Blick, der zu besagen schien, dass er ernsthaft an ihrem Geisteszustand zweifelte.

»Keineswegs. Verdammt, Alanderiel, ich habe den Ring!« Sie war Poryas in seine Gemächer gefolgt und hatte den Ring aus dem Kästchen gestohlen. Für den Rest der Nacht hatte sie sich in die Wäschekammer zurückgezogen und abgewartet. Sie musste eingeschlafen sein, denn als sie die Augen geöffnet hatte, war sie nicht mehr allein gewesen. Zu ihrem Glück hatte sich der Eindringling als Anajas entpuppt. »Ich habe versucht es Anajas zu sagen, bevor ich das Bewusstsein verlor.«

Alanderiel stieß heftig einige Worte in einer Sprache aus, die sie nicht verstand. Dass es sich dabei um einen Fluch handelte, war jedoch unverkennbar. »Ich werde ihm den Ring bringen.«

Whisper schüttelte den Kopf. »Du glaubst doch nicht allen Ernstes, dass ich hier allein zurückbleibe, während ihr alle euren Spaß habt.«

»Du bist verletzt.«

»Ja, aber ich bin nicht tot. Und mit ein paar Schmerzen werde ich schon fertig.« So hoffte sie zumindest.

Alanderiel sah sie lange Zeit schweigend an. Es war, als suche er in ihrem Gesicht nach etwas. Whisper erwiderte seinen Blick entschlossen. Schließlich sagte er: »Ich kann dir etwas gegen die Schmerzen geben, meine Schöne. Es hilft jedoch nicht gegen die Verletzung. Du wirst sie nur für eine Weile leichter ertragen. Wenn das Mittel jedoch nachlässt, wird der Schmerz mit voller Wucht zurückkehren. Womöglich wird er noch schlimmer sein als zuvor.«

Whisper nickte. Sie war für alles dankbar, das sie auch

nur für kurze Zeit vom Schmerz befreite. »Worauf wartest du noch?«

Alanderiel erhob sich seufzend, ging zu seinem Bündel hinüber und begann darin zu kramen. Nach einer Weile förderte er eine kleine schmucklose Metallphiole zutage und wollte sie Whisper geben. Sie zögerte die Phiole anzunehmen.

»Was ist?«

»Ich bin mir nicht sicher, ob es richtig ist. Ein Mittel gegen die Schmerzen klingt verlockend, doch gleichzeitig ist es sehr kostbar. Womöglich solltest du …«

Alanderiel fiel ihr ins Wort. »Was sollte ich? Es nicht an dich verschwenden?« Sie nickte. »Red keinen Unsinn, Mädchen! Ich kann das Zeug jederzeit wieder herstellen.« Erneut hielt er ihr die Phiole entgegen. »Nun nimm es endlich.«

Whisper ergriff das kleine Fläschchen. Das Metall fühlte sich kühl an in der Hand. Vorsichtig, um nichts zu verschütten, öffnete sie den Verschluss. Der Duft würziger Kräuter stieg ihr in die Nase. Einen Augenblick lang fragte sie sich, ob es richtig war, irgendein unbekanntes Gebräu zu trinken. Dann dachte sie an Anajas. Sie schob all ihre Zweifel beiseite, hob das Fläschchen an den Mund und leerte es in einem Zug. Wärme breitete sich in ihrer Kehle aus, folgte dem Trank nach unten in den Magen und durchzog bald ihren gesamten Körper. »Was war das für eine Sprache, die du vorhin gesprochen hast?«, fragte sie, während sie darauf wartete, dass die erhoffte Wirkung einsetzte.

»Die Sprache meines Heimatlandes.«

»Wo kommst du her?«

»Aus Cartómien«, antwortete er ausweichend.

Vom Kontinent? Whisper neigte den Kopf zur Seite

und musterte ihn. Sie war viel in Cartómien herumgekommen. Eine Sprache wie diese hatte sie dort nie gehört. »Du musst es mir nicht sagen, wenn du nicht willst.«

Alanderiel grinste. »Es ist nicht so, dass ich nicht wollte. Vielmehr fürchte ich, du würdest mir ohnehin nicht glauben.«

»Lassen wir es auf einen Versuch ankommen.« Sie spürte, wie die Schmerzen langsam schwächer wurden.

»Ich stamme aus Askarion.«

Whisper riss ungläubig die Augen auf. »Askarion ist …«

»Das Reich der Elben«, vollendete er lächelnd ihren Satz.

»Du siehst nicht aus, wie man sich einen Elb vorstellt.«

Alanderiels Lächeln wurde breiter. »Meine Mutter war ein Mensch, doch mein Vater entstammt dem alten Volk.« Um seine Worte zu beweisen hob er die Hand und schob sein blondes Haar ein Stück zurück. In der Tat waren seine Ohren ein wenig spitz. »Nun kennst du mein Geheimnis. Wie wäre es, wenn du mir im Gegenzug etwas von dir verrätst?«

»Was willst du wissen?«

»Wie ist dein Name? Und damit meine ich deinen richtigen Namen.«

Ich kann das nicht. Sie sah ihm in die Augen. Lange Zeit saßen sie einander gegenüber und blickten sich schweigend an. Alanderiel war ihr Freund, das wusste sie. Dennoch fiel es ihr schwer, Vertrauen zu fassen. Womöglich war es an der Zeit, dass sich etwas in ihrem Leben änderte. *Was macht es schon aus, wenn ich ihm meinen Namen verrate?* Da war etwas in seinen Augen, das schließlich – trotz aller Zweifel – ihre Zunge löste. »Deryan. Mein Name ist Deryan.«

Der Name klang fremd in ihren Ohren. *Wie viele Jahre habe ich ihn nicht mehr gehört?* Es schien eine Ewigkeit her zu sein. Zuerst war sie versucht gewesen ihm einfach einen weiteren falschen Namen zu nennen. Er hätte es niemals herausgefunden. Aber irgendwie erschien es ihr nicht *richtig*, einen Freund zu belügen. So hatte sie ihm die Wahrheit gesagt.

Alanderiel grinste. »Freut mich, dich kennen zu lernen, Deryan.«

Plötzlich sah Whisper auf. Zu ihrem Erstaunen war der Schmerz in ihrer Seite fast vollständig abgeklungen. Alles, was sie im Augenblick spürte, war ein dumpfes, ziehendes Pochen. Ein wenig umständlich kämpfte sie sich auf die Beine und sagte: »Lass uns aufbrechen.«

Anajas und Gavin ritten die ganze Nacht ohne Pause.

Immer wieder hielten sie an, um im fahlen Mondlicht nach den Spuren eines großen Trosses zu suchen. Ohne Erfolg. Anajas weigerte sich zu glauben, dass sie Dungarvan nicht mehr rechtzeitig einholen würden. Er führte Gavin während der Nacht auf mehrere Umwege in der Hoffnung, Dungarvan dort zu stellen. Sie fanden ihn nicht.

Im Morgengrauen musste sich Anajas eingestehen, dass sie zu spät kamen. Sie erreichten den Heiligen Hain bei Sonnenaufgang. Die Sonne erhob sich über dem saftigen Grün des Waldes und vertrieb die Schatten der Nacht. *Ein bemerkenswert schöner Morgen, wenn man bedenkt, dass sich unser aller Leben heute für immer verändert.*

Auf der großen Wiese vor dem Wald lagerten Männer.

Er erkannte die Banner mehrerer Fürsten. Sie alle hatten ihre Gefolgsleute hier zurückgelassen. Den Heiligen Hain durften nur die Hohen Fürsten selbst betreten.

Anajas sprang aus dem Sattel und warf Gavin die Zügel zu. »Du wartest hier, Gavin.« Bevor er ging, legte er seinen Waffengürtel ab und ließ ihn beim Pferd zurück. Im Allerheiligsten trug niemand eine Waffe.

Das letzte Stück des Weges legte er zu Fuß zurück. Allein. Seine Knie zitterten ein wenig. Es war nicht leicht, seinem Bruder die Nachricht seiner Niederlage zu bringen.

Anajas senkte das Haupt und sandte einen stummen Gruß zu den Göttern des Waldes, ehe er zwischen die Bäume trat. Er fröstelte. Er wusste nicht, ob es daran lag, dass es im Schatten der Bäume kühler war, oder ob es sein Versagen war, das ihn frieren machte.

Ein ausgetretener Pfad aus fest gestampfter Erde wies ihm den Weg zum Grab der Könige. Ein Weg, den er erst vor wenigen Monaten zum letzten Mal beschritten hatte. Damals hatte er seinen Vater zu Grabe getragen. Heute waren es die Hoffnungen seines Bruders, die zwischen den altehrwürdigen Bäumen ihre letzte Ruhe finden würden.

Die mächtigen Bluteichen, die den Steinkreis von allen Seiten umgaben, reckten ihre Zweige weit über die heilige Stätte hinaus und hüllten das Herz des Heiligtums in ein Gewirr von Licht und Schatten. Das Licht der Sonne fiel zwischen den Ästen hindurch und zeichnete Säulen aus goldenem Licht in die Luft.

Anajas achtete nicht auf die zerbrechliche Schönheit, die diesen heiligen Ort wie ein Schleier einhüllte. Sein Blick fiel auf Dungarvan. Der Herzog befand sich auf der gegenüberliegenden Seite des Steinkreises, einen alten

Priester an seiner Seite. Unzählige Fürsten in ihren Paradeuniformen standen zwischen den Steinen des Heiligtums und schlossen den Kreis. Manche unterhielten sich leise. Anajas entdeckte einige bekannte Gesichter. Viele der Adligen erkannte er jedoch nur an ihren Wappen. Ein jeder dieser Männer war heute hier, um die Ernennung des künftigen Königs zu bezeugen.

Ein Stück abseits stand Drachmon zwischen den gewaltigen grauen Steinen.

Anajas nahm all seinen Mut zusammen und trat in den Steinkreis. Er achtete nicht auf die anwesenden Fürsten und auch nicht auf Dungarvan, der ihn mit einem spöttischen Lächeln bedachte. Vor Drachmon blieb er stehen und fiel auf die Knie.

»Ich habe versagt, Bruder«, sagte er mit gesenktem Haupt. »Es ist mir nicht gelungen, dir den Ring zu bringen.« *Ebenso wenig konnte ich Whisper schützen.*

Drachmon sah ihn bestürzt an. »Bei allen Göttern, Anajas!«, stieß er gedämpft aus. »Erhebe dich! Du hast nicht versagt. Ich bin sicher, du hast alles in deiner Macht Stehende getan um …«

»Es war nicht genug.« Anajas' Stimme war bitter. Langsam stand er auf und richtete den Blick voller Zorn auf Dungarvan. »Wenn ich könnte, würde ich ihm an Ort und Stelle mein Schwert ins Herz stoßen.«

»Wie groß dein Hass auch sein mag, niemandem ist es gestattet, die heilige Erde dieses Ortes mit Blut zu besudeln.« Drachmon sah Anajas an. Schließlich lächelte er. »Ich weiß, dass du alles gegeben hast, Bruder. Mehr kann ich nicht verlangen.«

Ein alter Mann in weißen Gewändern trat neben die Brüder. Sein langer grauer Bart verbarg den größten Teil seines runzligen Gesichtes. Nicht jedoch seine hellgrauen Augen, die mitfühlend dreinblickten. Anajas verneigte sich tief vor dem Obersten Druiden. »Verzeiht, Terellion, ich habe Euch nicht bemerkt.«

Terellion bedachte Anajas mit einem traurigen Lächeln. »Es ist an der Zeit, meiner Pflicht nachzukommen. Kein sonderlich angenehmes Unterfangen.« Seufzend blickte er zu Drachmon. »Euer Vater war ein guter Mann und ich bin sicher, Ihr geratet nach ihm. Einmal mehr jedoch stellt die Tradition den Besitz des Ringes über die Fähigkeit, zu regieren.« Terellion nickte Drachmon ein letztes Mal zu und schritt ins Zentrum des Steinkreises. Säulen aus goldenem Sonnenlicht umgaben ihn und verliehen ihm etwas Übernatürliches. Augenblicklich kehrte Stille ein.

Terellion erhob die Stimme. »Der Erbe der Macht möge vortreten.«

Dungarvan löste sich aus den Reihen der Adligen, ein kleines Holzkästchen in Händen haltend. Gemurmel erhob sich unter den Anwesenden. Sichtlich hatten sie nicht erwartet Dungarvan vortreten zu sehen.

Vor Terellion hielt er inne. Er verneigte sich und hielt dem Obersten Druiden das Kästchen entgegen. Sonnenlicht umhüllte die kostbaren Einlegearbeiten wie ein Kokon. Terellion nahm die kleine Schatulle, entriegelte sie und hob den Deckel an. Ein Stirnrunzeln mischte sich in seine ernste Miene. »Wo ist der Ring der Macht?«, fragte er.

»Was?«

Terellion schüttelte den Kopf. »Was ich da sehe, ist kein Ring.«

»Haltet mich nicht zum Narren, alter Mann! Ich weiß, dass Ihr mich nicht auf dem Thron sehen wollt, dennoch habe ich Anspruch auf die Krone!« Dungarvan entriss Terellion das Kästchen und blickte hinein. »Bei allen neun

Höllen! Was hat das zu bedeuten?« Er zerrte etwas aus der Schatulle und ließ es achtlos fallen. Anajas sah nicht mehr, wie Dungarvan das Kästchen herumdrehte und wütend schüttelte. Er hörte seine wilden Flüche nicht. Sein Blick war auf das geheftet, was der Herzog weggeworfen hatte. Voller Erstaunen starrte er auf das grinsende Narrengesicht, das vor Dungarvan im Staub lag.

»Hasenfuß«, murmelte er ungläubig. Beinahe hätte er laut gelacht.

Dungarvan schleuderte das Kästchen zu Boden, wo es zerschellte. Mit zwei Schritten erreichte er den Priester, der ihn begleitete, packte ihn am Kragen und schüttelte ihn heftig. »Wo ist mein Ring? Du verdammter alter Narr! Wo ist er?«, brüllte er.

»Er war in dem Kästchen, Euer Gnaden. Seit Ihr es mir übergeben habt, habe ich es nicht geöffnet. Niemand hat es geöffnet. Es ...«

»Soll das heißen, du hast dich vor unserem Aufbruch *nicht* vergewissert, dass er noch da ist?« Dungarvans Stimme wurde zunehmend schriller.

Anajas setzte sich in Bewegung. Gemessenen Schrittes überquerte er die Lichtung. Er verhielt sich absichtlich besonnen, um keinen der Fürsten gegen sich oder seinen Bruder aufzubringen. Gleichzeitig jedoch wollte er verhindern, dass Dungarvan dem Priester etwas zu Leide tat.

»Ich habe das Kästchen doch nie aus den Augen gelassen, Euer Gnaden«, flüsterte der Priester heiser.

»Und was war in der Nacht? Wo war das Kästchen, als du geschlafen hast?«

»Auf meinem Nachttisch.«

»Was?«, kreischte Dungarvan. »Du hast dir den verdammten Ring direkt unter deiner Nase stehlen lassen!«

Leise wie ein Flüstern in der Dunkelheit. Sie hatte in der Tat nicht übertrieben, als sie damals erklärt hatte, sie trage ihren Namen, weil ihre Anwesenheit in einem Raum noch lange nicht bedeutete, dass sie auch bemerkt wurde. Anajas blieb neben Dungarvan stehen und sagte: »Sieht ganz so aus, als hätte das Mädchen letztlich doch triumphiert.« *Sie ist wirklich die Beste.*

Dungarvan gab den Priester frei und fuhr herum. Die Wut, die seine Züge verzerrte, ließ seine blauen Augen beinahe violett wirken. Mit geballten Fäusten stürzte er sich auf Anajas. Die Fürsten wichen ein Stück zurück.

Anajas duckte sich unter dem ersten Hieb hinweg und schlug zu. Seine Faust traf Dungarvan im Magen. Der Herzog keuchte und taumelte einen Schritt zurück. Dann hatte er sein Gleichgewicht wiedererlangt. Nach vorne gebeugt stand er da, die Hände auf die Knie gestützt und starrte Anajas aus zusammengekniffenen Augen an. »Dafür wirst du bezahlen.« Er nahm eine Hand voll Staub und schleuderte sie Anajas ins Gesicht.

Es gelang ihm nicht schnell genug, den Kopf abzuwenden. Feiner Staub, Sand und Erde rieselten ihm in die Augen und nahmen ihm für einen Moment die Sicht. Mit einer Hand versuchte er sich den Staub aus den Augen zu wischen. Dadurch machte er es eher noch schlimmer. Heftig blinzelnd starrte er Dungarvan entgegen und versuchte dessen nächsten Schritt zu erahnen. Dungarvan setzte sich in Bewegung. Langsam umkreisten sich die beiden Kontrahenten. Dungarvans Hand glitt in seinen Ärmel. Eine Dolchklinge blitzte im Sonnenlicht auf. Dann stürzte er sich mit einem wütenden Schrei auf Anajas. Ein aufgeregtes Raunen ging durch die Reihen der Anwesenden.

Irgendwo hinter ihm brüllte Terellion: »Ihr befindet

Euch auf heiligem Grund, Dungarvan! Werft sofort die Waffe weg oder die Herren des Waldes werden Euch strafen!«

Dungarvan achtete nicht auf ihn. Er prallte auf Anajas. Die Klinge fuhr herab. Anajas bekam sein Handgelenk zu fassen. Mühsam hielt er sich die Klinge vom Leib. Dungarvan war kein Schwächling. Und er war – im Gegensatz zu Anajas – ausgeruht. Anajas holte mit dem Bein aus und warf sich gleichzeitig nach vorne. Ineinander verkeilt gingen die Männer zu Boden. Im ersten Augenblick behielt Anajas die Oberhand, dann jedoch hatte Dungarvan seine Überraschung überwunden. Ein Ellbogen traf Anajas am Kinn und für einen Augenblick wurde ihm schwarz vor Augen. Als sich sein Blick wieder klärte, sah er gerade noch, wie der Dolch auf ihn niederfuhr. Mit aller Kraft bäumte er sich unter Dungarvan auf und warf sich zur Seite. Die Klinge bohrte sich dort, wo sich eben noch sein Kopf befunden hatte, ins weiche Erdreich. Dungarvan zögerte nicht. Sofort zog er die Klinge wieder heraus und stürzte sich erneut auf Anajas. Anajas ergriff seinen Arm. Mit aller Kraft, die er aufzubringen vermochte, riss er ihn herum und schleuderte ihn von sich. Dungarvan rollte sich ab und kam wieder auf die Beine. Anajas sah die Fürsten, die wie versteinert am Rande des Kreises standen. Niemand hatte den Mut, einzugreifen.

»Ich warne Euch ein letztes Mal, Dungarvan!«, rief Terellion.

Der Herzog zeigte sich von den Worten des Druiden wenig beeindruckt. Hastig stach er zu. Anajas sprang zur Seite und entging der Klinge abermals. Dem darauf folgenden Fußtritt konnte er nicht mehr ausweichen. Dungarvans Absatz traf ihn im Magen. Keuchend ging Anajas zu Boden.

Er hörte Drachmons Warnschrei und die entsetzten Ausrufe einiger anderer Anwesender. Er sah Dungarvans Angriff aus dem Augenwinkel kommen und warf sich zu Boden. Die Klinge zischte über seinen Kopf hinweg. Anajas holte aus und trat nach Dungarvans Knie. Knochen knirschten und brachen. Mit einem lauten Schrei sprang Dungarvan zurück. Taumelnd kämpfte er darum, sein Gewicht auf das andere Bein zu verlagern, und versuchte trotz allem noch immer Anajas anzugreifen. Für einen Moment sah es so aus, als würde er es tatsächlich schaffen, sein Gleichgewicht zurückzuerlangen. Eine winzige Unebenheit im Boden jedoch ließ ihn stolpern. Es gelang ihm nicht mehr, den Sturz mit den Armen abzufangen. Mit einem Keuchen fiel er zu Boden und blieb mit dem Gesicht zur Seite liegen.

Anajas rappelte sich hoch. Vorsichtig näherte er sich Dungarvan. Bereit einem weiteren überraschenden Angriff auszuweichen. Dungarvan bewegte sich nicht.

»Dungarvan?«

Anajas beugte sich zu der immer noch reglos daliegenden Gestalt hinab. Sein eigener Dolch hatte dem Herzog das Herz durchbohrt und ihm das Leben genommen. Dungarvans gebrochener Blick war nach links gerichtet. Dort lag Hasenfuß. Das Letzte, was der Herzog in seinem Leben gesehen hatte, war das grinsende Gesicht eines Narren.

Im Steinkreis war es totenstill. Anajas wandte sich Terellion zu. »Er ist tot.«

Der Druide nickte. »Die Herren des Waldes haben seinen Frevel gesühnt.«

Lautes Trappeln von Hufen durchbrach die Stille, die sich über die Lichtung gesenkt hatte. Anajas hob den Kopf. Gerade rechtzeitig um zu sehen, wie Whisper zwischen zwei Adligen hindurch in den Steinkreis preschte. Unruhe machte sich unter den Fürsten breit.

Jemand rief: »Frevel! Eine Fremde im Heiligen Hain!«

Andere fielen zustimmend ein. Sie beklagten sich lautstark über Whispers Anwesenheit und das Auftauchen eines Pferdes. So lange, bis einer von ihnen rief: »Still, ihr Narren! Diese Frau entweiht den Heiligen Hain wohl kaum mehr als Dungarvans feiger Mordversuch!«

Augenblicklich verstummten die Proteste.

Whisper bremste ihren wilden Galopp so abrupt, dass sich das Pferd aufbäumte. Erde und Gras stoben auf, als das Tier rutschend zum Stehen kam. Whisper zerrte heftig am Zügel, um nicht die Kontrolle über das wild mit den Augen rollende Pferd zu verlieren.

»Whis!« Anajas wusste nicht, ob er sich freuen sollte sie zu sehen oder ob er sie dafür verfluchen sollte.

Whisper bedachte ihn mit einem gezwungenen Lächeln. Sie riss das Pferd herum und trieb es zu Drachmon hinüber. Sie zog ihren linken Handschuh aus. An ihrem Zeigefinger steckte der Ring der Macht. Ein einfaches goldenes Schmuckstück. Ohne zu zögern streifte sie ihn ab und warf ihn Drachmon zu. »Ich denke, der gehört Euch.«

Drachmon fing den Ring auf und nickte ihr zu. »Du hast mehr als nur meinen Dank verdient.«

Anajas drängte sich dazwischen. »Wie zum Henker kommst du hierher?«, fuhr er sie an.

Whisper verzog das Gesicht. »Kannst du nicht mit einer leichteren Frage beginnen? Ich bin mir nicht einmal sicher, wie ich es auf das verdammte Pferd geschafft habe.« Erst jetzt bemerkte er, wie bleich sie war. Ihr Gesicht war schweißbedeckt und sie schien Mühe zu haben, sich im Sattel zu halten.

»Komm sofort von diesem Pferd herunter!«

»Ich glaube nicht, dass das geht.«

Der scharfe Ritt hatte ihr alles abverlangt, das war ihr deutlich anzusehen. Es war ein Wunder, dass sie es überhaupt geschafft hatte. Kraftlos sank sie über dem Pferdehals zusammen. Anajas packte den Zügel und schwang sich hinter ihr in den Sattel. Er zog Whisper an sich, damit sie nicht stürzen konnte, dann wandte er sich an Drachmon. »Ich denke, du schaffst den Rest allein, mein König.«

Ohne auf eine Antwort zu warten wendete er das Pferd und ritt von der Lichtung.

Das Letzte, woran Whisper sich erinnerte, war, dass sie Drachmon den Ring gegeben hatte. Undeutlich glaubte sie sich auch an Anajas' Gezeter zu erinnern, doch da war die Welt längst zu einem grauen Ort verblasst. Als sie das nächste Mal die Augen öffnete, lag sie in einem weichen Bett inmitten eines gewaltigen Stapels von Kissen.

Ihre Wunde war sorgfältig verbunden und statt des zerrissenen Kleides trug sie ein langes Baumwollhemd. Sie ließ ihren Blick vom Bett aus weiter durch den Raum schweifen. Sonnenlicht fiel durch die großen, hohen Fenster herein und hüllte alles in einen warmen Glanz. Dicke blaue Teppiche bedeckten den Boden und endeten zwei Meter vor dem offenen Kamin. In einer Ecke des Raumes entdeckte sie eine gemütliche Sitzecke, die Bezüge in Silber und Blau gehalten, passend zu den Teppichen. Ein gewaltiger Schrank und ein Sekretär gehörten ebenso zur Einrichtung wie ein kostbarer Frisiertisch.

Vorsichtig setzte sie sich auf, jederzeit darauf gefasst, einen scharfen, stechenden Schmerz in der Seite zu spüren. Der Schmerz kam nicht. Nicht so, wie sie erwartet hatte. Er war nicht verschwunden, doch er fühlte sich überraschend erträglich an. Allzu deutlich erinnerte sie sich an die quälende Pein, die sie verspürt hatte, nachdem die Wirkung von Alanderiels Wundermittel abgeklungen war. Der Barde hatte Recht behalten. Der Schmerz war zurückgekehrt, um ein Vielfaches heftiger als zuvor. Aber jetzt war das Schlimmste vorüber.

Beinahe guter Dinge schlug sie die Decke zurück und schwang die Beine aus dem Bett. Die Bewegung bereitete ihr Schmerzen, doch es war auszuhalten. Sitzend hielt sie einen Augenblick inne. Sie fragte sich, was geschehen war.

Ein Klopfen an der Tür schreckte sie auf. Als sie nicht sofort antwortete, wurde die Tür geöffnet und Alanderiel trat ein. »Sei gegrüßt, meine Schöne. Ich sehe mit Freuden, dass du wieder unter den Lebenden weilst.«

»Du tust gerade so, als wäre ich tot gewesen. Ich habe mich lediglich ein wenig ausgeruht.«

»Ausgeruht? Du hast beinahe vier Tage durchgeschlafen.«

»Vier Tage?« Whisper glaubte ihren Ohren nicht zu trauen.

Alanderiel nickte. »Du hast die Krönung verpasst!« Er zog sich einen Stuhl heran und setzte sich. »Überall erzählen die Fürsten Geschichten von einer unbekannten Schönen, die aus dem Nichts erschien und dem König den Ring brachte. Manche schwören, die Herren des Waldes hätten sie geschickt, um der Gerechtigkeit Genüge zu tun.«

Grinsend fuhr er fort: »Hinter vorgehaltener Hand sprechen sie davon, dass Anajas sie in ihr Feenreich zurückgebracht hat. Eine wundervolle Geschichte, die ich in die Welt hinaustragen werde. Ein göttliches Wesen, das dem Thronerben zu seinem Recht verhilft. Natürlich werde ich die Ereignisse in Dungarvan-Hall entsprechend anpassen müssen. Ein wenig göttliche Hilfe hier, ein kleiner magischer Zuspruch dort. Die Menschen werden diese Geschichte lieben! Nein – sie werden *dich* lieben! Du bist ja jetzt schon die Heldin des Reiches!«

Whisper konnte Alanderiels Begeisterung nicht teilen. Sie fühlte sich keineswegs wie eine Heldin. »Wo ist Anajas?«

»Womöglich im Feenreich?«

Whisper zog missbilligend eine Augenbraue in die Höhe.

Alanderiel zuckte die Schultern. »Ich weiß es nicht. In den letzten Tagen habe ich ihn kaum zu Gesicht bekommen. Er war mit den Krönungsvorbereitungen beschäftigt.«

Sie nickte. Die Krönung war längst vorüber, doch Anajas hatte sich noch immer nicht bei ihr blicken lassen. *Was habe ich denn erwartet?* Sie hatte ihren Auftrag erfüllt. Drachmon hatte seinen Ring wieder. Für Anajas gab es keinen Grund, sich noch länger mit ihr zu befassen.

Alanderiel schien nichts von ihren Gedanken zu ahnen. »Ich bin gekommen, um mich von dir zu verabschieden.«

»Du willst gehen?«

»Es ist an der Zeit, Dallán zu verlassen. Zumindest für eine Weile.«

»Gehst du nach Askarion?« Es fiel ihr noch immer schwer, zu glauben, dass er tatsächlich mit den Elben verwandt sein sollte.

»Askarion. Glenmoran. Akera. Heute hier, morgen da. Ich bin ein Teil beider Welten. Mein Zuhause ist die Welt.«

Whisper sagte nichts. Sie hatte den größten Teil ihres Lebens auf der Straße verbracht. Immer auf der Flucht vor der Obrigkeit. Sie wusste nicht, wie es war, einen Platz zu haben, an den man gehörte. Ein Zuhause. Womöglich war das gar nicht so schlecht.

»Was wirst du jetzt tun?«

Alanderiels Frage riss sie aus ihren Gedanken. »Ich werde meine Belohnung abholen und gehen.«

»Du willst einfach gehen und deinen Freunden den Rücken zukehren?«

»Freunde? Wo sind diese Freunde jetzt? Drachmon sitzt auf dem Thron und sein Bruder treibt sich wer weiß wo herum! Nein, Alanderiel, das sind nicht meine Freunde und sie werden es niemals sein. Für diese Menschen war ich nur ein Mittel zum Zweck. Dass wir all das miteinander durchgemacht haben, geschah nur aus einem Grund: Sie haben mich dazu gezwungen!«

»Warum belügst du dich selbst?«

»Was?« Whisper blinzelte erstaunt. »Ich belüge mich nicht. Warum sollte ich das tun?«

»Ach, hör schon auf. Du reitest nicht wie ein Sieger mit deiner Belohnung davon. Du fliehst.«

»Was für ein Unsinn!« Sie schüttelte entschieden den Kopf. »Es ist einfach an der Zeit, dass ich einen Ort finde, an dem ich mich niederlassen kann.«

»Aha.« Alanderiel musterte sie mit gerunzelter Stirn. »Und Cor Amánthor ist dafür nicht geeignet?«

»Wo jeder weiß, wer ich bin? Ich bin doch nicht lebensmüde!«

»Der König, Anajas, Gavin und ich. Wir sind die Einzigen, die wissen, wer du wirklich bist. Das nennst du jeder?«

»Das sind entschieden zu viele Menschen!«, beharrte sie.

Lange Zeit sah er sie an ohne etwas zu sagen. Whisper erwiderte seinen Blick mit störrischer Miene. Schließlich sagte er: »Anajas ist der Grund, nicht wahr?«

»Nein, ich ...« Der ernste Ausdruck in Alanderiels Augen brachte sie zum Verstummen.

»Du liebst ihn.«

»Liebe?« Whisper schnaubte. »Er hat mich von Anfang an benutzt. Er hat mich belogen und zu Dingen gezwungen, die ich niemals tun wollte. Seinetwegen bin ich in diesen ganzen Schlamassel geraten. Das hat nun wirklich nichts mit Liebe zu tun!«

Alanderiel schüttelte den Kopf. »Warum lässt dein Stolz nicht zu, dass du dir endlich die Wahrheit eingestehst? Wenn du ihn liebst, solltest du es ihm sagen.«

»Den Teufel werde ich tun! Er ist ein Prinz und ich bin eine ...« Sie brach ab.

»Du bist was?«

»Ich bin eine verdammte Diebin! Er würde denken, ich wäre nur hinter seinem Gold her.« Sie schüttelte den Kopf. »Ich werde meine Sachen packen und die Stadt verlassen.«

»Du willst wirklich nicht einmal in Cor Amánthor bleiben? Was ist aus deinem Traum geworden, eine Schenke zu eröffnen, von dem Anajas mir berichtete?«

»Das hier ist nicht der richtige Ort für mich.« Mit zusammengekniffenen Augen sah sie ihn an. »Versuch gar nicht erst mich umzustimmen. Ich werde gehen und du kannst mich nicht aufhalten.«

Am nächsten Morgen ließ König Drachmon sie zu sich rufen.

Drei Zofen kamen und halfen Whisper dabei, sich anzukleiden. Man steckte sie in ein hübsches rotes Kleid mit silbernen Spitzennähereien und flocht ihr silberne Bänder ins Haar. Nach dieser schier nicht enden wollenden Prozedur erschien ein Diener und geleitete sie auf den Gang hinaus. Sie glaubte, er würde sie zum Arbeitszimmer des Königs führen. Stattdessen fand sie sich wenig später im Thronsaal wieder.

Die Absätze ihrer roten Seidenschuhe klapperten auf dem marmornen Boden. Sie durchquerte den Thronsaal, ohne einen Blick an die reich geschmückten Wände, die kostbaren Gemälde und goldenen Intarsien, zu verschwenden. Ihr Augenmerk galt dem Podest, auf dem sich der Thron des Königs befand. Ein gewaltiges Ungetüm aus rotem Samt, über und über mit Gold verziert. Doch es war nicht der Thron und auch nicht der König, die ihre Aufmerksamkeit auf sich zogen. Es war Anajas. Er stand neben dem Thron, eine Hand auf die hohe Lehne gelegt. Nicht einmal der Anflug eines Lächelns huschte über seine Züge, als er sie sah.

Whisper erreichte die Stufen und blieb stehen. Sie verneigte sich vor dem König, so wie Anajas es ihr in Dungarvan-Hall beigebracht hatte. »Euer Majestät«, sagte sie mit gesenktem Haupt.

»Bei allen Göttern, Mädchen, erhebe dich! Ohne dich säße ich jetzt nicht hier.«

Und ohne Euch wäre ich um dreißigtausend Goldstücke ärmer. Seltsamerweise vermochte der Gedanke an das Gold nicht ihre Stimmung zu heben. Whisper tat, wie ihr geheißen worden war, und erhob sich.

Der König deutete auf eine Schatulle, die zu seiner Linken auf einem kleinen Tischchen stand. Ein prächtiges Gefäß voller silberner Verzierungen. »Das ist deine Belohnung, mein Kind. Zwanzigtausend Goldstücke wie versprochen.«

»Zwanzigtausend?«, entfuhr es Whisper. »Wir sprachen von dreißigtausend!«

Drachmon nickte. »Das Drittel, das du meinem Bruder für die Wiederbeschaffung deines *ursprünglichen* Vermögens versprochen hast, habe ich bereits abgezogen und ihm ausgezahlt.«

Ihr seid alle beide elende Betrüger! Um ein Haar hätte sie es laut ausgesprochen. Und doch bedeutete ihr das Gold mit einem Mal nichts mehr. »Wisst Ihr was, Majestät, den Rest könnt Ihr ihm meinetwegen ebenfalls geben. Seid so gütig und weist einen Diener an, mir meine fünftausend Goldstücke auszuzahlen, damit ich aufbrechen kann!«, fauchte sie.

Sie hatte damit gerechnet, dass der König wütend sein würde. Stattdessen lachte er. »Du hattest Recht, Anajas. Sie ist in der Tat unberechenbar.« Erneut wandte er seine Aufmerksamkeit Whisper zu. »Ich freue mich zwar über jede gesparte Münze, dennoch bin ich noch nicht mit dir fertig.«

Whisper kniff die Augen zusammen und beäugte ihn misstrauisch. Sie unterdrückte den Impuls, auf dem Absatz kehrtzumachen und einfach davonzulaufen. Er war der König, sie konnte ihn nicht einfach stehen lassen.

Es war auch nicht der König, der sie derart in Wut versetzte. Es war Anajas. Er stand noch immer neben seinem Bruder und blickte auf sie herab, als sähe er sie zum ersten Mal.

Noch nicht fertig? Was soll das heißen? »Majestät?«

»Knie nieder«, befahl der König. Seine Stimme klang so gebieterisch, dass sie auf die Knie sank, noch ehe sie wusste, was sie tat.

Drachmon erhob sich von seinem Thron, griff nach einem Gegenstand, den Anajas ihm reichte, und trat vor sie hin.

»Du kniest nieder als Deryan aus dem Volke«, begann Drachmon. *Deryan?* Offensichtlich hatte Alanderiel ihren Namen nicht für sich behalten können. Der König nahm ihre Hand und steckte ihr einen silbernen Wappenring an den Finger, auf dem sie undeutlich eine stilisierte Distel erkannte. »Und erhebst dich nun als Lady Deryan, Fürstin von Cor Amánthor.« Er ergriff ihre Hand und half ihr aufzustehen.

Whisper starrte ihn mit offenem Mund an. »Was?« Es überraschte sie, dass es ihr überhaupt gelungen war, ein einziges Wort herauszubringen.

»Ein weiterer Ausdruck meines Dankes. Du wirst ihn brauchen.«

»Wozu?« Whisper hatte ihre Sprache wiedergefunden. »Erteilt mir eine Schanklizenz, die kann ich brauchen! Was in aller Welt soll ich in meiner Schenke mit einem Adelstitel?«

Anajas räusperte sich und trat vor. Seine Miene hatte sich verändert. Einmal mehr entdeckte sie jenes schelmische Lächeln auf seinem Gesicht, das sie schon so oft irritiert hatte. »Majestät, mit Verlaub, ich bitte um die Hand der Fürstin von Cor Amánthor.«

Drachmon nickte ernst. »Dein Wunsch sei dir gewährt.«

Whisper starrte ihn ungläubig an. Es gab nur wenige Menschen, die von sich behaupten konnten, sie reingelegt zu haben. Anajas war mit Sicherheit der einzige, dem dies zweimal gelungen war. Sie lächelte.